세요

# 우리 교황님 좀 말려주세요 13 완결

2023년 9월 11일 초판 1쇄 인쇄
2023년 9월 14일 초판 1쇄 발행

**지은이** 판미손
**발행인** 강준규

**기획** 이기헌 왕소현 임동관 박경무 강민구 조익현
**책임편집** 주현진
**마케팅지원** 이원선

**발행처** (주)로크미디어
**출판등록** 2003년 3월 24일
**주소** 서울시 마포구 마포대로 45 일진빌딩 6층
**Tel** (02)3273-5135  **Fax** (02)3273-5134
**홈페이지** rokmedia.com  **E-mail** rokmedia@empas.com

© 판미손, 2022

값 9,000원

ISBN 979-11-408-0813-7 (13권)
ISBN 979-11-408-0095-7 04810 (세트)

# 우리 교황님 좀 말려 주세요

판미손 퓨전 판타지 장편소설 **13** 완결

# Contents

## 네가 없는 세계 (2)

전쟁이 끝나고 2주 후.

레오와 라파르트 대주교에게 교단의 재정비를 맡겼다.

전쟁이 끝났기 때문에 우리 교단에서 신경 쓸 일은 크게 없었다.

점령 지역을 비롯한 구호가 필요한 지역에 구호 물품을 전달하는 게 끝.

그 정도 역할은 간부들에게 일임해도 충분했다.

에덴 출신 간부들은 모두 전쟁 이후 수습 기간을 경험했던 인물들.

그들만 한 적임자는 또 없었다.

아, 나는 그럼 뭐 하고 있냐고?

"리멘님은 지금쯤 어디 계실까요?"

"계속 찾으러 다녀 봐야지."

"아니, 이래서 언제 찾으시겠다고."

"그러니까요. 다 좋은데, 형님 왜 저까지 데리고 다니십니까? 저도 가족들이랑 행복한 시간을 보내고 싶다구요."

루나, 자현이를 데리고 전국 팔도를 유랑 중이다.

리멘이 어딘가에 있을지도 모른다는 희망을 품고 말이다.

이렇게 주먹구구식으로 찾는 이유는 아주 희박한 가능성 때문이기도 하다.

"리멘이 소멸하는 과정에서 배제된, 작은 편린이라도 남아 있을지도 모르잖아? 그게 어디에 있을 줄 알고."

"이러다가 전 세계를 돌아다니시겠어요."

루나는 나와 함께 산길을 걸으면서 고개를 끄덕였다.

나는 그 말에 당연하다는 듯이 대답했다.

"필요하다면 그럴 거야."

루나를 데리고 다니는 이유도 그 때문이다.

리멘의 신성력을 여전히 보유하고 있는 루나라면 리멘의 흔적을 감지하기 수월할 테니까.

일종의 탐지기 역할인 셈이다.

그리고 자현이를 데리고 다니는 이유는…… 일단 몸 쓸 친구는 하나 필요하잖아?

에이든을 데리고 다니자니 시끄러워서 싫고.

자현이가 딱 적격이었다.

"부모님께서 흔쾌히 허락해 주셨잖니, 자현아. 얼굴 좀 펴라."

자현이를 데리고 다니기 위해 일부러 자현이의 부모님께 직접 가서 부탁을 드렸다.

자현이와 함께해야 할 일이 있다고.

그러자 자현이 부모님이 그냥 '얼마든지 데려가 쓰세요.'라고 하시더라.

두 분이 나를 정말 좋아해 주셔서 다행이다.

"나도 이제 제대로 귀환자 라이프 좀 즐기려고 했는데, 형님 때문에 이게 뭡니까?"

"그래서 싫어?"

주먹을 슬쩍 들어 올리면서 물었다.

그러자 자현이가 크게 웃으면서 고개를 가로저었다.

"아닙니다. 형님이 활기를 되찾으신 것 같아서 동생으로서 정말 기쁩니다."

"활기?"

"전쟁 끝났을 때 형님 표정 생각하면 아직도 떨린다니까요. 나 형님이 그런 표정 짓는 거 처음 봤다니까? 산송장도 그것보단 생기 넘쳤겠다."

희망이란 게 원래 그렇다.

아무리 희박한 희망이라도 사람을 움직이게 만드는 원동

력이 되어 준다.

그래도 자현이 이 녀석이 내 생각을 조금은 해 주는구나.

자현이는 풀을 밟으면서 어깨를 으쓱였다.

"저도 요새 다시 수련을 시작했습니다."

"왜, 진짜 천마가 되려고?"

"천마가 돼야 형님이 그런 표정 지을 때 몇 대 쥐어 팰 거 아닙니까?"

"새끼…… 기특하네."

"기특하다는 소리 자주 들었습니다."

어떤 스승 밑에서 자랐는지는 몰라도 아주 그냥 괘씸한 놈이다.

나를 쥐어 패려고 힘을 기르겠다니?

나는 피식 웃으면서 녀석의 등짝을 후려갈겼다. 그리고 슬쩍 루나를 쳐다보면서 말했다.

"이쪽에서는 딱히 느껴지는 거 없지?"

"예, 그러네요. 힌트라도 있으면 좋으련만. 이거야 원 맨 땅에 헤딩 같아요."

"그래서 싫냐?"

"그럴 리가. 아직 리멘님께 효도도 제대로 못 해 드렸는데, 차가운 바다에 계시게 할 수는 없죠."

"효녀다, 효녀야."

이곳 부산을 마지막으로 대한민국은 싹 한번 훑었다.

리멘 교단의 교세가 가장 강력한 지역부터 훑을 계획이다.

대한민국은 끝냈으니, 이제 다음은 일본.

격전지였던 베이징 주위는 이미 탐색을 끝냈다.

제발, 어디에라도 흔적이 좀 남아 있었으면 좋겠다.

앞으로의 내 평생을 리멘을 찾는 데에 바쳐도 좋으니까, 그녀의 얼굴을 다시 보고 싶었다.

리멘의 얼굴 없는 신상이 이때만큼 원망스러운 적이 없었다.

"그런데 성하."

루나는 길을 걸으면서 나에게 넌지시 질문을 던졌다.

"응?"

"리멘님의 흔적이요. 교단의 교세가 가장 강했던 지역을 중심으로 탐색한다고 친다면, 지구보다 더 가능성이 높은 곳이 있잖아요."

"……에덴?"

"네. 리멘님께서 힘을 잃고 기다리고 계신다면, 에덴만큼 힘을 회복하기 좋은 곳도 없죠."

리멘에게 모든 정신을 집중하다 보니 에덴에 대해서 잠시 잊어버렸다.

에덴은 지구만큼이나 혼란스러운 상황일지도 몰랐다.

리멘은 에덴의 주신이었다.

즉, 에덴은 한순간에 주신을 잃어버린 셈이다.

난데없이 날벼락을 맞은 상황인데, 아마 혼란에 휩싸여 있지 않을까?

그 두 세계를 이어 주던 리멘이 소멸한 거라 에덴의 상황도 알 수가 없었다.

"연락도 못 하는데, 직접 가는 게 가능할까?"

"그러네요."

"아, 에덴에서 넘어온 사람들은 좀 어때? 못 돌아가서 불만이 많을 것 같은데."

"저도 처음에는 그렇게 생각했는데, 다들 덤덤하더라구요. 각오하고 넘어온 사람들이 대부분이라서."

"잘 챙겨 줘."

"최선을 다해서 챙겨 줄 거예요. 우리 교단의 소중한 자산이기도 한걸요."

만약 에덴에서 넘어온 그들이 아니었다면…… 더 많은 희생자가 발생했을지도 모르겠다.

그들이 후배들에게 전수해 준 경험은 큰 효과를 발휘했다.

많은 이들이 죽었으나, 결국 살아남은 이들은 새로운 씨앗을 심을 것이다.

그리고 그 씨앗이 발아하면 결국 저마다 듬직한 나무가 되어 우리 교단을 지켜 줄 테지.

나는 고개를 끄덕이면서 한숨을 내쉬었다.

에덴으로 직접 넘어가서 확인할 수 있다면 정말 좋겠지

만…… 실현이 불가능한 방법이다.

그저 지금 당장 우리에게 주어진 것에 최선을 다할 수밖에.

"슬슬 다음 구역으로 움직이자."

"일본이죠?"

"어, 총리에게 미리 말해 뒀어. 어디든지 가도 돼."

"이래서 인맥이 최고라니까! 자현 씨, 갑시다."

"일본 여행 좋죠. 가는 김에 온천도 들릅니까?"

"놀러 가냐?"

그렇게 우리는 농담을 주고받으면서 다음 목표를 향해 움직였다.

하지만 일본에도, 중국에도.

그 어디에도 리멘의 흔적은 없었다.

우리가 그걸 깨닫기까지는 한 달이 걸렸다.

�֍

내가 서울로 되돌아오게 된 것은 다름 아닌 라파엘의 호출 때문이었다.

중국 대륙 곳곳을 돌아다니면서 리멘의 흔적을 찾고 있을 때, 라파엘로부터 연락이 들어왔다.

─교황님께 드릴 말씀이 있습니다.

처음 그 말을 들었을 때, 라파엘의 용건이 무언지 직감할 수 있었다.

라파엘은 자신의 세계로 돌아가는 방법을 찾아낸 것이다.

그리고 내 예감은 틀리지 않았다.

"그래서, 이제 그 세계로 돌아가는 겁니까?"

나는 라파엘에게 차를 내주면서 희미하게 웃었다.

라파엘은 고개를 끄덕이면서 내가 건네준 차를 조심스럽게 마셨다.

"전부 교황님 덕분입니다."

"제가 뭘 한 게 있다구요."

"성역에서 아주 유의미한 데이터를 얻었습니다. 고대 신들이 성역 곳곳에 다른 세계와의 연결점을 만들어 둔 덕분이지요. 원래는 고대 신들의 힘에 의해 접근조차 불가능했었지만, 교황님께서 그들을 소멸시킨 덕분에 기회가 주어졌습니다."

그는 그 게이트로부터 여러 가지 데이터를 뽑아냈다는 말을 덧붙였다.

차원을 넘을 수 있는 공식이야말로 그가 얻어 낸 가장 큰 성과였다던가.

"물론 한 가지 문제점이 있습니다."

"뭡니까?"

"고대 신들이 이용하던 방법을 응용한 것이라 막대한 양의 신성석이 필요합니다. 대부분의 과정은 제가 지닌 사이킥 수정으로 해결이 되지만…… 차원 이동기를 활성화시키는 트리거는 신성석으로만 가능할 것 같습니다"

"한 번에 이동 가능한 숫자는요?"

"많지 않습니다. 에너지 효율이 극히 비효율적입니다. 기껏해야 한 명입니다."

"그래도 잘된 일이네요."

돌아갈 방법을 찾았다는 것만큼 라파엘에게 기쁜 소식이 어디에 있을까?

내 축하 인사에 라파엘은 빙긋 웃으면서 고개를 가볍게 숙였다.

"신성석을 구매하고 싶습니다."

나는 그의 말에 손을 휘저으면서 답했다.

"구매라니요. 여태까지 라파엘이 우리를 위해 해 준 게 얼만데, 그 정도는 제가 작별 선물로 드릴 수 있습니다."

"교황님께서는 이 미친 과학자 놈을 잘 챙겨 주셨잖습니까? 당연히 제값을 치러야지요."

"돈이라면 저희도……."

"아, 신성석 구매 대금은 다른 걸로 치를 생각입니다."

라파엘은 내 두 눈을 바라보면서 말을 이어 갔다.

"에이든 군에게 듣기로, 교황님께서도 에덴에 다녀오고 싶어 하신다던데, 맞습니까?"

"갈 수만 있다면 좋겠죠. 찾아야 할 존재가 있어서요. 하지만 힘들지 않겠습니까?"

"가능합니다."

"……예?"

"교황님께서 에덴에 다녀오시는 거, 충분히 가능합니다. 왕복까지도 장담할 수 있습니다. 체류 기간은 길지 않겠습니다만…… 지구의 시간으로 한 일주일 정도는 가능합니다."

라파엘이 나를 만나려고 했던 목적이 단순히 작별 인사가 아니었나 보다.

나는 최대한 침착함을 유지하며 차를 마셨다.

그리고 그에게 넌지시 물었다.

"제가 에덴에 다녀오고 싶어 한다는 이야기, 언제 들으신 겁니까?"

"며칠 전에 엠마 여사님의 병문안을 다녀오는 길에 에이든 군을 만났었습니다."

"입 한번 싸네."

"아마 에이든 군은 제가 교황님을 위해 방법을 마련해 주길 기대했던 걸 겁니다. 에이든 그 친구가 속으로 많이 걱정하고 있더군요. 에이든 군이 보기보다 생각이 깊은 편이거든요."

엠마 여사의 상태에 대해서는 일찍이 들었다.

전쟁이 끝날 때쯤, 혼수상태에 빠진 후 아직까지 깨어나지 못하고 있다던가.

아마 테라가 소멸하면서 그녀의 선지자라고 할 수 있었던 엠마 여사에게도 충격이 갔던 모양이다.

……생각해 보니 더 이상하네.

그에 반해 우리 교단의 선지자들은 멀쩡하다.

이것 역시 리멘이 완전히 소멸하지 않았다는 증거가 아닐까?

"차원 이동을 위해서는 해당 차원에 귀속된 물건이 필요합니다. 단순한 물건이 아니라, 해당 차원에서 강력한 영향력을 끼쳤던……. 음, 그래, 유물이라고 표현하면 되겠군요. 강력한 에너지가 담긴 유물이 있어야 합니다. 그 물건을 통해 좌표를 얻는다고 생각하시면 편합니다."

그런 유물이라면 우리 교단에도 몇 개 있다.

서울 성지에 있는 태초의 목걸이라든지, 아니면 심판의 검이라든지.

그 두 개라면 충분히 좌표 역할을 해 줄 것이다.

내 표정을 읽은 걸까?

라파엘이 고개를 천천히 끄덕였다.

"리멘 교단에 있는 성유물이라면 충분히 가능합니다."

"돌아오는 방법은요?"

"교황님께 제가 선물해 드렸던 슈트를 이용하면 됩니다. 제가 그곳에 지구로 돌아올 수 있는 좌표를 입력해 드릴 겁니다. 물론 간이 차원 이동 기능도 탑재해 드려야지요. 크기가 작아 일회용이겠지만요. 아, 그리고 신성석도 현지에서 조달하셔야 합니다."

"에덴이라면 충분히 수급할 수 있습니다."

"그렇다니 더욱 다행이군요."

"그러니까 지금 라파엘의 말은…… 결국, 제가 에덴에 잠시 다녀올 수 있다는 소리입니까?"

"정확합니다."

신성석의 결제 대금이라기에는 너무나도 과분한 조건이다.

기대도 하지 않았던 곳에서 구원의 손이 다가온 기분이다.

라파엘은 활짝 웃으면서 나를 바라보았다.

"교황님께서는 미쳐 가는 저를 구원해 주셨습니다. 그리고 돌아갈 수 있는 길도 찾아 주셨지요. 그에 비하면 이런 건 아무것도 아닙니다. 저는 교황님의 친구잖습니까?"

"……친구."

왜 내 주위에는 이렇게 좋은 사람들만 가득한 걸까.

나는 라파엘이 내미는 손을 꽉 움켜잡았다. 그리고 간절한 목소리로 말했다.

"부탁드립니다."

"교황님의 슈트를 개조하고, 차원 이동기를 준비하는 데까지는 넉넉히 2주 정도 걸릴 듯합니다."

"얼마든지 기다릴 수 있습니다."

"그럼 그렇게 알고 작업을 시작하도록 하겠습니다."

라파엘은 자리에서 일어나 나에게 허리를 숙였다. 그리고 천천히 문을 열고 집무실에서 나갔다.

멀어지는 라파엘의 뒷모습을 보고 있자니 여러 생각이 든다.

에덴으로 잠시 다녀오기 전, 허락을 맡아야 할 사람들이 있었다.

일단, 그들에게 허락을 맡는 게 먼저였다.

나는 전화기를 들어 시연이에게 전화를 걸었다.

─큰오빠!

"시연이 지금 어디야?"

─나 집에서 작은오빠랑 할머니랑 드라마 보고 있었어!

"오빠 지금 갈게. 다 같이 모여서 할 이야기가 있어."

내 소중한 사람들의 허락이 필요하다.

옛날처럼 아무 말 없이 떠나서는 안 된다. 가족들에게 똑같은 고통을 줄 수는 없으니까.

나는 전화를 끊은 다음, 곧바로 집으로 향했다.

나눌 이야기가 너무나도 많았다.

집으로 돌아왔다.

진짜 오랜만에 돌아오는 집이라서 그런지 반가움이 앞선다.

문을 열고 안쪽으로 들어가자 곧바로 된장찌개 냄새가 솔솔 풍겨 온다.

"다녀왔습니다."

인사를 하며 현관으로 들어섰다.

그러자 안쪽에서 시연이가 쪼르르 달려 나오더니, 곧 나를 꼬옥 안아 주면서 말했다.

"여행 잘 다녀왔어, 오빠?"

"선물을 못 사 왔네."

"오빠가 돌아와 준 게 선물이야! 헤헤."

"형, 왔어?"

시연이와 인욱이는 나를 반갑게 맞이해 준다.

그리고 부엌 쪽에서도 그리운 목소리가 들려왔다.

"찌개 식기 전에 빨리 와서 숟가락 들어라. 이야기를 해도 밥은 먹고 해야 할 것 아니니?"

"알았어, 할머니."

할머니의 말을 따라 손을 씻은 다음 식탁에 앉았다.

식탁에는 진수성찬이 펼쳐져 있었다.

할머니표 돼지불고기부터 시작해서, 갈비찜, 된장찌개 등등.

할머니의 손맛이 잔뜩 담긴 반찬들과 흰 쌀밥이 영롱한 자태를 뽐내고 있었다.

"할머니."

"밥상에서는 이야기 많이 하는 거 아니야. 밥부터 일단 먹고, 다 먹고 이야기하자."

"……응."

오래간만의 집밥을 즐겁게 만끽한다.

시연이는 내 옆에 앉아서 내 밥 위에 자꾸 갈비찜을 올려 줬다.

"오빠, 많이 먹어. 할머니가 오빠 온다고 급하게 요리 잔뜩 했어."

"……갈비찜도?"

"그건 오늘 아침에 나 먹으라고 해 주셨어!"

가족들이랑 식사를 하면 이런 게 너무 좋다.

이런 소소한 것만으로도 행복하다. 시연이가 맛있게 먹는 모습도, 인욱이가 무심하게 물컵을 건네주는 것도.

그런 우리를 흐뭇하게 바라보는 할머니도.

내가 지켜 낸 행복들이 여기에 있다.

나는 미소를 품은 채로 열심히 밥과 반찬을 입에 집어넣었다.

어째서인지 먹으면 먹을수록 허기가 지는 것 같았다.

그렇게 얼마나 시간이 흘렀을까?

우리 가족은 저녁 식사를 끝내고, 빠르게 식탁을 정리했다.

인욱이랑 시연이가 같이 설거지를 하고, 할머니랑 나는 식탁을 닦고.

넷이서 함께하니 정리는 금방 끝났다.

"과일 먹자."

설거지를 끝낸 인욱이가 과일을 깎아서 거실로 나왔다.

우리 가족은 거실의 소파에 다 같이 앉아서 과일을 집어 먹었다.

할머니는 사과 한 조각에 포크를 찍은 후, 나에게 건네주었다. 그리고 흐뭇하게 웃으면서 말했다.

"그래, 우리 손자가 가족들에게 할 말이 뭘까?"

나는 할머니가 건네준 사과를 우물우물 씹어 목으로 넘겼다.

그리고 숨을 크게 들이쉬었다.

가족들에게는 안 좋은 소식일 수도 있으니까.

"잠시 어디를 좀 다녀와야 할 것 같아."

내 말에 할머니가 웃으면서 말했다.

"항상 집 밖으로 나돌던 놈이 새삼스럽게."

"그래도 집엔 틈날 때마다 들렀잖아?"

"우리 손주 놈이 가까운 곳 간다고 새삼스레 말할 리는 없고…… 어디 멀리 외국이니? 미국? 유럽?"

"그것보다 좀 먼 곳."

나는 내 옆에 앉아서 복숭아를 먹는 시연이의 머리를 쓰다듬어 주었다. 그리고 천천히 말을 이어 갔다.

"에덴에 잠시 다녀와야 할 것 같아."

"에덴이라."

"누군가를 반드시 찾아야 해. 아직 아무런 단서도 없어서, 에덴에서 찾아볼 생각이야."

그 말을 듣고 가족들이 속상해할 줄 알았다.

하지만 가족들의 반응은 내가 생각했던 것과 전혀 달랐다.

할머니는 천천히 고개를 끄덕이면서 사과를 드셨다. 그리고는 나를 바라보며 말했다.

"얼마나 다녀올 예정이니?"

"한 1주 정도?"

"다녀와라."

"다녀와, 형."

"오빠가 하고 싶은 대로 해!"

다들 아무렇지 않은 표정을 지으면서 허락해 준다.

기분이 살짝 얼떨떨하다.

극구 말릴 거라 생각했는데, 이렇게 흔쾌히 허락해 줄 거라는 생각은 못 했다.

"5년도 아니고 일주일이면 상관없지 않니? 그 세계로 다녀올 방법은 있나 보구나."

"라파엘의 연구가 진척되었어."

"그래, 그 친구가 재주는 있어 보이더구나."

"……이렇게 쉽게 허락해 줘?"

"허락이라니. 네 고집이면 우리가 말려도 갈 텐데, 그럴 바에야 허락해 주는 게 맞지."

할머니는 나를 너무 잘 알아서 문제다.

할머니는 그렇다고 치고, 그럼 인욱이와 시연이는?

"인욱아, 너는 형 걱정 안 되냐?"

"형은 지옥에다 던져 둬도 살아 돌아올 거잖아. 고대 신인가 뭔가, 그놈 잡으러 간다는 것보단 살아올 확률이 높지 않겠어?"

일단 인욱이 놈은 예상했던 대로고.

시연이는?

"리멘님 찾으러 가는 거잖아! 리멘님 빨리 찾아와야 해. 혼자서 얼마나 외로우시겠어? 오빠가 리멘님 옆에 있어 줘야지."

도대체 누구한테 들은 건지는 모르겠다만, 내가 찾으러 가는 게 리멘이라는 걸 알고 있는 듯하다.

보나 마나 레오 아니면 루나겠지.

범인은 그 둘 중 하나다.

"오빠가 에덴 다녀와도 진짜 괜찮아?"

거듭된 내 질문에 시연이는 한숨을 푹 내쉬면서 나를 바라본다.

그러고는 어울리지 않게 진지한 목소리로 말했다.

"오빠, 오빠한테는 나만큼이나 리멘님이 중요하잖아? 나도 리멘님 정말 좋아해. 우리 가족들 이렇게 살 수 있게 도와주셨어. 할머니가 그러는데, 은혜는 반드시 갚아야 한대. 그래야 착한 사람이래."

우리 가족들이 지금 누리고 있는 모든 것이 리멘으로부터 왔다는 말.

시연이 입에서 이런 말이 나올 줄은 몰랐다.

나는 시연이가 기특해서 다시 한번 시연이의 머리를 쓰다듬었다.

그러자 시연이가 어깨를 으쓱거리면서 말했다.

"이제 우리 오빠도 어디 가서 맞고 다니지는 않을 테니까, 난 괜찮아!"

예전에 내가 시연이한테 해 줬던 말이구나.

"고마워."

"대신 꼭 리멘님 데려와야 해. 지난번에 내가 리멘님 일부러 모른 척했다는 거 말씀 못 드렸어."

"노력해 볼게."

일주일.

일주일이라는 시간 동안 내가 리멘을 찾을 수 있을 거라고는 장담 못 하겠다.

하지만 작은 증거라도 찾았으면 좋겠다.

그녀가 아직 존재하고 있다는, 아주 작은 증거만으로도 충분하다.

계속해서 희망을 이어 나갈 수 있을 테니까.

그렇게 나는 가족들의 허락을 받았다.

이제 남은 건 에덴으로 향하는 것뿐이었다.

⚜

그로부터 2주 뒤.

라파엘이 마침내 차원 이동기 제작과 슈트 개조가 끝났다는 소식을 전했다.

에덴으로 가기 위한 모든 준비가 끝난 셈이다.

라파엘의 소식이 전해지자마자 나는 곧바로 업무 인수인계를 시작했다.

"제가 없는 사이 교단의 모든 실무는 라파르트 대주교가 처리하도록 하겠습니다. 공식 행사는 1주 동안 미뤄 두도록 하구요."

전쟁은 끝났지만 여전히 세상 분위기는 뒤숭숭했다.

벌써부터 유럽에서는 패권을 두고 신경전이 시작되었다고

하더라.

동북아시아는 뭐…… 대한민국의 독주 체제다.

일본은 순순히 대한민국을 따르고 있고, 중국은 정신없고.

중국의 정치계는 현재 새로운 국가를 건설하자는 쪽과, 기존의 정부를 계승하자는 쪽으로 나뉘어서 신경전을 벌이고 있다고 한다.

물론 동북아시아에서 무력 충돌은 없었다.

현재, 중국 최고의 무력 집단이라고 할 수 있는 신중국각성자연합의 수장은 이세민 씨다.

일본에서 가장 영향력이 큰 각성자는 당연히 진영이 형이었고.

그러니까 동북아시아의 큰 축을 이루고 있는 세력들 모두가 리멘 교단에 우호적인 사람들이다.

이런 상황에서 사고를 치는 간 큰 놈이 있을까?

유럽 쪽은 조만간 그레이스를 통해서 영향력을 좀 행사하긴 해야겠다.

싸우는 건 나쁜 거니까.

"제가 에덴으로 넘어갔다는 건 교단의 기밀입니다. 기밀 유지에 신경 써 주시기 바랍니다."

"알겠습니다, 성하. 한데 제가 한마디만 보태도 되겠습니까?"

"물론이죠, 라파르트 대주교."

"항상 실무는 제가 처리하고 있었습니다."

"……그렇군요."

"다녀오셔서 이런저런 소식만 전해 주십시오. 저도 개인적으로 에덴의 상황이 궁금합니다. 바예르, 그 친구에게도 안부 전해 주십시오."

"지금 에덴의 리멘 교단을 관리하고 있는 게 바예르 총대주교였죠?"

"그렇습니다."

에덴에도 그리운 얼굴들이 꽤 있다.

길지 않은 시간이겠지만 인사를 나누기에는 충분한 시간일 터였다.

"나 없는 사이 교단의 전투원들은 레오와 루나가 알아서 훈련시키고."

"그것도 걱정하지 마세요."

"훈련도 원래 저희가……."

요새 간부들이 나를 너무 편하게 생각하는 것 같다.

이렇게 교황의 권위가 떨어져서야…… 쯧.

"다녀와서 기강 한번 잡아야겠네."

지구는 걱정하지 않는다.

설사 교단에 무슨 일이 있더라도 충분히 이겨 낼 수 있는 힘을 미리 구축해 뒀다.

"정 위험하면 에이든 불러다 쓰면 돼."

"돈 달라고 할 텐데요? 에이든은 일단 용병이잖아요."

"친구 사이에 돈거래 하는 거 아니라는 말도 덧붙여 주고."

든든한 친구들도 교단과 함께였으니, 오히려 걱정하는 게 이상할 지경이다.

하여튼 그렇게 해서 간부들에게 지시 사항을 모두 하달했다.

나는 자리에서 일어나면서 말했다.

"금방 다녀올게."

"다녀오십시오."

간부들의 배웅을 받으며 집무실 밖으로 나섰다.

그리고 곧장 '(구)광산'에 마련되어 있는 라파엘의 실험실로 곧장 향했다.

워낙 신전에서 가까운지라 그리 오래 걸리지 않았다.

"교황님."

현장에는 라파엘이 미리 마중을 나와 있었다.

"안에서 기다리시지."

"교황님께서 친히 제 실험실로 와 주시는데 가만히 있을 수가 있겠습니까?"

"다크서클이……."

"밤을 꼬박 지새워서 그런 듯합니다, 하하! 걱정하지 마십시오."

라파엘은 즐거운 표정으로 나를 안내하기 시작했다.

실험실은 예전보다 훨씬 간소해져 있었다.

"저도 돌아갈 준비를 해야 해서 중요한 연구 자료들은 이미 포장을 해 두었습니다."

"정리를 하시는 거네요?"

"실험실은 그대로 두고 갈 생각입니다."

"그래도 괜찮……."

"어차피 나중에 돌아와서 또 사용하게 될 테니까요. 일을 두 번 하는 건 좀 그렇지 않겠습니까?"

"……나중에 돌아와서요?"

뭔가 이상한데?

"가족들을 데리고 다시 지구로 돌아올 생각입니다. 그 세계, 기술은 발전했어도 낭만이 없거든요. 가족들도 아마 지구를 더 좋아할 겁니다."

"그게 가능해요?"

"가능할 겁니다. 신성석과 비슷한 광물이 하나 있거든요. 돌아가는 대로 연구를 진행할 생각입니다. 물론 돌아가자마자 기계신 놈부터 족쳐야겠지만요."

왠지 이 남자라면 돌아올 것 같다는 생각이 든다.

미친놈은 미친놈을 알아보는 법이니까.

그렇게 나와 라파엘은 이야기를 나누면서 어느새 차원 이동기에 도착했다.

우우우웅.

드론들이 날아다니면서 작업을 수행하고 있는 거대한 공간.

그 공간의 중심에 설치되어 있는 거대한 기계.

라파엘은 그 기계로 나를 안내하면서 말했다.

"교황님의 귀환 과정도 제가 담당하겠습니다. 작별 인사는 돌아오신 다음에 하도록 하시죠."

"그래도 되겠습니까?"

"저야 좋지요. 교황님 얼굴 한 번 더 뵐 수 있으니까요."

미친놈이지만 좋은 사람이다.

라파엘을 보면 항상 그런 생각이 든다.

라파엘은 웃으면서 나에게 손을 건넸고, 나는 그를 따라 웃으면서 손을 맞잡았다.

"두 번째 고향에 나들이 갈 준비는 다 되셨습니까?"

"물론입니다."

"데이비드, 교황님께 슈트."

우우웅.

내 오른쪽 손목에 작은 팔찌가 하나 채워진다.

"개조하면서 액세서리 느낌으로 변화를 줘 봤습니다. 마음에 드십니까?"

"좋은데요?"

"만족하시니 다행입니다. 그럼 기계 안으로 들어가시지요."

기계 안으로 들어갔다.

우우우웅.

내가 들어서자 곧바로 차원 이동기가 가동하기 시작했다.

라파엘은 두 발자국 떨어진 채로 나를 향해 손을 흔들었다.

"부디 목표한 바를 이루고 돌아오시기를."

이별의 순간은 아니었으니 가볍게 손을 흔들어서 인사를 건넸다.

그리고 잠시 후.

위이이이이이이이잉-!

파아아앗.

기계에서 거대한 신성력이 퍼져 나오더니 곧 시야가 새하얗게 물들었다.

❧

얼마쯤 눈을 감고 있었을까?

"리멘 교단은 이 땅에서 물러나라!"

"여러분, 여기서 이러시면 안 됩니다! 이곳은 교황님께서 처음 에덴에 도착하셨던 성스러운……."

"알 게 뭐야! 교황이 이미 죽었다는 소문이 무성한데! 리멘 교단이 옛날 그 리멘 교단인 줄 알아?"

"전쟁이 끝난 지 벌써 10년이야, 10년! 언제까지 우리 왕국의 땅을 너희가 점거하고 있을 셈이냐!"

"교황님께서는 여전히 살아 계십니다. 여러분들이 이러면 곤란⋯⋯."

"공식 석상에 안 나선 지 10년째야! 죽지 않고서야 그럴 수가 있겠어?"

소란스러운 소리에 천천히 눈을 떴다.

눈을 떴음에도 시야는 여전히 어두웠다.

아마도 동굴 안이라든지, 어떤 구조물 안인 것 같다.

화르륵.

성화를 피워 올려서 주위를 밝혔다.

그러자 바로 옆에 꽂혀 있던 심판의 검이 눈에 들어왔다.

심판의 검이 할 일을 다했군그래.

일단 검을 챙겨서 앞으로 나아갔다.

그런데 아무리 봐도 나가는 출구가 보이지 않았다.

그래서 잠시 고민한 다음, 주먹에 신성력을 잔뜩 끌어모아서 후려쳤다.

콰아아아아앙-!

그러자 벽이 박살 나면서 빛이 보였다.

나는 그 구멍을 통해서 밖으로 나섰다.

그러자 익숙한 풍경이 나타났다.

험한 산세.

지구와 비교할 수 없이 청량한 공기.

내가 처음 에덴에 도착했을 때 마주했던, 리멘의 오래된 신전.

신전의 앞에는 과격한 인상의 인파들과, 그 인파들을 막고 있는 리멘 교단의 성기사들이 보였다.

그 모습을 보고 이곳이 틀림없이 에덴이라는 것을 깨달을 수 있었다.

"허어어어어억!"

인파 속에 한 대머리 남자와 눈이 마주쳤다. 나는 그를 향해 반갑게 손을 흔들어 줬다.

"반갑습니다."

"교, 교황!"

그러자 그곳에 있던 모든 이들이 나를 뚫어져라 쳐다본다.

누군가는 소스라치게 놀라면서 도망쳤고, 누군가는 무릎을 꿇으면서 갑작스럽게 자신의 죄를 고백하기 시작한다.

"제가 잘못했습니다. 교황 성하께서 살아 계신 줄 모르고……."

"저희의 죄를 용서해 주십시옵소서!"

갑자기 왜들 저런데?

나는 손에 들고 있던 심판의 검의 검등으로 내 어깨를 가볍게 두드렸다. 그리고 넋이 나간 듯이 나를 쳐다보고 있던 리멘 교단의 성기사들을 향해 말했다.

"나 돌아왔다고 전해 주세요."

내가 돌아왔다.

이 에덴에.

# 너의 세계

일단 에덴으로 돌아온 건 맞다.

돌아오긴 돌아왔는데, 문제가 하나 있었다.

"그러니까 제가 지구로 귀환한 지 벌써 10년이라는 시간이 흘렀다는 거죠?"

"예…… 예! 그렇습니다, 교황 성하."

"표정 풀어요. 누가 보면 잡아먹는 줄 알겠네."

"제, 제가 교단의 신입이라서…… 성하를 뵙는 건 이번이 처음이라 그렇습니다. 최대한 표정 관리를 해 보겠습니다!"

"그게 아니…… 아니다, 됐다."

나는 내 앞에서 본인을 '헤론'이라고 소개한 앳된 성기사와 이야기를 나누면서 한숨을 푹 내쉬었다.

헤론이 이야기해 준 내용대로라면, 이곳의 시간선이 좀 많이 달라진 것 같다.

10년이라.

내가 지구로 돌아간 이후 10년이라······.

아마도 리멘이 소멸하면서 두 차원의 연결이 불안정해진 탓에 발생한 일이 아닐까?

사실, 막 크게 놀랍지는 않았다.

내가 이곳으로 넘어오기 전에 미리 라파엘로부터 주의 사항을 몇 가지 들었기 때문이다.

─시간선이 좀 다를 수는 있습니다. 최대 15년 정도 지나 있을 수도 있습니다. 하지만 크게 걱정하실 필요 없습니다. 시간 좌표도 제가 잘 설정해 두었으니, 돌아올 때는 이 시간 대로 돌아오실 겁니다.

잘만 이용한다면 타임머신도 가능하지 않을까 싶지만, 일단 머리 아파서 더 자세하게 물어보진 않았다.

나는 고개를 천천히 끄덕이며 마차의 창문 밖으로 보이는 에덴의 풍경을 눈에 담았다.

에덴은 여전히 아름다웠다.

"그런데 헤론 경."

"편히 헤론이라고 부르셔도 됩니다."

"그래요, 헤론. 아까 그 인파들은 뭡니까? 생각해 보니 교황이 죽었으니 물러나라, 이런 말을 하는 것 같던데."

내 말에 헤론의 낯빛이 새하얘진다.

왜일까?

"저…… 들으시면 화를 내실 수도 있습니다."

"도대체 교단에서 저에 대해 어떻게 교육을 한 거예요? 제가 막 화를 내는 사람처럼 보입니까?"

"그것이…… 교황님의 성정은 뜨거운 성화와도 같아서, 부정한 것들을 모두 태워 버리신다……라고 성서에 적혀 있습니다."

성서?

성서에 왜 내 이야기가 나와?

"김시우서라는 새로운 말씀들이 추가되어……."

"……누가 그걸 성서에 담았대?"

"바예르 총대주교를 비롯하여 총주교회에서 만장일치로 통과시켜서 편찬되었습니다. 교황님께서 이 땅에 나타나신 이후의 일대기를 모두 담았습니다. 아! 저한테도 한 권 있으니, 한번 읽어 보시겠습니까?"

헤론은 그렇게 말하며 가슴팍에서 깨끗한 책 한 권을 꺼냈다.

나는 손으로 이마를 짚으면서 손을 내저었다.

"됐어요. 누가 자기 흑역사를 읽고 싶겠어?"

"흑역사라니요. 위대한 리멘 교단의 역사이자, 자랑스러운 교황님의 업적입니다."

"하여튼 그건 대충 좀 넘어가고, 제가 화를 낼지도 모른다는 게 무슨 뜻입니까?"

"아, 그것은…….."

헤론은 그 뒤로 나에게 현재 에덴의 상황에 대해서 말해 주기 시작했다.

그의 말을 요약하자면 다음과 같다.

1. 이단자나 마왕의 잔당들이 대륙 곳곳에 남아 있기는 하지만, 10년이 지난 지금 거의 정리가 되었다.

2. 그로 인해 리멘 교단의 영향력이 상당히 감소하면서 왕국들이 리멘 교단에 불만을 표하기 시작했다.

3. 10년 동안 모습을 드러내지 않은 교황 성하(나)를 명분으로, 리멘 교단이 거짓을 말하고 있다는 소문이 돌고 있다.

"소문은 딱 봐도 왕국 놈들이 낸 거구만."

"그렇습니다."

"지들 배 속 채우는 데 리멘 교단이 사사건건 방해를 하니까, 그렇죠?"

"정확하십니다."

"욕심이란 게 참 그래요. 물에서 구해 줬더니만, 보따리

내놓으라는 격이네. 이래서 선조님들의 지혜가 참 대단하다니까."

에덴에는 그런 속담이 없는지 헤론이 잠시 고개를 갸웃거렸다.

그러나 그는 곧 심각한 표정으로 말했다.

"분위기가 영 좋지 않습니다."

"왕국들 중 목소리가 큰 놈들이 있을 거 아니에요."

"레온 왕국과 라그하른 왕국입니다."

"아아, 예전에 내 옆에서 물시중이나 들던 놈들 아니던가? 걔네들이 왕이 되었다는 이야기는 들었는데."

"맞습니다. 왕국에서는 교황 성화와 함께 이 세계를 지켜 낸 영웅이라고 칭송받는다고 하더군요."

호랑이가 없는 산중에는 여우가 왕이라더니만.

딱 그 꼴이다.

내가 심심할 때마다 대가리를 쥐어박았던 놈들이긴 한데…….

음, 내가 지구로 돌아갔다는 이야기를 어디에서 입수했던 건가?

간이 그렇게 큰 놈들은 아니었다만, 이렇게 앞장서서 우리 교단을 밀어내려는 걸 보면 눈치를 챈 모양이다.

솔직히 나는 그 녀석들이 욕심을 부리는 것에 대해서는 크게 불만이 없었다.

욕심을 부리는 건 인간의 당연한 본성이다.

이제 슬슬 지들 밥그릇을 챙겼으니 남 밥그릇이 탐이 날 시점이 되기는 했다.

10년이면 강산도 바뀐다잖아.

"그 둘이 앞장서서 리멘 교단을 압박한다라. 엘프나 드워프 같은 이종족 쪽은?"

"그들은 여전히 리멘 교단을 지지하고 있습니다. 멸족의 위기에서 구해 준 존재가 성하지 않습니까?"

"이래서 같은 동족인 인간이 위험한 거예요. 이종족들은 신의라도 있지."

대충 에덴의 상황에 대해서는 이해했다.

복구 작업이 정상 궤도에 오르긴 올랐나 보다. 왕국 놈들이 슬슬 움직이려는 걸 보면 말이다.

나는 손으로 턱을 쓰다듬으면서 미간을 살짝 찌푸렸다.

이해는 한다지만 기분은 별로 안 좋다.

녀석들이 은혜를 원수로 갚고 있다는데, 기분이 좋을 리가 있나.

"교황 성하."

내가 고심에 잠겨 있을 때, 헤론이 다시 한번 조심스럽게 나를 불렀다.

"편하게 말해요."

"완전히…… 그러니까 에덴으로 아예 돌아오신 겁니까?"

그의 얼굴에 깃들어 있는 기대감.

나를 처음 보는 사람인데도, 그가 보내오는 믿음이 절절하게 느껴지고 있었다.

그런 사람에게 거짓을 말할 수는 없었다.

"그건 아니에요. 잠시 에덴에 찾을 것이 있어서 들렀습니다."

"아⋯⋯."

"하지만 상황이 이런 걸 보면 주기적으로 제가 들르긴 해야겠어요. 교통정리를 할 사람이 필요하잖아요?"

그래도 내 삶의 한 부분을 차지하고 있는 세계다.

내가 어떤 개고생을 하면서 구한 세곈데, 개판이 되는 걸 두고 볼 수는 없지.

그리고 무엇보다 리멘의 세계가 아니던가?

돌아가는 대로 라파엘이랑 대책을 세워 봐야겠다. 라파엘이라면 방법을 찾아낼지도 모른다.

아니, 다 떠나서 그냥 리멘만 찾아도 해결될 문제일지도.

그렇게 내가 헤론과 이런저런 이야기를 나누고 있을 때.

눈을 빛내며 나에게 이것저것을 묻던 헤론이 창밖을 바라보며 말했다.

"교황 성하, 도착했습니다."

"오."

창밖으로 수수하면서도 아름다운 도시가 보인다.

신성석이 군데군데 조각되어 있는 성벽.

그리고 그 성벽 위에서 창을 든 채로 서 있는 성기사들.

헤론이 미리 연락을 넣어 둬서일까? 우리의 마차가 가는 길 앞에는 기사단장으로 보이는 성기사들이 직접 나와서 무릎을 꿇고 있었다.

"교황 성하!"

"교황 성하!"

그들의 뒤에 서 있던 성기사들이 일제히 칼을 높이 들어 올리며 예를 갖춘다.

화사한 햇빛에 검들이 새하얗게 빛난다.

"리멘의 종들이 리멘께서 임명하신 첫 번째 사도를 맞이하옵니다."

"성하께 리멘의 영광이 있기를!"

"리멘의 영광이 있기를!"

성도.

리멘 교단이 직접 통치하는 교단 직할령의 수도이자, 리멘 교단의 교황청이 존재하는 도시.

그리고 이 세계에서 내가 가장 사랑하는 장소.

온통 리멘의 흔적으로 가득한 도시에, 드디어 내가 돌아왔다.

거의 뭐 퍼레이드였다.

나는 성도의 성벽을 지나, 도시의 중심에 위치한 교황청까지 걸어서 갔다.

이 세계에 내가 돌아왔음을 알리는 일종의 선포기도 했다.

성도에 머물고 있던 모든 시민들이 열렬히 나를 반겨 주었다.

하늘에서는 꽃가루가 휘날렸고, 누군가는 내 귀환을 보면서 오열하기도 하더라.

이렇게 나를 반겨 주는 사람이 많으니 기분은 당연히 좋았다.

인파가 너무 많이 몰려서 대신전까지 무려 1시간은 걸어온 것 같다.

나를 좋아해서 울어 주기까지 하는 사람들을 무시하고 지나갈 수는 없잖아?

그렇게 내가 신전 기사단의 호위를 받으며 교황청에 도착했을 때, 반가운 얼굴들을 마주할 수 있었다.

"교황 성하를 뵙습니다."

"바예르 총대주교."

내가 임명한 교황의 대리자, 바예르 총대주교를 위시한 여러 대주교들.

그들은 눈물을 흘리면서 내 귀환을 반겼다.

바예르 총대주교는 천천히 다가와 내 손을 움켜쥐었다.

"살아생전 제가 교황 성하를 다시 뵐 날이 찾아올 줄은 몰랐습니다."

"10년이나 지났다는데, 바예르 총대주교는 하나도 안 늙은 것 같습니다."

"이 모든 것이 리멘님의 은혜입니다."

노인은 계속해서 내 손을 쓸어내리면서 기쁨의 눈물을 흘렸다.

그가 우는 걸 보고 있자니 괜히 미안해진다.

이 사람들은 나를 이렇게나 기다렸는데, 에덴을 너무 생각하지 않았던 것 같아서 그렇다.

바예르 총대주교는 한참 동안을 나를 바라보면서 행복하게 미소를 지었다. 그리고 천천히 손을 놓아주면서 말했다.

"성하의 집무실은 여전히 비워 두었습니다. 항상 깨끗하게 청소를 해 두고 있었으니, 그곳으로 먼저 모시겠습니다."

"쓰지도 않는 걸 왜 그렇게 열심히 청소를 해 뒀어요? 바예르 총대주교가 좀 쓰시지. 쓴다고 닳는 것도 아니고. 아, 책상은 좀 닳나?"

"성하는 여전히 변함없으십니다. 제가 직접 모시겠습니다."

"부탁해도 되겠습니까?"

우리 교황님 좀
말려 주세요

"그간 교황청이 얼마나 달라졌는지 보여 드리고 싶습니다."

"그럼 둘이서 좀 걷죠."

바예르 총대주교는 내 말에 담긴 뜻을 단번에 파악한 것 같다.

그는 고개를 돌려 뒤의 대주교들에게 말했다.

"성하와 함께 잠시 교황청을 둘러보겠습니다. 그러니 다들 각자의 위치에 가서 맡은 바 소임을 하고 계시지요."

"예, 총대주교님."

대주교들은 순순히 총대주교의 명령을 받든다. 하지만 아쉬워하는 기색을 숨기지 않았다.

대주교들 모두가 나와 함께 전장에서 싸웠던 전우들이다.

그런 사람들이 섭섭해하는 걸 내가 가만히 두고 볼 수야 있나.

"이따가 저녁에 다 같이 식사라도 합시다, 여러분. 총대주교에게 물을 게 아주 많아서 그렇습니다. 오랜만에 교황청 음식도 먹고 싶네요."

그러자 그들의 얼굴에 화색이 돈다.

"철저히 준비해 두도록 하겠습니다!"

"예, 성하!"

이렇게 보면 참 사람들이 순박하다니까?

같이 밥 먹자는 이야기에 저렇게 좋아하고 말이야.

나는 그들에게 가볍게 손을 흔들어 준 다음, 바예르 총대
주교와 함께 교황청을 걸었다.

　"그동안 신경을 못 써 줘서 미안합니다."

　"아닙니다."

　"아, 라파르트 대주교가 안부를 전해 달라고 합니다. 루나
랑 레오도, 그리고 리스도. 에덴에서 넘어온 이들은 아주 잘
지내고 있습니다."

　"그들이 이 땅을 떠난 지도 벌써 10년이나 지났군요. 시간
이 참 빠릅니다."

　바예르 총대주교는 은은한 미소를 띠며 고개를 끄덕였다.

　10년이라는 시간이 가져다주는 격차는 무시할 수 없었다.

　아마 바예르 총대주교도 내가 없는 교황청을 이끌며 고생
을 많이 했을 것이다.

　레오, 루나, 라파르트 대주교.

　그리고 나를 위해 기꺼이 지구로 넘어온 1천 명의 성기사
들까지.

　교황청의 미래를 이끌어 나갈 전력들이 지구로 넘어온 이
후, 분명 문제가 생겼을 것이다.

　그럼에도 바예르 총대주교는 웃으면서 나를 반겨 주고 있
었다.

　그래서 더욱 고마웠다.

　그래서 더욱 미안했고.

"바예르 총대주교."

"예, 성하."

"일주일 정도 있다가 돌아갈까 합니다."

그렇기에 속이고 싶지가 않았다. 내가 함께할 것이라는, 헛된 희망을 품게 하고 싶지 않았다.

섭섭할 수도 있는 말이었겠지만, 바예르 총대주교는 웃으면서 고개를 끄덕였다.

"성하께서 이곳에 다시 와 주신 것만으로도 저희는 행복할 뿐입니다."

"이곳에서 찾아야 할 것이 있습니다."

"그것이 무엇이든, 성하께서는 분명히 찾으실 겁니다. 성하께서는 그런 분이시니까요."

그는 웃으면서 고개를 끄덕였다. 그리고 나에게 교황청을 소개해 주기 시작했다.

10년 전과 비교했을 때 어떤 부분을 개선시켰고, 또 어떤 일들을 행하고 있는지.

앞으로의 계획은 또 무엇인지.

지금쯤이면 팔십을 훌쩍 넘었을 노인이었지만, 그는 여전히 생기가 넘쳤다.

그렇게 그의 안내를 받으면서 어느새 내 집무실 앞에 도착했다.

바예르 총대주교는 내 집무실의 문을 열어 주면서 말했다.

"요새 왕국들의 움직임이 심상치 않아서 걱정이 큽니다."

"그래요?"

"예, 그렇습니다."

어차피 며칠 동안은 성도에서 리멘의 흔적을 찾아볼 계획이다.

리멘의 성유물이 가장 많이 있는 장소였으니, 흔적이 있다면 이곳에 있을 가능성이 높다.

그리고 이곳에 잠시 머물 계획이라면…… 오랜만에 교황으로서 몇 가지 일을 해 주는 것도 나쁘지 않겠다 싶었다.

나는 아주 오랜만에 내 의자에 앉으면서 고개를 끄덕였다.

그리고 바예르 총대주교를 향해 말했다.

"온 김에 교황으로서 역할도 좀 하고 가겠습니다."

"역할이라고 하시면……."

"교통정리를 좀 해 드려야겠죠? 꽤씸하기도 하고."

집무실 한쪽에 걸려 있는 대륙 지도를 바라보며 씨익 입꼬리를 올렸다.

"리멘 교단의 교황으로서 레온 왕국의 국왕과 라그하른 왕국의 국왕을 만나겠습니다. 그 둘에게 교황의 직인이 찍힌 서신을 보내 주세요. 서신 내용은 10시간 내로 당장 튀어와라, 내가 찾아가기 전에……. 음, 이 정도가 적당할 것 같네요."

흩어진 기강은 바로잡으면 된다.

나는 슬쩍 입꼬리를 올렸다.

아무래도 에덴에서의 일주일은 아주 보람찰 것 같았다.

꙼

내가 교황청에 도착한 지 딱 10시간 뒤.

나는 10시간 동안 부지런히 교황청을 돌아다니면서 리멘의 흔적을 조사했다.

리멘의 힘이 담겨 있는 성유물들.

그래도 몇 가지 긍정적인 결과를 얻을 수 있었다.

─10년 전에 한 번, 성유물들의 힘이 소멸한 적이 있었습니다. 외부로 알리지는 않았으나, 그로 인해 교단 전체에 비상이 걸렸었지요. 성유물들이 힘을 회복하기 시작한 것은 불과 2년 전부터였습니다.

성유물에 담긴 힘은 분명히 리멘의 힘이었다.

소멸했어야 정상인 리멘의 힘이, 조금씩 복구되고 있는 중이었다.

지구와 다르게 이쪽의 성유물이 손상을 입었던 건 아마도 시차 때문일지도 모른다.

나는 그렇게 바예르 총대주교의 도움을 받아 열심히 단서를 수집하고 다녔다.

　성유물들을 확인하면 확인할수록, 리멘이 살아 있을 것이라는 확신이 들고 있었다.

　다만, 그녀가 어디에 있는지는 여전히 알 수 없었다.

　결정적인 단서를 얻기 위해서는 에덴에 있는 리멘의 〈성역〉으로 직접 들어가야 할 듯했다.

　신격으로서 그녀가 지내는 공간.

　리멘의 초대 없이는 들어설 수 없는 장소지만, 어떻게든 들어갈 방법을 찾아봐야지.

　성지를 제외하고서 다른 장소에도 성유물들이 많았으니까, 벌써부터 포기할 이유는 없었다.

　아무튼.

　그렇게 내가 부지런히 성유물을 찾으며 하루를 보내고 있을 때, 바예르 총대주교가 나를 찾아왔다.

　"성하, 분부하신 대로 레온 왕국과 라그하른 왕국에서 손님이 왔습니다."

　"국왕들이 직접?"

　"라그하른 왕국의 국왕은 직접 왔으나, 레온 왕국의 국왕은 서신을 보냈습니다."

　노인은 나에게 서신을 보여 주었다.

　그리핀의 인장이 찍혀 있는 서신.

　서신의 내용을 요약하자면 다음과 같다.

[리멘 교단은 들어라. 우리를 기만하는 것도 모자라, 교황이 살아 돌아왔다는 말도 안 되는 소문까지 퍼뜨리는 것이냐? 여태껏 그대들이 대륙의 평화에 이바지하였기에 봐줬지만, 더 이상은 가만히 지켜볼 수 없겠구나.]

한마디로 거짓말의 대가를 치르게 할 것이라는, 내 신경을 잔뜩 건드리는 어휘로 포장된 서신들.

나는 서신을 성화로 태워 버리면서 말했다.

"이놈은 옛날이나 지금이나 아주 성급하다니까요? 생각이란 걸 안 하고 사는 놈이 아닌가 싶네요."

레온 왕국의 국왕이라면 전투가 끝나고 항상 내 다리를 마사지해 주던, 하이즈 그놈일 텐데 말이지.

안 그래도 레온 왕국에는 직접 갈 일이 있었다.

"레온 왕국의 왕성 지하에 우리 교단의 성유물이 좀 남아 있죠?"

"예, 그렇습니다. 성하께서 명하신 대로 성유물 중 일부를 레온 왕국의 무기고에 배치해 두었습니다."

"명분 좋고."

레온 왕국은…… 음, 그러니까 위치상 마왕들과의 최후의 일전을 벌였던 '죽음의 끝'이라는 장소와 가까운 곳에 세워진 왕국이다.

즉, 마기의 위협에 여전히 노출되어 있는 왕국이라는 뜻이다.

애초에 이런 땅에 왕국을 재건한 것도 웃기는 놈이긴 한데, 우리 교단에서는 혹시 모를 사태에 대비하여 성유물을 일부 배치해 주었다.

따지고 보면 계속해서 우리에게 은혜를 입고 있는 셈인데, 그놈들이 지금 우리를 향해 아가리를 벌리고 있었던 것이다.

나는 가볍게 기지개를 켜면서 천천히 앞으로 걸어갔다.

"그놈은 나중에 따로 제가 찾아가도록 하죠."

"미리 입국 절차를……."

"에이, 우리 사이에 무슨 입국 절차. 그냥 거기 왕궁 기습하면 되지."

누가 날 감히 막겠어?

바예르 총대주교는 고개를 조아리면서 문을 열어 주었다.

집무실로 다시 들어갔다.

그곳에는 익숙한 한 남자가 나를 기다리고 있었다.

붉은색의 긴 장발.

거기에 늘씬한 몸매.

총기가 흘러넘치는 푸른색 눈동자까지.

누가 봐도 미남자라고 부를 수 있는 그 남자의 정체는 바로 라그하른 왕국의 국왕, 유리.

유리는 나를 보자마자 바닥에 엎어지면서 소리쳤다.

"교, 교황 성하!"

우리 교황님 좀
말려 주세요

"유리, 오랜만이다!"

"돌아오셨는데 왜 연락 한번 안 해 주셨습니까!"

누가 보면 되게 나를 생각해 주는 놈인 줄 알겠다.

녀석은 바닥에 머리를 처박은 채로 말을 이어 갔다.

"교황 성하를 다시 뵙는 순간이 이렇게 찾아올 줄은 꿈에도 몰랐습니다. 리멘님께…… 리멘님께 감사드릴 따름입니다. 위대하신 리멘이시여!"

"유리야."

"예, 성하!"

"기상."

내 말에 유리는 몸을 움찔거렸다. 그러나 곧 밝게 웃으면서 자리에서 일어섰다.

국왕은 국왕인 걸까?

딱 봐도 비싸 보이는 옷을 걸치고 있는 유리.

유리는 떨리는 목소리로 말했다.

"교황 성하께서는 그때와 비교했을 때 하나도 달라지지 않으셨습니다."

"뭐 하나만 묻자."

"예?"

"요새 내가 죽었다는 소문을 내고 다닌다면서?"

그러자 유리가 즉각적으로 반응한다.

"그럴 리가요! 그건 전부 하이즈, 그 자식의 머리에서 나온 계획입니다. 성하께서 이리 정정하게 살아 계신데! 그런 불경스러운 소문을 내고 다니- 끄아아아아아악!"

나는 녀석의 조인트를 가볍게 까면서 실실 입꼬리를 올렸다.

옛날에도 하이즈와 유리는 덤 앤 더머였다.

멸망한 왕국의 왕자들이라는 공통점을 지녀서 그런가, 복수심에 불타면서도 참 머저리 같은 놈들이었지.

유리는 하이즈에 비해선 그나마 신중한 놈이다.

신중한 놈이니만큼 내가 보낸 서신의 진위를 확인하고자 직접 온 것일 터였다.

"만약 오늘 네가 여기에 안 왔잖아?"

"예…… 예."

"왕궁부터 박살 냈을 거야."

이건 진심이었다.

은혜를 원수로 갚는 놈들에게는 응당한 피의 징벌이 내려져야 공평한 거다.

내 서슬 퍼런 협박에 유리는 허리를 연신 숙이면서 답했다.

"이리 멀쩡하시니 이 모든 게 리멘님의 자비가 아니겠습니까! 앞으로도 충심을 다하겠습니다."

"앞으로 주기적으로 에덴 들를 거다. 네 자손들에게도 똑똑히 전해 둬라."

머리가 아주 영민한 놈이다.

내 말에 담긴 뜻이 뭔지 파악하는 건 그리 어려운 일이 아닐 것이다.

나는 녀석의 어깨를 천천히 두드리면서 말했고, 유리는 몸을 떨면서 고개를 끄덕였다.

"물론입니다."

"자, 오늘 오랜만에 봤으니 밥이나 한 끼 먹을까?"

"좋……."

"바예르 총대주교."

"예, 성하."

"오늘 저녁은 레온 왕국에 가서 먹고 오도록 하겠습니다. 다른 분들에게 미안하다고 좀 전해 주세요."

"알겠습니다, 성하."

이렇게 된 김에 레온 왕국의 성유물 좀 체크를 해 봐야겠다.

내가 기억하기로는…….

아마 '그것'이 레온 왕국의 무기고에 있을 텐데 말이지.

⚜

유리를 데리고 곧장 레온 왕국으로 향했다.

교단의 성도에서 전속력으로 뛰면 한 4시간쯤 걸리는 거리.

아, 물론 어디까지나 4시간은 내 기준에서 4시간이었다.

오래간만에 에덴의 자연을 만끽하면서 달리니 시간 가는 줄 모르겠더라.

"우웨에에에에엑."

"거, 얼마나 뛰었다고 엄살이냐?"

내 오른손에는 유리가 들려 있었는데, 유리는 새하얀 얼굴로 계속해서 토를 하고 있었다.

이곳은 레온 왕국의 왕궁.

유리와 함께 이곳에 들어온 순간.

삐이이이이이익―!

왕궁 전체에 걸려 있던 경보 마법이 울리면서 사방에서 기사들이 쏟아져 나왔다.

"왕궁에 침입자다!"

"전 병력 집결!"

레온 왕국의 상징이라고 할 수 있는 그리핀 문양을 갑옷에 새긴 기사들이 빠르게 모여들기 시작했다.

레온 왕국의 기사들은 처음엔 아주 기세 좋게 달려들었다.

당장에라도 침입자를 찢어 버릴 것 같은 흉포한 기세로 말이다.

하지만 그 기사들 중, 내 얼굴을 알아보는 이들이 몇 명 있었다.

"교, 교황 성하?"

"모두…… 모두 무기를 내려라! 당장! 목숨을 부지하고 싶
으면 당장 무기를 내려!"

"기사단장님! 도대체 저 사제가 누구기에 그렇게 겁
을……."

빠아아아악.

기사단장으로 보이는 놈 한 명이 자신의 부하 뒤통수를 후
려갈기면서 소리쳤다.

"저분은 에덴을 구원한 영웅이신 교황 성하시다!"

물론 기사단장으로부터 뒤통수를 가격당한 부하는 단번에
기절을 해 버렸다.

나는 나를 향해 극상의 예의를 표하는 기사단장과 다른 기
사들을 향해 가볍게 손을 들어 주며 말했다.

"불청객이라서 할 말이 딱히 없군요. 반갑습니다, 여러분.
늦은 시간에 고생들 하십니다."

"국왕 전하께 제가 직접 보고를 드리도록 하겠습니다."

"아, 신경 쓰지 마세요. 지금 하이즈가 어디에 있는지만
말해 주세요."

"전하께서는 현재 연회장에서 귀족들과 연회를……."

"아하, 그래요? 거기에 먹을 건 좀 많습니까? 제가 먼 길
을 와서 좀 허기진데."

"왕국 최고의 요리사들을 초빙하였으니 마음에 드실 겁니
다."

"듣던 중 반가운 소리네요. 아, 여기 이쪽은 라그하른 왕국의 유리 국왕."

"허어어어억!"

한밤중에 내가 다른 왕국의 국왕을 데리고 나타난 건 보통 사건이 아니다.

기사들이 아주 뒤집어진다.

분위기가 순식간에 뜨거워지는 게, 아주 흡족했다.

나는 기사들의 옆을 지나치면서 천천히 등을 두드려 주었다. 그리고 은근한 목소리로 물었다.

"연회장이 어느 쪽입니까?"

그러자 얼빵한 표정이 잘 어울리는 한 신입 기사가 오른쪽을 가리키면서 우렁차게 소리쳤다.

"이쪽으로 쭈욱 가시면 됩니다, 교황 성하!"

"오, 고마워요."

"교황 성하께서는 제 어린 시절의 은인이시자 평생 제가 닮고 싶은 영웅이십니다! 이런 자리에서 뵙게 되어 정말 감동입니다!"

내가 그래도 에덴에서는 아직 먹어 주는 것 같다.

나는 나를 향해 뜨거운 열정을 보여 주는 그 신입 기사의 등을 다시 한번 두드려 주었다. 그리고 해맑게 웃으면서 말했다.

"보기 좋네요. 혹시 직접 안내해 주시겠습니까?"

"영, 영광입니다!"

한 가지 확실한 건 이 얼빵한 신입 기사, 내가 돌아간 이후 아마 호되게 당할 것 같다.

저기 기사단장 표정 좀 봐라.

내가 없었으면 당장에라도 이 기사를 반쯤 죽여 뒀을 것 같다.

그렇게 왕궁 침입 5분 만에 훌륭한 가이드를 구한 우리는 가벼운 발걸음으로 연회장을 향해 걸어갔다.

지어진 지 얼마 안 되었는지, 왕궁은 전체적으로 깔끔한 느낌이 들었다.

게다가 곳곳에서 드워프들의 솜씨가 보였다.

"하이즈 그놈이 원래 드워프들이랑 친했었지?"

"예, 그렇습니다."

"너네 왕궁에는 뭐 없냐?"

"저희는 엘프 부족들과 인접해 있어서……. 엘프들이 직접 꾸며 준 정원이 있습니다. 왕궁의 자랑이지요."

유리는 살포시 웃으면서 고개를 끄덕였다.

……재수 없는 놈.

원래도 잘생겨서 싫었는데, 왕까지 되니까 더 재수가 없다.

"한데 성하."

"왜?"

"정말 저녁을 얻어먹으러 이곳까지 오신 겁니까? 혹시……."

잠시 말을 끊는 유리.

나는 손을 내저으면서 짜증을 냈다.

"짜증 나니까 말 끊지 말고, 단도직입적으로 말해. 대답해 줄게."

"저랑 하이즈에게 죗값을 받으시려고……."

"죗값? 죗값은 당연히 받아야지. 우리 교단의 뒤통수를 치려고 했으면서…… 가만히 내가 넘어가 주길 바랐던 건 아니지? 에이, 설마. 내가 너희를 그렇게 가르치진 않았잖냐."

죗값은 최소 백 년 할부로 받을 계획이다.

지구로 돌아갈 생각만 하는 바람에 에덴의 정세가 어떻게 흐를지 꼼꼼하게 생각하지 못했던 내 탓이 크다.

이번이야말로 에덴의 질서를 제대로 바로잡을 수 있는 기회.

나는 이번 일주일을 아주 알차게 사용할 계획이었다.

그래야 후회가 없지 않겠어?

"도, 도착했습니다!"

연회장은 생각보다 훨씬 가까웠다.

신입 기사는 나를 향해 넙죽 허리를 숙이면서 말했다.

"교황님을 모실 수 있어서 영광이었습니다!"

"리멘의 축복이 당신께 있기를. 고맙습니다."

"허어어억!"

내가 웃으면서 인사를 건네자 잔뜩 상기된 표정으로 뒤로 물러서는 신입 기사.

……이게 열성 팬을 둔 스타의 기분이려나?

뭔가 이상하긴 한데.

아, 잡설은 여기까지만 하도록 하고.

나는 화려하게 장식된 연회장 내부를 둘러보았다.

찬란한 샹들리에.

딱 봐도 비싼 장신구를 끼고 춤을 추는 귀족들과, 요리와 술을 들고 분주하게 돌아다니는 하인들까지.

"애초에 하이즈 녀석이 방탕한 생활을 즐기지 않았습니까? 교황 성하께서 직접 가르침을 내려 주시는 것이……."

"하이즈 얼굴에 통칠한다고 해서 내가 너를 덜 혼낼 거라는 생각은 하지 말도록."

"옙."

유리가 기회를 놓치지 않고 파고들었지만 어림도 없었다.

나는 연회장의 한가운데에서 즐겁게 연회를 즐기고 있던 하이즈를 발견했다.

아직 무슨 일이 벌어졌는지 모르는 걸까?

아주 행복해 보인다.

"어이, 하이즈."

천천히 녀석을 향해 걸어가면서 손을 흔들었다.

그러자 하이즈가 고개를 돌려 나와 시선을 마주한다.

그리고 그 순간······.

쨍그랑.

녀석이 들고 있던 유리잔이 바닥에 부딪혀 산산조각 났다.

"교, 교황?"

아주 격하게 반가움을 표시해 주는 나의 옛 부하.

나는 녀석을 향해 웃으면서 말했다.

"표정이 왜 그래? 빚쟁이라도 본 표정이다."

"······여긴, 여긴 도대체 어떻게······. 아니, 진짜로 돌아온
거······."

"그건 반말이고."

"······예요?"

귀여운 녀석.

뭐, 따지고 보면 빚쟁이는 맞지.

내가 녀석한테 받을 게 있으니까.

"우리 교단이 너희 왕국에 지원해 줬던 성유물 다 털러 왔
다. 불만 없지?"

⚜

"하나 하면 제가, 둘 하면 잘못했습니다."

"교, 교황 성하, 제가 이래 봬도 한 나라의 국왕이고······

교황 성하와 함께 악마들과 싸웠던……."

"그래서 내가 배려해 줘서, 네 침실에서 해 주는 거잖아?
아예 영영 자고 싶어? 말만 해. 바로 영영 자게 해 줄 테니
까. 하나."

"제가아아아아!"

"둘."

"잘못했습니다아아아아아!"

이곳은 레온 왕국의 국왕 침실.

연회는 계속 진행되고 있었지만, 나는 하이즈를 데리고 곧
바로 침실로 왔다.

내 옆에는 유리가 식은땀을 흘리면서 이 장면을 쳐다보고
있었다.

나름 둘이 친했던 것 같은데.

각자 왕국을 꾸리니 사이가 서먹서먹해진 걸까?

"유리."

"예, 성하!"

"친구에게 해 줄 조언이라도 있을까?"

유리는 팔짱을 낀 채로 하이즈를 내려다보았다.

앉았다 일어났다를 반복하는 하이즈.

물론 자신의 귀를 잡은 채로다.

"그러게 성하께서 돌아오셨다는 소식을 들었으면 빠르게
달려왔어야지. 국왕이 되어 사치에 파묻히느라 지능이 낮아

졌나?"

"유……리, 너 이 자식……."

"벌받는 도중에 말하는 거 되나?"

"죄, 죄송합니다!"

하이즈가 다스리는 이 레온 왕국은 근 10년 동안 가장 빠른 속도로 번영한 국가라고 한다.

마왕들과의 최후 결전이 벌어졌던 '죽음의 땅'과 가장 밀접한 장소였으나, 아이러니하게도 그로 인해서 이 지역에서 가장 많은 마정석이 발견되고 있다고 한다.

아마 마기를 억제하기 위해 만들어 둔 결계들로 인해서 일어난 현상일 것이다.

신성 결계가 자리 잡고 있던 구역에서는 신성석이 나오고 있다고 하고.

아무튼.

과감한 땅 투자를 통해서 엄청난 수익을 거두고 있는 셈.

게다가 어떤 시대라도 한탕을 노리는 놈들이 있는 법이다.

이를테면 모험가들.

에덴에 날고 긴다 하는 모험가들은 격전지에서 사망한 용사들의 유품이나 각종 아티팩트들을 수집하기 위해 기꺼이 저 죽음의 땅으로 드나든다고 한다.

그로 인해 가장 많은 수익을 거두는 것 역시 바로 이 레온 왕국이다.

기회와 욕망이 살아 숨 쉬는 땅.

레온 왕국이 보유한 재력의 힘은 모두 거기에서 나오는 거다.

처음, 유리로부터 그 이야기를 들었을 때 참 하이즈답다고 생각했다.

원래 이 녀석은 야심이 가득한 놈이었기 때문이다.

기회를 놓치지 않는, 철저한 기회주의자 스타일.

게다가 셈도 빠른 편이라, 국왕이 되어도 꽤 잘할 거라는 생각은 했었다.

"하이즈야, 하이즈야."

"예, 예 교황 성하!"

"3년 전부터는 우리 교단에 헌금도 안 했다면서? 그래도 옆에 유리는 꾸준히 하고 있다더라고."

"그것은……."

쉽게 입을 떼지 못하는 하이즈.

어떻게든 변명을 구상하려는 듯했으나, 변명이 생각이 날리가 있나.

나는 활짝 웃으면서 고개를 끄덕였다.

"그래, 변명이 있을 리가 없지. 내가 불렀는데도 오지 않은 놈인데…… 이제 뭐, 나랑 다른 길을 걷겠다는 거니까. 너 요새 우리 교단에 대해 나쁜 소문 퍼뜨리고 다닌다면서?"

"그건 정말 오해십니다!"

"모든 소문은 레온 왕국으로 향한다, 그런 말이 있다던데?"

무역이 가장 융성한 레온 왕국.

따라서 소문의 근원지는 이곳이다.

내 지적에 하이즈는 눈알을 이리저리 굴리더니, 곧 나에게 무릎을 꿇으며 소리쳤다.

"죄송합니다. 제가 회의 때 '교황님이 너무 오랫동안 자리를 비우시니, 그분이 안 계신다는 가정하에 정책을 수립해야지 않겠냐?'라고 말했던 게 화근이 된 모양입니다!"

"결국 네 주둥아리가 문제로구나. 그래, 죗값은 어떻게 치를 생각이니?"

"당장 리멘 교단에 헌금을 하고, 왕국에서 채굴되는 신성석을 무료로 제공하겠습니다!"

빠아아악.

나는 녀석의 뒤통수를 있는 힘껏 후려갈기면서 말했다.

"그건 당연히 우리 교단이 받아야 하는 거고."

"그, 그럼……."

"앞으로 1년에 두 번씩 성지에 방문해서 리멘께 기도를 올리도록. 대리자가 아니라, 네가 직접. 그리고 네 자손들도 마찬가지야."

벌써부터 왕국들이 이권을 놓고 싸우면 안 된다.

적어도 향후 50년 동안은 리멘 교단이 주도권을 잡은 채로 대륙 복원 작업에 열중해야 한다.

한 나라의 국왕이 1년에 두 번씩 성지에 들른다는 건 그 자체만으로도 상징성을 가진다.

나는 의자에 슬쩍 앉으면서 과일을 하나 집어 먹었다.

오렌지랑 비슷한 맛이 나는 과일이었다.

"리멘 교단 총대주교의 주도하에 평화 회의를 정기적으로 개최할 거야. 대륙에 있는 모든 왕국의 국왕들과 이종족의 수장들까지 다 한곳에 모이는 회의가 되겠지."

사후 관리는 언제나 철저하게 해야 한다.

강압적이라고 할지도 모르겠다만, 꼬우면 힘을 더 길러야 지.

내가 자리를 비웠다고 이빨을 들이미는 놈들을 가만히 두고 볼 생각은 없었다.

"유리가 그러던데…… 너 제국 세우고 싶다면서?"

"……그건 말입니다."

"능력이 되면 한번 세워 봐. 우리야 좋지 뭐. 중간 관리자가 대신 관리를 해 주는 건데, 안 그래?"

이 녀석은 야심으로 가득 찬 놈이다.

모든 걸 억제하자니 득보단 실이 많다.

그래도 한때 나와 함께 전장에 서 있던 놈인데, 아무것도 하지 말라고 하면 섭섭할 수밖에 없을 것이다.

"이만하면 대충 알아들었을 거라 생각되니까, 벌은 그만

서고."

내가 말하자마자 하이즈가 숨을 크게 내쉬면서 자리에서 일어섰다.

아직도 괘씸하긴 하지만, 그건 어디까지나 입장의 차이 때문이다.

녀석은 국왕으로서 이 왕국을 융성하게 만들기 위해 나섰을 뿐.

팔은 안으로 굽는다던가?

이놈이 이렇게 보여도 전투 중에 나 대신해서 창에 맞은 적도 있는 놈이다.

그때의 귀여운 꼬맹이는 어디로 갔는지 원.

"다들 일단 앉아 봐."

내 말에 유리와 하이즈가 의자에 앉았다.

"너희도 이제 어엿한 국왕이니까 내가 이래라저래라 하는 것도 보기 안 좋긴 해. 교단이 왕국의 내정에 간섭하는 건 보기에 안 좋잖아?"

지구의 역사가 증명한다.

교권과 왕권의 다툼.

에덴은 지구로 따지면 거의 중세 시대와 비슷한 정치 체제를 지니고 있다.

나는 우리 교단이 모든 걸 통제하는 걸 바라진 않는다.

문명을 복원하고, 발전을 위해서라면 욕심이 필수다.

우리 교황님좀
말려주세요

다만, 나는 이 녀석들이 선을 지켜 주었으면 한다.

"내가 간섭할 일 없도록 알아서들 해라. 이번 일을 봐주는 건 옛정 때문이니까. 너희 내 성격 알지?"

"예."

"죄송합니다, 교황님."

"다음에 내가 또 에덴에 들렀을 때, 상황이 지금처럼 되어 있잖아? 왕국은 없다고 봐라. 싸그리 박살 내 버릴 테니까."

이번 기회를 통해 에덴도 신경을 써야 한다는 걸 깨달았다.

지구로 돌아가고 나면, 정기적으로 에덴에 나들이 올 수 있는 방법을 모색해 볼 것이다.

라파엘의 도움을 받든지, 아니면 리멘을 찾아서 물어보든지.

어떻게든 이 세계도 신경을 써 볼 것이다.

그렇게 해서 간단하게 교통정리를 끝냈다.

내가 주기적으로 들르겠다는 말보다 이 녀석들에게 무서운 건 없을 것이다.

나는 씨익 웃으면서 자리에서 일어났다. 그리고 둘의 등을 두드리면서 말했다.

"나 배고프다."

그러자 하이즈가 벌떡 일어서면서 말했다.

"음식을 들이라고 하겠습니다."

"그래, 밥 먹고 잠시 왕궁 지하 무기고 좀 들러야겠어."

"……정말 성유물을 모두 거두어 가시는 겁니까? 교황 성하, 그 성유물이 없으면 마기를 통제할 수가……."

"누가 다 가져간대? 아까는 내가 너무 화가 나서 그랬어."

"죄송……."

"화나게 하지 마라. 진짜 성유물 다 빼 버리는 수가 있다."

이곳에 오기 전, 레온 왕국의 무기고에 소장되어 있는 성유물의 목록을 체크했다.

그중에 지금 나에게 필요한 성유물이 하나 있었다.

교통정리도 교통정리지만, 내가 오늘 이곳에 온 이유는 바로 그 성유물 때문이다.

내 말에 하이즈는 못미덥다는 표정으로 고개를 끄덕였다.

"표정 풀어라."

"헤헤, 제가 언제 또 안 좋은 표정을 지었다고. 음식을 들이겠습니다. 여봐라! 음식을 들이거라. 어서!"

금강산도 식후경.

에덴의 음식은 한식만큼은 아니지만 내 입맛에 맞는 음식들이 많았다.

오래간만에 에덴의 음식을 즐겨야겠다.

든든하게 식사를 한 이후, 나는 두 국왕과 함께 왕궁 지하에 있는 왕가의 무기고로 향했다.

"보시다시피 도난을 사전에 방지하기 위해 총 일곱 개의 결계를 사용했습니다. 제 목걸이에 박힌 인장이 아니면 그 누구도 이곳에 들어설 수 없습니다."

하이즈는 이런 저런 설명을 덧붙였다.

무기고의 입구에는 딱 봐도 꽤 잘 싸울 것 같은 기사들이 배치되어 있었고, 내부에는 결계가 총 일곱 겹이나 쌓여 있었다.

우우웅.

하이즈의 목걸이에서 흘러나온 마력이 결계를 중화시켰다. 그러자 결계의 가운데에 자그마한 입구가 드러났다.

"모험가들이 죽음의 땅에서 회수하는 장비들 중 대부분을 저희 왕국에서 매입하고 있습니다."

"돈이 많다고 해도 그게 되나?"

"레온 왕국을 통해서 죽음의 땅으로 들어서기 위해선 계약을 해야 합니다. 그 계약에는 우선 매입권도 포함되어 있죠."

"수완 좋네."

"함께 싸웠던 동료들의 유품입니다. 동료들의 유가족이 찾아오면 내주고 있습니다."

선행이라고 부를 수 있는 행동이다.

하지만 이 녀석의 입에서 저런 말이 나오니 영 시원찮다.

"그런 놈이 왜 헌금은 안 내?"

"……죄송합니다."

"유가족들 중에서 인재가 있으면 네가 데려가려고 벌이는 일인 거, 내가 모를 줄 아냐? 머리 돌리는 거하고는."

나는 피식 웃으면서 결계의 안쪽으로 진입했다.

그리고 마침내.

우우우우웅ー!

찬란하게 빛나고 있는 신성 결계에 도달할 수 있었다.

무기고의 가장 안쪽.

이 너머에는 죽음의 땅의 마기를 억제하기 위해 배치된 성유물들이 자리잡고 있었다.

"이곳은 저도 들어갈 수 없습니다."

"당연하지. 총대주교에게만 허락된 권한이거든."

주머니에서 미리 가져온 반지를 꺼냈다.

신성석으로 조각된 아름다운 반지.

그 반지를 신성 결계에 가져다 대니까 곧바로 반응이 오기 시작했다.

스르륵.

신성 결계의 일부에 작은 틈이 벌어졌다.

나는 국왕들을 이끌고 그 안으로 들어섰다.

"아."

지금까지 조용히 있던 유리가 작은 감탄사를 내뱉었다.

그럴 수밖에 없는 것이, 결계 너머에 자리 잡고 있던 성유물들은 보는 것만으로 경이로웠기 때문이다.

"많이도 가져다 두었다."

〈심판의 검〉과 사실상 한 세트라고 볼 수 있었던 〈최후의 방벽〉부터 시작해서, 〈필멸의 창〉 같은 무기들까지.

리멘 교단의 성서에 등장하는 성유물들이 곳곳에 가득하다.

이 모든 성유물들은 결국 대륙을 마기로부터 지키기 위해 이 자리에 배치되어 있는 거다.

나는 오랜만에 보는 성유물들을 천천히 쓸어내리면서 미소를 지었다.

이곳의 시간으로는 10년이나 지났음에도 먼지 하나 묻어 나오지 않는다.

리멘 교단의 역사다.

마왕들과의 투쟁이 얼마나 거칠었는지를 증명해 주는 증거이기도 했다.

그 모든 역사를 되짚으면서 천천히 앞으로 걸어 나갔다.

무기들 사이에 있는 한 유리관.

신성석으로 조각된 제단 위에 작은 조각품 같은 것이 자리 잡고 있었다.

"역시 여기에 있었네."

내가 이곳에 온 진짜 이유.

성유물 〈선지자의 나침반〉.

길을 잃은 자신의 선지자를 위해 리멘이 직접 선물했다는, 길을 찾게 해 주는 성유물.

성서에서는 미궁 속에 갇힌 선지자를 위해 만들어 줬다고 나온다.

내가 이 나침반을 찾으러 온 이유도 그것과 크게 다르지 않았다.

나도 길을 잃어버렸으니까.

천천히 나침반을 향해 다가갔다.

내가 다가왔다는 것을 느끼는지, 나침반이 공명하기 시작했다.

우우우웅.

내 몸에서는 리멘의 신성력과는 전혀 다른, 온전히 나만의 신성력이 흘러나온다.

하지만 결국 그 신성력 역시 리멘으로부터 파생된 신성력이라는 걸 감지했나 보다.

나침반은 아주 천천히 내 신성력을 받아들인다.

나는 나침반을 손으로 집어서 들여다보았다.

이 나침반에는 우리가 흔히 알고 있는 '자침' 대신 작은 화살표 하나만 자리 잡고 있었다.

'나침반'이라는 표현은 그저 길을 찾게 해 준다는 관용적인 표현일 뿐.

사실상 이것은 표시기나 다름없다. 갈 길을 표시해 주는, 그런 표시기.

마침내 내가 자침을 내려다보았을 때.

"아."

나는 미간을 찌푸리며 할 말을 잃어버리고 말았다.


나침반 속의 자침은 오로지 나만을 가리키고 있었다.

## 네게로 향하는 길

레온 왕궁의 무기고에서 나침반을 챙긴 나는 곧장 성도의 교황청으로 돌아왔다.

유리와 하이즈는 내가 돌아가기 전, 정식으로 교황청에 방문한다고 했다.

내가 말했던 '대륙 평화 회의'의 주최를 공식으로 선언하고, 각 집단 간의 의견을 조율하기 위함이었다.

딴 주머니를 차려던 놈들이지만 적어도 녀석들은 내가 있다는 것을 알고 있음에도 실수를 할 놈들은 아니었다.

전쟁의 생존자.

생존자라는 뜻은 내가 이루어 낸 모든 업적을 눈으로 담았다는 뜻이기도 했다.

그렇기 때문에 나는 다음을 기약하고 먼저 교황청에 복귀하게 된 것이다.

"성하, 고민이 많으신 듯합니다."

"아, 바예르 총대주교."

내가 집무실에 앉아서 나침반을 이리저리 만지작거리고 있을 때쯤이었다.

차를 들고 들어온 바예르 총대주교가 부드럽게 웃으면서 나를 바라보았다.

"성하께서 그리 심각한 얼굴로 고민하는 모습은 처음 보는 것 같습니다."

"그런가요?"

"항상 고민보다는 몸이 앞서셨던 분 아닙니까?"

바예르 총대주교는 웃으면서 내 찻잔에 홍차를 따라 주었다. 그리고 레몬즙을 살짝 짜 넣어 준 다음, 나에게 건네주었다.

"성하께서 좋아하셨던 홍차입니다. 엘프들이 직접 제조하여 매년 성도에 보내고는 합니다. 함께 드시는 디저트는 엘프들과 함께 지내는 페어리들이 만든 타르트입니다."

가지각색의 타르트들이 눈길을 사로잡는다.

나는 슬며시 미소를 지으며 나침반을 잠시 내려 두었다. 그리고 딸기 타르트를 베어 문 다음, 홍차를 마셨다.

달콤함과 쓴맛의 적절한 조화.

전쟁이 끝난 이후, 평화를 되찾은 엘프들과 페어리들이 나에게 어떻게든 보답하고 싶다며 만들어 줬던 그 음식들이다.

맛이 참 좋다.

깨끗하기도 하고.

"차원 간 이동만 가능하면 에덴의 식재료를 공수해 가는 것도 나쁘지 않을 것 같은데요?"

"그렇습니까?"

"따로 품종을 개량할 필요도 없을 것 같기도 하고. 흠."

"엘프들의 차와 페어리들의 디저트는 상품성이 높은 품목이기도 합니다. 마탑들이 페어리들의 디저트를 대륙에 공급하기 위해 보존 마법을 열심히 발전시키고 있는 걸 보면 알 수 있지요."

"마법사들은 원래 화력에 미쳐 있는 족속들이었는데…… 세상이 참 많이 변했네요?"

"무력만큼이나 금력이 중요한 시대가 되어 가고 있다는 뜻입니다. 모든 사업이나 연구에는 돈이 필요하니까요."

교단 중에서 가장 금전의 가치를 높이 사는 우리 교단다웠다.

실제로 교단의 재정 상태를 확인해 본 결과, 여전히 대륙 최강이다.

성물부터 시작해서 주기적인 마수 토벌을 통해 챙기는 부산물들.

교단이 직접 정화한 마수들의 부산물은 아주 높은 가격으로 판매되고 있다고 하더라.

확실히 시스템이 잘 갖춰졌다.

헌금에 의존하는 것보다는 재정 자립을 추구하는 게 옳다.

그래야 덩치를 키우는 것도, 세력을 지키는 것에도 유리하니까.

나는 딸기 타르트를 하나 더 입에 넣으면서 슬며시 눈을 감았다.

"좋네요."

"레온 왕궁에서 선지자의 나침반을 찾아내셨군요."

바예르 총대주교는 책상에 놓인 나침반을 살펴보며 말을 이어 갔다.

"원래는 미궁에 갇힌 선지자, 루오를 위하여 리멘님께서 내려 주신 성유물이었지요."

"부끄럽게도 성서에 정통하진 못해서."

"그 이후에도 몇 번 성서에 나오곤 했습니다. 그리고 성서에 이 나침반이 등장할 때마다, 길을 잃은 자들은 길을 찾았습니다."

어쩌면 저 말이 내가 가장 듣고 싶었던 말일지도 모른다.

"나침반이 무엇을 가리키는지 보이십니까?"

내 질문에 바예르 총대주교는 내 맞은편의 의자에 앉으면서 고개를 가로저었다.

우리 교황님 좀
말려 주세요

"이 나침반의 자침은 사람마다 다르게 보입니다. 그 사람이 가장 찾고 싶은 길. 그 길을 가리키기 때문입니다."

그는 자신의 잔에도 홍차를 따라서 조심히 마셨다.

그리고 나를 바라보면서 미소를 지었다.

"성하의 나침반을 무엇을 가리키고 있는지요."

"글쎄요."

나침반의 자침은 여전히 나를 가리키고 있다.

내가 가장 찾고 싶은 것이, 이미 나에게 있다는 뜻일까.

"계속해서 저를 가리키고 있네요."

"그렇습니까."

노인은 다시 한번 차를 들이켠다.

그리고 숨을 크게 들이쉰 후, 천천히 이야기를 시작한다.

"리멘님께 어떤 일이 벌어졌을지도 모른다는 생각을 했었습니다. 어느 순간부터 성유물들의 신성력이 약해졌고, 일부 성유물은 성유물로서의 자격을 잃었었지요."

리멘이 소멸했던 그 순간을 말하는 걸까.

지구의 시간으로는 얼마 되지 않았지만, 그녀가 소멸하게 되면서 분명 시간선이 꼬였다.

아마 에덴에 살던 이들이 그녀의 부재를 더 크게 느꼈을 것이다.

하지만 바예르 총대주교는 얼굴 하나 찡그리지 않았다.

그리고 인자한 표정으로 말했다.

"하지만 그것도 잠시였습니다. 결국, 리멘님의 힘은 조금씩 돌아오더군요. 그건 아직까지도 교단 내의 극비 사항입니다. 모든 신도들이 한마음을 모아 그 고난을 이겨 냈지요. 그때 당시를 회상하면…… 리멘님께서 저희에게 초심을 잃지 말라, 그런 뜻으로 받아들였던 것 같습니다."

어쩌면 나보다 더 막막한 상황이었을지도 모른다.

갑자기 신성력이 사라졌던 상황.

누군가는 리멘이 자신들을 버렸나, 그리 생각했을지도 모른다.

그러나 에덴의 신도들은 한마음이 되어 잘 버텨 주었다.

그리고 내 눈에 보이는 것처럼 여전히 신성력을 유지하고 있다.

"성하께서 이렇게 나타나신 것 역시 그 상황과 연관되어 있지는 않을까, 그런 생각을 하고 있었습니다. 맞지요?"

"나이가 드시니 혜안이라도 생기신 건지."

"늙은이의 감입니다."

이야기를 간단하게 끝낸 바예르 총대주교는 다시 한번 홍차를 마셨다.

"성하."

"예."

"성하께서 듣고 싶은 대답을 제가 대신 해 드리겠습니다. 리멘님께서는 여전히 실존하십니다. 그리고 성하라면, 리멘님을 반드시 찾아내실 겁니다."

어쩌면 나에게 부족했던 건 리멘이 있다는 확신이었을지도 모른다.

눈앞의 이 노인은 나에게 부족했던 그 확신을 불어넣어 준다.

만약, 아주 만약.

리멘이 존재하고 있다면, 이곳에서 변함없이 그녀를 믿고 있던 이들 때문이 아닐까?

한 치 앞도 안 보이는 두려운 상황에서도 끝까지 신앙심을 부여잡고 있던 이들.

그녀가 구원했던 이들이 결국 그녀를 구원한 게 아닐까?

여러 가지 생각이 든다.

하지만 그 복잡한 생각의 끝은 결국 확신으로 귀결되었다.

리멘은 존재한다.

"나침반이 성하를 가리키는 이유는 자세히는 모르겠습니다. 모든 것이 리멘님의 뜻일 터이니…… 하지만 이 노인네가 감히 조언을 드리고자 합니다."

바예르 총대주교는 내 손을 부드럽게 잡았다.

그리고 그 어느 때보다 따스한 목소리로 말했다.

"나침반이 성하를 가리키고 있다면, 성하께서는 이미 그 길 위를 걷고 계시는 걸지도 모릅니다."

내가 그 길을 이미 걷고 있다라.

나는 희미하게 미소를 지었다. 그리고 바예르 총대주교에게 가볍게 고개를 숙였다.

"조언 고맙습니다."

"조언으로 생각해 주셔서 제가 더 감사할 따름입니다. 성하께 확신이 부족해 보였습니다."

"덕분에 잡생각이 달아났네요."

지금 내가 걷고 있는 이 길을 의심하지 말자.

설사 너무나도 먼 길이라고 할지라도, 결국 그 끝에 리멘이 서 있다는 건 분명했으니까.

나는 나침반을 다시 손으로 잡았다.

"지구로 돌아갈 때 이 나침반을 가져가도 되겠습니까?"

그러자 바예르 총대주교가 환하게 웃으면서 답했다.

"잊으셨습니까? 에덴의 모든 성유물은 응당 성하의 것입니다."

"그렇다고 다 가져갈 수는 없잖아요."

"그것도 맞지요. 하하."

에덴으로 오길 잘했다.

마음이 너무나도 편해졌다.

나는 웃으면서 다시 타르트 하나를 입에 집어넣었다.

기분 탓일까? 아까보다 타르트가 더 달콤해진 것 같았다.

"바로 돌아가실 겁니까?"

"일주일은 꽉 채워야죠. 혹시 모르니 성유물도 더 살펴볼 생각입니다."

"그럼 제 부탁을 좀 들어주시겠습니까?"

"당연하죠."

잠시 뒤 이어진 그의 부탁에, 나는 기꺼이 고개를 끄덕였다.

다음 날 아침.

오랜만에 교황청 식구들과 함께 아침을 먹은 나는 집무실에서 손님을 맞이했다.

손님은 다름 아닌 똘망똘망한 눈을 지닌 흑발의 어린 소년이었다.

기껏해야 여덟 살은 되었을까?

시연이보다 그 어린 소년이 나를 향해 정중하게 허리를 숙이면서 인사한다.

"리멘의 어린 종이 교황 성하를 뵙습니다."

이 소년을 처음 마주한 순간 알 수 있었다.

"반가워. 이름이 뭐야?"

"아무르라고 합니다. 성은 없습니다."

"그래, 아무르. 만나서 기뻐. 나이는 어떻게 돼?"

"여덟 살입니다!"

아무르.

이 소년은 선지자였다. 그것도 내가 봤던 선지자 중, 나와 가장 끈끈한 실로 묶인 선지자.

즉, 내 뒤를 이을 새로운 교황이라는 뜻이다.

아무르의 뒤에 서 있던 바예르 총대주교가 아무르의 머리를 쓰다듬으면서 말했다.

"제 인생의 마지막 즐거움입니다. 리멘님께서 제게 장수를 허락하신 것도 이 아이 때문이 아닐까 생각하고 있지요."

"귀엽네요."

"성하의 뒤를 이어 리멘 교단을 이끌어 나갈 새로운 교황이 될 아이입니다. 현재는 대륙을 돌아다니며 여러 가지 경험을 시켜 주고 있습니다."

리멘이 원하는 '교황'은 가장 낮은 자리에서, 가장 소외된 이들을 비춰 주는 존재다.

내가 과연 리멘이 원하는 그 역할을 수행했는지는 모르겠다.

어쨌거나 내가 활약했던 시기는 대륙 전체가 전쟁에 신음하고 있었을 때였기 때문이다.

하지만 지금은 내 때와 상황이 많이 다르다.

분쟁은 있겠지만 대륙을 멸망시킬 정도의 전쟁은 더 이상 없다.

대신 대륙 곳곳에 셀 수 없이 많은 상흔들이 남아 있었다.

우리 교황님 좀
말려주세요

이럴 때의 교황은 그 누구보다 상처를 잘 돌봐 주는 이여 야만 한다.

나는 흐뭇하게 웃으면서 아무르에게 물었다.

"나에게 묻고 싶은 건 없니?"

내 질문에 아무르는 활짝 웃으면서 고개를 끄덕였다.

"교황님을 뵙게 되어서 너무나도 기뻐요."

"나도 아무르를 만나게 되어서 정말 기뻐."

내 뒤를 이을 소년을 만나게 되니 기분이 정말 싱숭생숭하 다.

가만히 아무르를 보고 있자니 나 말고 다른 존재와도 닮은 것 같다.

같이 있는 것만으로도 마음이 따뜻해지는 존재.

리멘.

아무르는 리멘과도 닮아 있었다.

"대륙을 돌아다니면서 무엇을 느꼈어?"

내 질문에 아무르는 솔직하게 답했다.

"아픈 사람들이 너무 많아요."

"그래?"

"사람들이 아프지 않고 행복했으면 좋겠어요."

어린아이다운 순수한 꿈이다.

평범한 어린아이가 했었다면 칭찬을 해 주고 넘어갔겠지 만, 나는 이것이 어린아이의 단순한 소원이 아니라는 것을 깨달았다.

아무르는 눈을 빛내고 있었다.

이 소년이라면 그 꿈을 실현시킬 것이다. 그리고 그것이 아무르에게 주어진 선지자로서의 운명이었다.

"좋은 꿈이네."

"꿈이 아니에요!"

"응?"

"돌아다니면서 열심히 사람들을 치료해 주고 있어요. 언젠가는 반드시 모든 사람들을 치료할게요."

"아아, 꿈이 아니라 현실이다?"

"네!"

"그래, 그렇게 될 거야."

나는 내가 리멘 교단의 미래와 마주하고 있다는 것을 깨달았다.

내가 에덴에서 자리를 비운 사이에도 리멘은 열심히 미래를 준비하고 있었다.

그녀는 나를 사랑하는 것만큼이나 에덴을 사랑했기 때문이다.

"성하."

내가 아무르와 이런저런 대화를 나누고 있을 때쯤, 그저 웃으면서 우리를 지켜보고 있던 바예르 총대주교가 조심스럽게 나를 불렀다.

"예."

"성하께서 이 아이를 지켜 주셨으면 합니다. 이번에 평화 회의를 개최하신다지요?"

그 말을 듣고 단번에 속뜻을 깨달았다.

즉, 바예르 총대주교는 이번 평화 회의에서 아무르를 내 공식적인 후계자로 선포해 달라는 뜻이었다.

"총주교회의 뜻은요?"

"만장일치로 아무르를 다음 교황으로 선정했습니다. 아무르는 리멘님께서 여전히 우리를 사랑하고 계시다는 증거니까요."

어려운 부탁이 아니었다. 그래서 길게 고민할 필요도 없었다.

나는 흔쾌히 고개를 끄덕였다.

"돌아가기 전에 오랜만에 교황 노릇 좀 해 볼까요?"

나에게 남은 시간은 6일.

교황으로서 해야 할 일이 아직 많이 남아 있었다.

❧

이번 에덴 일정의 마지막이라고 할 수 있는 평화 회의까지 꽤 넉넉히 시간이 남아 있었다.

그래서 나는 성도 곳곳에 배치되어 있는 유물들도 조사를 할 겸, 부지런히 이곳저곳을 다녔다.

가장 먼저 들른 곳은 교황청의 전투력을 담당하는 신전 기사단과 전투 사제단의 훈련장.

"사악한 이들과의 협상은 없다. 우리가 사악한 이들을 보고 염두에 두어야 할 것은 첫째도 힘, 둘째도 힘이다. 사악한 이들은 무력을 동원해서라도 분쇄해야만 한다. 그대들이 활약할수록, 더욱 많은 생명들이 구원받는다. 김시우 교황님께서 여러분들에게 내린 유일한 당부 사항이기도 하다."

"예!"

"리멘을 위하여!"

"리멘을 위하여!"

때마침 신입들을 교육하고 있는 모양이다.

신전 기사단 신입과 전투 사제단 신입들이 한자리에 모여 정신교육을 받는 모습.

힘을 강조하는 정신교육의 흐름이 아주 흡족했다.

"신앙심과 신앙심을 지켜 낼 수 있는 힘. 그것이야말로 성전사들의 본질이지."

에덴에서는 신전 기사단과 전투 사제단을 통틀어 성전사라고 부른다.

생각해 보면 아주 괜찮은 표현인 것 같다.

나는 흡족하게 고개를 끄덕이며 중얼거렸고, 내 말을 들었는지 바예르 총대주교가 미소를 지었다.

우리 교황님 좀
말려 주세요

"여전히 에덴에는 마기를 추종하는 자들이 남아 있습니다. 그리고 사이한 신앙을 지닌 이단자들도 있었지요."

"이단자들이요?"

"본디 리멘을 따르던 이들이었으나, 이계의 신을 받아들인 자들이었습니다. 리멘님께서 직접 강림하셔서 계시를 내려 주셨지요."

에덴에도 지구의 고대 신들의 사악한 마수가 뻗어 왔었다는 이야기를 들었다.

우리 리멘 교단은 원래 다른 종교를 배척하는 편은 아니다.

하지만 그놈들은 배척을 할 수밖에 없는 놈들.

아마도 강제로 세뇌하면서 세를 불려 나갔었겠지.

"그놈들도 결국 상대가 안 좋았네요."

"그렇습니다. 리멘님께서 직접 강림하시어 계시를 내리셨던 만큼, 교단 내의 모든 성전사들이 동원되어 그들을 몰아냈습니다. 교단의 역사에 있어서도 극히 이례적인 일이었지요."

길게 이어진 전투에서 살아남은 정예들이 드글거렸던 에덴이다.

고대 신 놈들이 마수를 뻗었다 한들, 에덴은 리멘의 홈그라운드.

최정예 병력에다가 주신이 된 리멘을 상대로 승산이 있었을 리가 없지.

뭐, 애초에 고대 신들의 목표도 세계 정복이 아니었다.

리멘의 발을 묶기 위해서였으니까.

나는 웃으면서 슬쩍 아무르를 쳐다보았다. 그리고 은근한 목소리로 물었다.

"아무르, 만약 같은 일이 벌어지면, 너는 어떻게 선택할 거야?"

고작 여덟 살짜리 꼬마 애에게 너무 어려운 질문을 한 게 아닐까?

하지만 돌아온 대답은 내가 기대했던 것 이상이다.

"지키기 위해서 싸울게요."

"오."

우리 대주교들이 애를 아주 잘 가르친 것 같다.

평화를 사랑하는 입에서 싸우겠다는 말이 저렇게 당연하다는 듯이 나올 줄이야.

역시, 그릇은 그릇인 건가?

이대로만 잘 커 준다면 우리 교단의 미래를 믿고 맡겨도 될 것 같았다.

나는 기특한 마음에 아무르의 등을 부드럽게 쓰다듬어 주었다.

"바로 그거야. 지키기 위해서라면 언제든지 싸울 수 있어야 해."

"명심하겠습니다."

"바예르 총대주교랑 다른 대주교들께서 신경을 써 주세요. 교황이라고 해서 전투와 무관하지 않습니다."

교황은 언제든지 위협에 노출될 수 있는 자리다.

내가 있을 때야 엄두도 못 내겠지만, 내가 다시 이곳을 떠나면 언제든지 교단을 위협해 올 수 있다.

그런 최악의 상황에 대비해 교황은 강해야만 한다.

지켜야 하니까.

리멘을 따르는 모든 이들을, 악의 위협으로부터 지켜야만 하니까.

"아무르는 매일 6시간씩 전투 훈련에 매진하고 있습니다."

"전투 적성은 어떤 것 같아요?"

"탁월합니다. 성하처럼 근접 격투에 특화되어 있습니다."

"더욱 듣기 좋네요. 자고로 대가리는 주먹으로 부숴야 제맛이지. 앞으로 훌륭한 격투가가 되렴, 아무르. 그래야 무기가 없을 때도 나쁜 놈들을 마음껏 혼내 줄 수 있단다."

레오를 개인 교사로 붙여 주면 참 좋을 텐데.

……시간 나면 그냥 지구로 데려가서 유학을 시키는 것도 나쁘지 않을 것 같기도 하네.

근데 그건 어디까지나 아주 나중의 문제다.

리멘도 찾지 못한 상황에서 차원 간 유학이 말이나 되는 소리겠어?

"무럭무럭 자라렴."

8세치고는 아직 키가 좀 작다.

하지만 한창 클 때니까, 키는 더 크겠지 뭐.

내 후계자를 막상 이렇게 마주하고 있으니 기분이 시원섭섭하다.

그렇게 내가 아무르, 바예르 총대주교와 함께 천천히 훈련장을 거닐고 있을 때였다.

"교황 성하."

아무르가 갑자기 멈춰서 나를 바라보았다.

"응?"

"교황 성하께 드리고 싶은 게 있어요."

"선물이야?"

"네."

어린아이의 선물은 받아 주는 게 인지상정.

아무르는 내가 고개를 끄덕이자 품속에서 조심스럽게 작은 돌 하나를 꺼냈다.

아주 미세하게 신성력을 품은 돌.

"제가 처음 교황청에 도착한 날 주웠던 작은 돌이에요."

"그래?"

"꿈속에서 리멘님을 뵌 적이 있었거든요. 와 줘서 고맙다고 껴안아 주셨어요."

그 꿈과 이 돌이 무슨 상관이 있을까?

나는 웃으면서 그 자그마한 돌을 살펴보았다.

아주 흔한 돌.

길거리에 돌아다닐 때마다 발에 차일 것 같은, 그런 흔한 돌이었다.

하지만 아무르는 그 돌을 아주 소중하게 대하고 있었다.

"꿈속에서 리멘님을 뵈었던 장소가 본청 건물 앞의 신상이었거든요. 그래서 일어나자마자 그곳으로 달려갔어요."

"기적의 신상."

본청 앞에 위치한 얼굴 없는 신상은 리멘의 신상 중 가장 거대한 신상이다.

누군가는 그 신상 앞에서 기도를 드리면 리멘이 반드시 소원을 이뤄 준다는 말을 하곤 한다.

문득 언젠가 리멘이 나에게 해 줬던 말이 떠올랐다.

—시우, 그거 알아? 나에게 간절히 기도를 올렸던 이들이 꿈을 이루는 거, 사실 모두 내가 한 일은 아니야. 그들이 지녔던 간절한 소망이 그들의 운명을 바꾸었을 뿐이야. 신기하지? 원래 간절함이란 게 그래. 신조차도 예측하지 못한 방향으로 운명을 바꾸어 나가거든.

지금 이 순간 그 말이 떠오르는 건 왜일까?

"이 돌은 그 신상 앞에서 발견했던 돌이에요."

"신기하네."

"원래 기적의 신상 앞은 매일 아침 사제님들이 청소를 하거든요. 근데 제가 딱 갔었을 때 이 돌이 덩그러니 놓여 있었어요. 그래서 저에게는 이 돌이 리멘님께서 제게 주신 선물이에요."

소중한 선물인 것 같다.

저 생생한 말만 들어도, 지금까지 아무르가 이 돌을 얼마나 아꼈는지를 알 수 있었다.

그러나 지금 이 순간, 아무르는 내 손 위에 자신이 가장 아끼는 돌을 내려놓는다.

"아직 제가 성하게 드릴 수 있는 게 많이 없어요. 그래서 제가 가장 아끼는 것을 드리기로 했어요."

"네가 가장 소중하게 여기는 것만큼 과분한 선물이 어디에 있겠어. 그런데 아무르."

"네!"

"왜 어제 안 주고 오늘 주는 거야?"

내 장난기 섞인 질문에 아무르는 고개를 푹 숙이면서 답했다.

"저도 결심할 시간이 필요해서……."

"장난이야, 장난. 정말 고마워."

나는 그 돌을 부드럽게 움켜쥐었다.

에덴으로 넘어와서 받은 선물 중 가장 기분 좋은 선물이 아닐까 싶다.

겉으로 보기에는 신성석과 비슷하게 생긴 돌일 뿐이지…….

……음?

그때였다.

우우우우우우웅.

그 이름 없는 돌은 내 손에 닿자마자 묘한 공명음을 내기 시작했다.

돌을 쥔 손을 통해서 신성력의 파장이 느껴졌다.

도저히 작은 돌이 내뿜는 파장이라고 믿을 수 없을 정도로 강렬하고 짙은, 그런 파장 말이다.

그리고 그와 동시에 내 몸속에서 큰 변화가 일어나기 시작했다.

"아."

화르륵.

리멘의 소멸과 함께 내 몸속에서 자취를 감추었던 리멘의 새하얀 신성력이, 돌을 쥔 오른손 끝에서 피어오른다.

나는 다시 마주한 새하얀 성화를 바라보며 환하게 미소를 지었다.

리멘이 존재한다는 확실한 증거.

이것보다 더 확실한 증거가 어디에 있을까?

"바예르 총대주교."

"네."

"예, 성하."

"기적의 신상 앞으로 다시 가 봐야겠어요."

지금 이 상태로 기적의 신상으로 다가가면 뭔가 얻을지도 모른다는, 그런 강한 직감이 든다.

나는 그들을 데리고 곧장 기적의 신상 앞으로 향했다.

어째서일까?

가슴이 두근거리고 있었다.

❦

기적의 신상 앞에 도착했다.

아침에도 지나쳤던 이 거대한 신상.

얼굴이 보이지 않는 신상은 리멘 교단을 상징하는 신상이기도 했다.

그 앞에는 두 명의 성기사들이 서서 신상을 지키고 있었다.

그 둘은 내가 등장하자마자 고개를 숙이며 인사했다.

"오셨습니까, 교황 성하!"

"잠시 자리를 비켜 줄래요?"

"예!"

성기사들은 아무것도 묻지 않고 경계 자세를 풀고는 자리에서 떠났다.

나는 그들을 향해 가볍게 고개를 숙였다. 그리고 천천히 신상을 향해 다가갔다.

내 뒤에는 바예르 총대주교와 아무르가 조용히 서 있었고, 하늘에서는 따스한 햇볕이 내려앉는다.

나 역시 이곳 앞에서 간절한 기도를 올리던 신자들과 다를 바 없다.

지금의 나에게는 아주 간절한 소망이 있다.

리멘을 보고 싶다.

그녀가 나에게 지어 주던 그 따스한 웃음을, 나를 껴안아 주던 포옹을, 다시 한번 느끼고 싶다.

"후우."

크게 숨을 들이쉬고 내쉬며 기적의 신상 바로 앞에 섰다.

그리고 신상에 천천히 손을 가져다 대었다.

햇빛을 받아서인지는 몰라도 포근한 따스함이 손끝으로 전해져 온다.

우우웅.

내 몸에서 흘러 나간 새하얀 신성력이 신상에 깃들었고, 곧 신상 전체가 새하얗게 빛나기 시작했다.

"리멘이시여……."

뒤에서 이 모든 걸 지켜보고 있던 바예르 총대주교가 나지막하게 중얼거린다.

나는 모든 감각을 신상에 집중했다.

신상은 내가 흘려보내는 신성력에 반응하고 있었다.

"……보여 줘."

네가 이 세상에, 그리고 내 세상에 여전히 존재한다는 그 증거를, 그 확신을.

그녀가 나에게 보여 주었으면 한다.

나는 내 삶이 끝나는 순간까지 그녀를 찾아다닐 거다.

내 간절한 소망이다.

아니, 나에게 남은 유일한 소망이다.

자그마한 불씨라도 좋다. 그럼 나는 그 불씨를 길잡이 삼아 삶의 마지막 순간까지 그녀의 자취를 찾아갈 테니까.

우우우웅.

신상의 몸에서 그 어느 때보다 환한 빛이 뿜어져 나왔다.

그 빛은 리멘을 닮아 있었다.

주위의 모든 것을 밝히며, 모든 것에게 따스함을 나눠 주는 리멘을.

그렇게 얼마나 시간이 흘렀을까?

마침내…….


**나의 교황님.**


꿈에도 그리던 목소리가 들려왔다.

"리멘?"

다시 한번 그녀를 불렀다.

그러나 이번에는 한참 동안 기다려도 대답이 돌아오지를 않았다.

나는 신상에 손을 댄 채로 가만히 서 있었다.

의심할 것 없었다.

리멘의 목소리였다.

내 머릿속에만 울려 퍼진 듯했지만, 그것은 분명 리멘의 목소리였다.

"……리멘."

어쩌면 그녀가 소멸하기 전에 미리 이곳에 남겨 둔 목소리일지도 모른다.

하지만 이번에는 내가 원하는 대로 해석하기로 했다.

"이 정도면 충분해."

그녀가 존재한다는 증거를 찾은 걸로 치기로 했다.

이 간절함에 기대기로 했다.

리멘이 말했던 것처럼, 간절한 소망은 운명까지 바꾼다고 했으니까.

"찾아낼게."

신상을 앞에 두고 몇 번이고 다짐했다.

어딘가에서 나를 기다리고 있을 나의 여신에게, 내가 곧 가겠노라, 그렇게 다짐했다.

꽃 장식

기적의 신상에서 리멘의 목소리를 들은 이후로는 꽤 무난한 나날들이 이어졌다.

성도에 있는 성유물들을 전부 다 찾아봤는데도 더 이상 기적의 신상만큼의 임팩트는 없었다.

몇 가지 추가된 증거들은 모두가 그저 리멘이 존재한다는 것을 보충해 줄 뿐.

하지만 그 정도면 됐다.

나에게 주어진 일주일이라는 짧은 시간치고는 아주 유의미한 성과를 거뒀다.

리멘이 존재한다는 확신.

그걸 얻었으니 되었다.

"교황 성하, 교황 성하의 서신을 받은 각국의 지도자들과 이종족의 수장들이 성도에 도착했다고 합니다."

"이렇게나 빨리?"

"마탑의 마법이 빠른 속도로 발전하고 있습니다. 물류와 관련된 마법들이 개발됨에 따라, 이동 마법도 발달했습니다."

"역시, 돈이 최고긴 해요. 그죠?"

나는 집무실에 서서 창문 밖을 바라보았다.

교황청은 내가 돌아온 이래로 가장 바빠 보였다.

사제들과 성기사들이 손님을 맞이하고 있었으며, 혹시 모를 사태를 대비하여 검문을 진행하고 있었다.

"저희로서도 근 10년 만에 열리는 전 대륙적인 행사라……. 준비 기간이 짧아서 미흡한 점이 많습니다. 성도 전체에 걸린 신성 결계 덕분에 사악한 이들을 미리 거를 수 있어서 다행입니다."

"앞으로는 주기적으로 열도록 합시다. 제가 없다 하더라도 바예르 총대주교가 회의를 주관해 주세요. 복구, 발전, 다 좋은데 대륙에는 아직 질서가 필요할 겁니다."

바예르 총대주교는 권력욕이라는 게 없다.

그래서 내가 더욱 믿는 사람이기도 했다.

이 노인을 교황의 대리자로 임명했던 이유도 바로 그 때문이었다.

"바예르 총대주교께서 아무르도 잘 키워 주세요."

오늘 회의에서는 아무르가 내 공식적인 후계자로 선포될 예정이다.

대륙의 권력자들 앞에서, 내 후계로 당당하게 임명되는 거다.

리멘이 직접 선택했던 내 후계자.

아무르라면 그녀의 기대에 부응할 만큼 뛰어난 교황이 되어 줄 테지.

그리고 그건 내가 이곳의 가족들에게 해 줄 수 있는 가장 큰 선물이 아닐까?

"그래도 성하의 표정이 좋아 보이십니다. 이곳에서 결국 원하는 것을 얻으셨는지요?"

바예르 총대주교가 웃으면서 나에게 물었다.

벌써 일주일에 가까운 시간이 흘렀다.

내일, 나는 지구로 돌아간다.

나는 바예르 총대주교의 질문에 슬며시 웃으면서 고개를 끄덕였다.

"전부는 아니지만…… 그래도 얻었습니다."

"다행입니다."

"그래서 조금은 개운하네요."

천천히 의자로 가서 앉았다. 그리고 바예르 총대주교를 바라보며 말했다.

"에덴은 참 즐거운 곳입니다. 많은 추억도 남아 있고…… 리멘이 잘 느껴지는 곳이에요."

"리멘님께서는 성하와 언제나 함께하실 겁니다. 그리고 그건 저희도 마찬가지입니다. 이 땅의 모든 생명은 성하에게 빚을 졌습니다. 그 빚은 아주 오랜 세월 동안 갚아도 다 못 갚겠지요."

"빚을 받을 생각은 없습니다."

"말이 그렇다는 겁니다."

바예르 총대주교는 인자하게 웃으며 차를 내주었다. 그리고 넌지시 나에게 말한다.

우리 교황님 좀
말려 주세요

"내일 떠나신다고 하니 이 늙은이는 괜히 섭섭합니다. 그래도 죽기 전에 성하를 뵈어서 참으로 기뻤습니다."

"아직 하루나 남았는데, 벌써 작별 인사를 하시는 겁니까?"

"제 성격이 그렇습니다. 그래야 작별이 찾아올 때 덤덤하더군요."

라파르트 대주교도 그렇고, 바예르 총대주교도 그렇고.

둘 다 차를 참 잘 탄다.

엘프가 직접 재배한 차라서 그런지 모르겠지만, 에덴에서 마시는 차는 지구에서 맛보는 차와는 비교할 수가 없었다.

갈 때 많은 걸 챙기진 못한다.

딱 내 품속에 들어올 정도만 챙겨 갈 수 있는데…… 할머니 선물로 좀 챙겨 갈까?

"성하께서 부탁하신 대로 최상급 신성석을 준비해 두었습니다."

"그거 다행이네요. 제가 돌아가려면 필요해서."

"양이 그리 많지는 않습니다. 주먹 크기 정도라서 걱정이군요."

"그 정도면 충분합니다."

신성력을 품은 인간은 다른 인간들보다 꽤 오래 사는 편이다.

신성력 자체가 생명의 회복과 밀접하게 관계되어 있기 때문일지도 모르겠다.

에덴의 평균 수명을 생각해 본다면…… 바예르 총대주교는 꽤나 장수를 한 셈이다.

그는 자신에게 주어진 시간이 얼마 남지 않았다는 것을 직감하고 있었다.

"리멘께서 제게 허락하신 시간이 아주 길지는 않습니다. 그래도 아무르 군이 청년으로 클 때까지는 살아 볼까 합니다."

"훨씬 오래 사셔야겠는데요?"

"만약 제가 없더라도 총주교회에서 잘해 줄 겁니다. 대주교들 중에서 저보다 현명한 사람들이 꽤 있습니다."

바예르 총대주교는 담담한 말투로 나와의 작별을 준비한다.

그의 말대로 내가 다시 이 세계로 왔을 때 그가 살아 있을 가능성은 그리 높지 않다.

시간의 축이 비틀려 있기 때문이다.

어쩌면 내가 알고 있는 사람들이 대부분 사라진 세계일지도 모른다.

만약 내가 시간의 축을 되돌릴 수 있는 방법을 발견한다면 다시 볼 수 있을지도 모르겠지.

"리멘의 종으로 태어나 성하와 함께했던 시간들은 제게 크나큰 영광이었습니다."

"총대주교가 그렇게 말하면 슬퍼지잖아요. 벌써 죽은 것처럼 말씀하지 마세요."

"하하…… 죄송합니다. 나이가 들면 사람이 참 감성적으로 바뀝니다. 옛날 추억도 떠오르고, 요새 좀 그렇습니다."

그렇게 내가 바예르 총대주교와의 티타임을 즐기고 있을 때.

똑똑똑.

"들어오세요."

한 젊은 사제가 내 방 안으로 들어왔다.

그 사제는 살짝 긴장한 표정으로 나를 향해 허리를 숙이며 예를 표했다. 그리고 떨리는 목소리로 말했다.

"참석자들이 모두 도착했습니다. 성하께서 말씀하신 대로 연회장이 아니라 곧장 회의장으로 모셨습니다."

"투덜거리던 사람은 없었어요?"

"없었습니다. 다들 긴장한 기색이 역력하여……."

"고생했습니다. 곧 간다고 전해 주세요."

"옙!"

내가 좀 어려운가?

군기가 바짝 든 모습이다.

젊은 사제는 다시 한번 내게 허리를 숙여 인사를 한 다음, 조심스럽게 집무실 밖으로 나갔다.

나는 멀어지는 그의 등을 바라보며 어깨를 으쓱였다.

"제가 어렵나 봐요? 나 그렇게 어려운 사람 아닌데."

"누구라도 대륙을 구원한 영웅에게는 저런 반응일 겁니다."

"……그런가요? 하여간에 뭐, 시간이 다 되었네요."

이제 슬슬 교황으로서의 마지막 업무를 할 시간이다.

"대륙의 여러 지도자님들께 마지막 당부를 하러 가 봅시다."

바예르 총대주교와 함께 자리에서 일어섰다. 그리고 나를 기다리고 있을 이들을 향해 걸어갔다.

⚜

이름도 거창한 '제1회 대륙 평화 회의'가 시작되었다.

회의에서 토의할 안건은 이미 총주교회에서 마련을 해 뒀다.

대륙 곳곳에서 관측되는 마기 현상을 비롯하여, 각 국가 간의 분쟁까지.

마기 현상까지는 꽤 생산적인 회의였다.

하지만 각 국가 간의 이권이 개입된 '분쟁' 파트부터는 아주 그냥 개판이 따로 없었다.

"그것을 왜 우리가 양보해야 합니까?"

"우리 왕국에는 농토가 부족하오!"

"우리라고는 뭐가 다르겠소!"

본인들 왕국에서는 체면을 지키고 근엄한 표정을 지으실 분들이 목소리를 높여 싸우고 있었다.

일곱 명의 국왕과 두 명의 이종족 수장들.

이종족의 수장들은 내가 알던 이들이 아니었지만, 그 둘은 회의가 시작하기 전에 따로 나에게 찾아와서 인사를 했었다.

엘프와 드워프.

현재 에덴의 종족 중, 가장 두각을 보이고 있는 두 세력.

그들은 다른 이종족들의 의견까지 취합해서 참석하는 열의까지 보였다고 한다.

그렇게 열심히 준비해 온 이들에게 이런 꼴불견을 보여 주는 것도 참 부끄러운 일이다.

유리와 하이즈를 제외한 나머지 국왕들은 내가 있다는 것도 잊은 듯, 아주 그냥 열변을 토해 내고 있었다.

"성하, 그래도 어느 정도 제지를 하시는 것이……."

바예르 총대주교가 귓속말로 조용히 속삭였지만 나는 그저 웃으면서 손을 내저었다.

"한번 둬 봐요. 어디까지 하는지 좀 보게. 아, 아무르 좀 데려와 주실래요?"

"밖에서 대기 중입니다. 지금 들어오라 하면 되겠는지요?"

"아무르도 못생긴 어른들이 어떤 건지 직접 볼 기회가 있어야죠."

하는 짓들이 참 재밌다.

이걸 혼자 보기 너무 아까웠다.

아무것도 모르는 어린애에게 이런 꼴을 보여 준다고 비난을 하는 사람들이 있을 수 있겠지만, 원래 조기교육이란 게 참 중요하다.

곧 퇴역할 나보다는 다음 시대를 이끌어 갈 아무르가 더 많이 보게 될 사람들이 아니던가?

바예르 총대주교가 아무르를 데려오기 위해 잠시 나간 사이, 나는 옛 전우들과 눈을 마주쳤다.

옛 전우란 당연히 하이즈와 유리였다.

열을 올리며 이권을 논하고 있는 다른 국왕들과는 달리, 그 둘만큼은 창백한 표정으로 나를 쳐다보고 있었다.

마치 내가 깽판이라도 칠까 겁내는 모습이다.

저놈들은 내가 무슨 사춘기 중학생인 줄 아나?

이런 공식적인 자리를 깽판 칠 정도로 무모한 놈은 아닌데 말이야.

"차라리 이 대륙의 영웅이신 교황 성하께 결정해 달라고 하는 게 어떻겠소?"

"좋은 생각이오."

다 큰 어른들의 싸움이 왜 결국 '교황 성하가 결정해 줘'로 끝나는 걸까?

마치 뭐랄까…… 학생들이 선생님에게 중재를 요청하는

모습이라고 해야 하나?

아주 그냥 지들끼리 북 치고 장구 치는 모습이 정말 추하다니까.

"다들 제 의견이 궁금하신가 봅니다?"

나는 씨익 웃으면서 그들을 둘러보았다.

그러자 분위기 파악 못 하는 한 콧수염 국왕이 고개를 끄덕였다.

"그렇습니다, 교황 성하. 교황 성하께서 이 상황을 정리해 주셔야 할 것 같습니다. 성하께서는 이 대륙을 구하신 영웅! 성하의 말씀이라면 그 누구든 따르지 않겠습니까?"

"아주 그냥 지들끼리 열변을 토하길래 어디까지 하나 두고 보고 있었죠. 혹시 지랄발광이라는 단어 알아요?"

"……예?"

"꼴값을 떤다, 뭐 그런 거?"

슬쩍 자리에서 일어나서 인간 국왕들에게 다가갔다.

그리고 한 사람 한 사람 어깨를 부드럽게 두드려 주면서 말했다.

"내가 유리와 하이즈가 목소리를 높이면 이해를 하겠어. 적어도 저 둘은 내가 마왕과 싸울 때 내 뒤에 있기라도 했으니까. 그런데 당신들은 도대체 뭐야? 내가 당신들이 어떤 사람들인지 모를 것 같아?"

지금의 왕국들은 기존의 왕조를 계승한 이들이다.

내가 마왕들과 목숨을 걸고 싸우고 있을 때, 저들은 본인들의 안위를 걱정하여 전장에서 빠져 있었던 사람들이다.

적어도 나는 나와 함께 싸운 전우들의 얼굴은 기억한다.

내 기억에 저들이 없다면, 나와 함께 싸우지 않았다는 뜻이다.

인간인 이상 당연히 두려움을 느낄 수밖에 없는 상황이었다.

단순히 겁쟁이라서 저들을 싫어하는 게 아니다.

전투에 참여하지 않았을 수는 있다. 그런데 그렇다면 적어도 목소리는 높이지 말아야지.

다른 이들이 호구라서 목숨을 걸고 싸운 것도 아닌데 말이야.

"다들 이것 한 가지만 기억하라고."

그 욕심쟁이 국왕들을 둘러보며 말했다.

"이 세계는 수많은 이들이 희생하면서 지켜 낸 곳이야. 서로 이득을 추구하는 건 좋은데, 적어도 사람이라면 양심이란 게 있어야지."

이런 부류의 인간들에게 설득보다 훨씬 잘 통하는 게 하나 있다. 그리고 그쪽은 내 전문 분야다.

"내가 항상 당신들을 지켜보고 있을 거야. 이다음에 당신들이 나를 만나는 경우는 딱 하나밖에 없어."

타이밍 좋게 아무르가 회의실 내부로 들어왔다.

나는 아무르를 내 앞으로 이끈 다음, 아무르의 어깨 위에 두 손을 올렸다.

"당신들은 대가를 치르게 되겠지. 어디 전쟁도 한번 일으켜 봐. 어떻게 되나 궁금하지들 않아?"

10년 만에 다시 돌아온 에덴이다.

내가 없는 10년 동안 벌어진 일을 생각해 본다면, 적어도 이 정도 경고는 하고 돌아가는 게 맞다.

나는 진심으로 에덴이 좋은 곳이 되기를 바란다.

"이 아이는 내 뒤를 이어 교황청의 주인이 될 거야. 내가 잘 챙겨 주기로 했어. 시간이 날 때마다 에덴에 들러서, 교황의 자리가 어떤 자리인지 알려 줄 계획이야."

교황청의 한복판에서 협박을 할 수 있는 남자.

그것이 바로 나다.

"당신들뿐만 아니라, 당신들 후손들에게까지 똑똑히 말해 둬."

내 말에 국왕들의 얼굴이 새하얗게 질렸다.

그들에게 머리란 게 있는 이상, 내 말에 담긴 뜻 정도는 이해했을 거다.

"언제나 내가 지켜보고 있다고."

이건 에덴에 주는 내 선물이다.

위정자들이 바른길을 걷는다면, 적어도 세상은 나쁜 방향으로는 가지 않을 것이다.

딱 그 정도면 된다.

내가 바라는 건 이 세상이 조금이나마 좋은 길로 걷는 거니까.

"그러니까 우리 미래의 교황님을 잘 부탁합니다. 제 말이 무슨 말인지 알아들으셨죠?"

내 질문에 일곱 국왕들은 기합이 바짝 든 목소리로 동시에 답했다.

"알겠습니다!"

"명심하겠습니다!"

훌륭한 자세다.

역시, 말 안 듣는 놈들은 이 방법이 제일 잘 먹힌다니까.

나는 그다음 이종족들의 대표를 바라보았는데, 드워프와 엘프는 웃으면서 고개를 끄덕였다.

"저희는 언제나 리멘 교단의 편에 서 있을 겁니다."

"걱정하지 마십시오, 교황 성하."

어째 인간보다 이종족들이 더 든든하냐?

"다들 말을 알아들은 것 같으니까 회의는 여기까지만 합시다. 먼 길들 오셨는데, 식사나 함께하고 가시죠."

세상에서 제일 서러운 게 뭔지 아는가?

그건 바로 밥을 먹으면서까지 혼나는 거다.

내가 할머니한테 혼나 봐서 잘 안다.

아무튼.

우리 교황님 좀
말려 주세요

에덴에서의 내 마지막 공식 일정은 그렇게 해서 마무리되었다.

　그리고 어느새 지구로 돌아갈 시간이 코앞까지 다가와 있었다.

# 다시, 지구

귀환의 날이 밝았다.

모든 준비를 끝냈다.

귀환할 때 사용할 신성석을 구해 뒀고, 사제복도 깔끔하게 정리를 했다.

어제 내가 벌였던 일 때문일까?

대륙에는 이런 소문이 돈다고 한다.

─에덴의 영웅은 언제나 에덴을 지켜보고 있다.

내가 돌아왔다는 소식이 대륙 끝까지 전달되었다. 북부의 부족들이 나에게 공물을 바치겠다고 하는 걸 겨우겨우 거절

했다.

북부의 부족들은 레오가 우리 교단으로 합류한 이후 리멘 교단의 가장 큰 지지 세력이 되어 준 집단이다.

원래는 주술 문화가 융성한 곳이었으나 지금은 대부분의 부족들이 리멘을 받아들였다.

전쟁 이후 가장 많이 바뀐 지역이라고 해야 하나?

실제로 교단의 성전사들 중에서 북부 출신이 꽤 많다.

애초에 북부의 부족들은 대륙의 인간 중 가장 강인한 신체 능력을 지닌 자들이었기 때문이다.

어찌 되었든 수많은 이들의 기도 덕분에 대륙 평화 회의도 잘 끝났고, 이제는 정말 돌아갈 일만 남았다.

나는 모든 준비를 끝낸 채로 집무실에서 아무르를 쓰다듬어 주면서 말했다.

"아무르, 내가 뭐라고 당부했지?"

"제 몸이 튼튼해야 교단이 튼튼하다! 몇 번이고 말씀해 주셨어요."

"신성력을 운용하는 것만큼이나 육체를 단련해야 해. 그래야 식구 괴롭히는 놈들을 혼내 줄 수 있는 거야."

아무르가 아주 훌륭한 교황으로 커 줬으면 좋겠다.

지금처럼 따뜻한 마음씨를 지니되, 힘을 써야 할 때는 화끈하게 힘을 써 주는, 그런 교황.

"저는 언제쯤 성하를 다시 뵐 수 있을까요?"

아무르가 아쉬움을 가득 담아서 나에게 물었다.

귀엽기는.

이 녀석이 승우나 시연이와 함께한다면 꽤 많은 걸 얻을 수 있을 것 같은데.

"그건 이제 내가 힘을 써 봐야지."

"성하의 세계에도 한번 가 보고 싶어요."

"나도 너에게 그곳을 보여 주고 싶구나. 언제 한번 초대를 해 볼게. 리멘에게 내가 잘 물어볼 테니까⋯⋯ 그 전까지 맛있는 거 많이 먹고, 사람들 많이 도와주고. 알겠지?"

"네!"

리멘만 찾으면 모든 게 해결될 문제다.

비틀린 시간선에 대한 것들도 얼추 해결해 주겠지.

리멘이 존재한다는 것을 확신한 후, 마음이 한결 편해졌다.

찾기만 하면 된다.

어디선가 나를 기다리고 있을 리멘을 반드시 찾아내면 된다.

그리고 내가 지구로 돌아가는 이유도 바로 거기에 있었다.

확신할 수는 없지만 감이 말해 주고 있다.

지구로 돌아가야 한다고.

에덴에서 더 오래 못 있는 건 아쉽지만, 일단 다음을 기약하기로 했다.

똑똑똑.

내가 아무르와 이런저런 이야기를 하며 잠시 의자에 앉아 있을 때, 바예르 총대주교가 집무실 안으로 들어섰다.

"성하, 가실 시간입니다."

"응? 저, 여기에 있다가 아무도 모르게 돌아가려고 했는데요."

"저희가 교황님을 그렇게 쉽게 보내 드릴 거라 생각하셨습니까? 어림도 없는 생각이십니다. 광장에서 귀환하시지요. 모든 준비를 끝내 뒀습니다."

도대체 무슨 준비를 해 뒀다는 걸까?

내 계획은 이게 아니었는데…….

하지만 나는 가만히 있을 수가 없었다. 바예르 총대주교가 비장의 무기를 사용했기 때문이다.

"살날이 얼마 남지 않은 늙은이의 마지막 부탁입니다. 이것도 거절하실 생각이십니까?"

"아니, 그건 치트키라니까요. 10년은 더 사실 분이 그리 말씀하시면…….."

"성하께서 제 부탁을 들어주시지 않으신다면…… 10년도 못 살 것 같습니다."

바예르 총대주교가 원래 이런 캐릭터였어?

자신의 수명을 인질 삼아 협박해 오는 노인의 부탁에 나는 어쩔 수 없이 고개를 끄덕일 수밖에 없었다.

우리 교황님 좀
말려 주세요

내 신세가 그렇지..

아무리 생각해도 나는 노인들에게 약하다니까?

"가요, 갑시다."

"그러실 줄 알았습니다."

내가 수락하자 바예르 총대주교가 만족스럽게 웃으면서 고개를 끄덕였다.

그리고 문을 열어 주면서 말했다.

"나가시지요."

"아무르, 가자."

나는 아무르의 손을 잡고 자리에서 일어났다. 그리고 천천히 집무실 밖으로 나섰다.

그때부터였다.

"교황 성하."

"교황 성하."

집무실의 앞에서부터 길이 하나 만들어져 있었다.

사제복을 입은 모든 이들이 양쪽에 서서 나를 향해 가볍게 목을 숙이며 두 손을 모은다.

그리고 그 길은 교황청의 밖까지 이어져 있었다.

나에게 축복을 빌어 주는 든든한 동료들.

한때, 생사를 함께했던 전우들과 그들이 남긴 씨앗들이 발 아하여 나에게 감사를 표한다.

그 길을 걷는다.

다시 걸을 수 없을지도 모르는 그 길을, 기쁜 마음으로 기꺼이 걷는다.

"처음 만나서, 다시 만나서 정말 반가웠어요."

지난 일주일.

추억을 되돌아볼 수 있게 해 주었던 그들에게 진심으로 고마웠다.

리멘의 흔적을 찾을 수 있었던 것도 모두 저들이 에덴에서 든든하게 버텨 주었기 때문일 것이다.

교황청 본청의 복도를 지나 마침내 따사로운 햇볕이 내리쬐는 밖에 도착했다.

기적의 신상으로 향하는 계단 앞.

나는 그 계단을 내려갔다.

기적의 신상 앞에 위치한 광장에 몰린 수많은 인파가 나를 바라보고 있었다.

갑옷을 입은 성기사들이 예식용 검을 하늘 높이 든 채로 서 있었고, 그 뒤에서는 전투 사제들이 한쪽 무릎을 꿇은 채로 예의를 표한다.

그 모습이 너무 보기 좋았다.

문득 리멘에게 납치당해서 이 세계에 처음 발을 들였을 때가 생각난다.

지구의 평범한 청년에게는 이 세계는 지옥이나 다름없었고, 실제로 지옥과도 같은 삶이었다.

에덴에서의 삶 대부분이 악마와 동료의 피로 점철되어 있었으니까.

하지만 지금 돌이켜 생각해 보면 마냥 지옥만은 아니었다.

지옥과도 다름없던 세계가 이제 아름다운 생명이 피어오르는 땅이 되었다.

"고맙습니다."

이곳에서 나를 위해 축복을 빌어 주는 저들이야말로 에덴에서의 내 삶이 마냥 지옥이 아니었다는 것을 증명해 준다.

언젠가 리멘이 나에게 해 줬던 말이 떠오른다.

−이제 이곳은 너의 세계기도 해, 시우. 너와 내가 지켜 낸 세계.

두 번째 고향이다.

고향이라는 단어를 아무 데나 붙여선 안 된다는 걸 알지만, 결국 이곳도 나의 또 다른 고향이다.

"다시 또 봅시다."

그들에게 다음을 기약했다.

지구로 돌아간다면, 지나가는 나날 중에 어느 하루는 이곳을 그리워할 것만 같았다.

다시 돌아왔을 때 내가 알고 있는 사람이 아무도 없을 수 있다.

하지만 괜찮다.

나를 알고 있는 사람이 한 명도 없어도, 이곳이 내가 지켜 낸 세계인 건 틀림없었으니까.

나는 기적의 신상 앞으로 다가갔다. 그리고 바예르 총대주교가 미리 그곳에 가져다 두었던 신성석을 챙겼다.

우우우웅.

그러자 내 사제복 안쪽에 내장되어 있던 슈트가 자동으로 신성석을 흡수했다.

"리멘의 영광이 있기를!"

바예르 총대주교가 큰 소리로 외쳤고, 그를 따라 다른 신도들도 일제히 외쳤다.

"리멘의 영광이 있기를!"

"리멘의 영광이 있기를!"

교황청 전체가 울릴 정도의 거대한 목소리.

나를 향해 힘찬 작별 인사를 건네는 그들을 향해 나는 활짝 웃으면서 손을 흔들어 주었다.

마지막까지 고마운 사람들.

나는 그들을 향해 한참 동안이나 손을 흔든 다음, 바예르 총대주교와 아무르에게 말했다.

"늦지 않게 다시 들르겠습니다."

그 말에 바예르 총대주교가 웃으면서 고개를 끄덕였다.

"교황 성하를 다시 뵐 때까지 한번 살아 보겠습니다."

"기다리고 있을게요, 교황 성하!"

그것으로 작별 인사는 끝.

우우우우웅―!

슈트에 응집된 에너지들이 방출되기 시작하며 곧 찬란한 빛을 방출하기 시작했다.

그리고 잠시 후.

파아아아앗―!

섬광이 내 시야를 가득 메웠다.

에덴 여행이 마무리되는 순간이었다.

꙳

에덴에 갔던 것처럼, 지구로 돌아오는 것 역시 순식간이었다.

눈을 한 번 깜빡였을 때.

"후우."

익숙한 공기가 폐 속으로 스며든다.

인위적인 냄새가 잔뜩 풍기고 첨단 기기들로 가득한 장소.

바로 라파엘의 연구실이었다.

하지만 1주 전에 봤던 연구실과는 사뭇 달라져 있었다.

그때까지만 해도 부지런히 날아다니던 드론들은 작동을

정지한 지 오래인 듯 보였고, 연구실 곳곳에는 먼지가 쌓여 있었다.

뭐야? 마치 오랫동안 안 쓰인 곳 같잖아?

……설마 귀환 과정에 심각한 오류가 발생한 걸까? 이를테면 내가 미래로 귀환하게 된 건 아닌…….

"쿨럭. 오, 오셨습니까, 교황…… 교황님."

그때였다.

연구실 한쪽에서 인기척이 들리더니, 곧 라파엘로 보이는 노인이 허리를 짚으면서 걸어 나왔다.

나는 라파엘을 보자마자 미간을 찌푸릴 수밖에 없었다.

왜냐하면…… 라파엘의 머리가 새하얀 백발로 변해 있었기 때문이다.

영화에서나 등장할 법한 나이 든 매드 사이언티스트.

그게 지금 딱 라파엘의 모습이었다.

"……라파엘."

"이제야 돌아오셨군요. 참으로 오래 기다렸습니다."

"라파엘, 너 이 자식!"

당장 달려가서 라파엘의 멱살을 잡았다.

"제대로 돌아올 수 있게 해 준다면서. 어? 도대체, 도대체 몇 년이 지난 거야? 아니지…… 몇십 년이야! 빨리 말해."

"진, 진정하십시오."

"당신 같으면 지금 진정하게 생겼어?"

"오해십니다. 정말⋯⋯."

"당신 같으면 이걸 오해라고 생각하겠어?"

억울하다.

시연이가 크는 모습도 못 봤는데.

그리고 시간이 많이 흘러갔다면 적어도 내가 아는 노인들은 모두⋯⋯.

"교황님, 이건⋯⋯"

"말이라도 똑바로 해 봐, 이 돌팔이 자식아! 제대로 돌아오게 해 준다며! 지금 몇 년이야. 2050년?"

"이건 그러니까⋯⋯."

"이 백발을 보고도 내가 지금 진정하게 생겼⋯⋯."

너무 화가 나서 라파엘의 백발을 움켜쥐었다. 그리고 그순간.

미끄덩.

"⋯⋯미끄덩?"

라파엘의 '백발'이 벗겨지며 아주 멀쩡한 상태의 흑발이 드러났다.

그러니까 이 백발은 가발이었던 것이다.

"가발?"

내가 뭔가 이상하다는 것을 깨달은 순간, 아니나 다를까 연구실 밖에서 한 소녀가 쪼르르 달려오기 시작했다.

"큰오빠아아."

"시연아!"

소녀의 정체는 다름 아닌 시연이.

내가 기억하는 바로 그 시기의 시연이가 맞았다.

나는 시연이를 껴안은 채로 눈을 둥그렇게 떴다.

……잘 이해가 안 가는데, 이게 도대체 무슨 상황이지?

"그러니까 이건 오해라니까요."

라파엘은 바닥에 쓰러진 채로 서럽게 흐느꼈다.

"교황님이 돌아오신다는 소식을 듣고 다른 분들이 장난을 한번 쳐 보자고 해서……."

"장난? 나 진짜 혀 깨물 뻔했는데, 장난?"

"오빠, 화내지 마. 내가 범인이 누군지 알려 줄게!"

만약 이 자리에 시연이가 없었다면 바로 라파엘의 얼굴을 후려쳤을지도 모를 일이다.

사람이 할 장난이 있고, 안 할 장난이 있지.

진짜 십년감수했다.

수명이 20년은 줄어든 것 같은 기분이라니까?

나는 시연이를 꼭 껴안은 채로 넌지시 물었다.

"그래? 이거 누구 머릿속에서 나온 아이디어야? 루나? 아무리 생각해도 루나인데?"

"루나 언니는 지금 해외여행 가서 없어!"

"그럼 누구의 상큼한 아이디어였을까?"

"저기 온다!"

연구실 한쪽에서 조심스럽게 고개를 드는 이 사태의 원흉.

이 빌어먹을 장난을 기획한 놈은 바로…….

"미, 미안."

"김인욱."

"아니…… 타임 루프물 보면 꼭 한 번쯤은 해 보고 싶었던 장난……. 아니, 형, 요새 미튜브 콘텐츠가 부족해서 그랬어. 콘텐츠를 위해서 이쯤은……. 헉. 형, 왜 그래?"

"김인욱."

"살려-."

퍼어어어어억.

나는 인욱이의 복부에 주먹을 꽂아 넣으면서 이를 부드득 갈았다.

동생의 매콤한 장난에 당해 보니까 실감이 난다.

"요새 안 맞았지?"

"나, 나 죽어."

"사람 그렇게 쉽게 안 죽어."

지구로 돌아왔다.

그것도 아주 무사히.

그거면 된 거다.

……일단, 인욱이부터 반쯤 죽여 두고 시작해 볼까?

　　　　　　　　　✿

　인욱이에게 쓴맛을 보여 준 후, 곧바로 신전의 집무실로
향했다.

　신전의 집무실에서는 고양이 한 마리가 나를 맞이했다.

　"주인!"

　바로 우리의 백설이였다.

　백설이는 오랜만에 가족을 만난 것처럼 나에게 달려와 머
리를 비볐다.

　가족은 가족이지.

　귀여운 녀석.

　나는 백설이의 머리를 쓰다듬으면서 씨익 미소를 지었다.

　"잘 있었어?"

　"주인이 없으니까 너무 심심했어. 다른 친구들은 세계 여행
하고 있고……. 페어리들이랑 시연이 덕분에 버텼다니까."

　여기서 말하는 '다른 친구들'이란 영물인 베스와 루돌프를
의미한다.

　그 둘은 전쟁이 끝난 직후, 살아남은 영물들을 찾으러 간
다고 했다.

　언젠가는 돌아온다고 약속했으니 때가 되면 돌아올 것이
다.

　똑똑똑.

내가 백설이를 쓰다듬으면서 마음의 안정을 되찾고 있을 때, 누군가 내 집무실을 두드렸다.

"성하."

"들어갈게요."

바로 레오와 루나의 목소리였다.

루나는 여행을 떠났다고 했는데…… 벌써 돌아온 건가?

"들어와."

내가 허락하자 레오와 루나가 집무실 안으로 들어섰다.

둘은 나를 보자마자 고개를 숙이면서 인사를 했다.

"성하께서 무사히 돌아오셔서 다행입니다."

"나 없는 동안 지구에 별일은 없었지?"

"정세가 좀 혼란스럽긴 합니다만, 라파르트 대주교가 노련하게 외교전을 펼치고 있습니다. 로마의 교황청과 협력하여 유럽 쪽에도 영향력을 확장하는 중입니다."

"그래?"

"예. 프랑스랑 스페인에서 리멘 교단의 신전을 세워 줄 생각이 없냐는 요청도 들어와서, 근래에 정신이 없습니다."

내가 없는 1주 동안 꽤 많은 일이 벌어졌구나.

나는 천천히 고개를 끄덕이면서 물을 한 모금 마셨다.

"루나 너는 어디 여행 갔다고 했는데, 용케 바로 왔네?"

"잠깐 바다 좀 보고 왔어요. 성하께서 돌아오셨다는데 바로 와야죠. 에덴은 어떠셨어요? 여전히 아름다웠나요?"

"음, 놀라지 말고 들어."

잠시 숨을 고른 후, 그들에게 에덴에서 겪었던 일들을 전해 주었다.

10년 뒤의 에덴에 도착했던 것부터, 대륙의 정세와 교황청의 상황까지.

한 30분 동안 열심히 이야기를 했다.

내가 각 왕국의 국왕들을 협박하고 왔다는 대목에서는 둘 다 흡족하게 웃더라.

그렇게 내 이야기가 다 끝났을 때, 루나가 고개를 천천히 끄덕였다.

"성하의 후임이라……. 한번 보고 싶네요."

"귀여워."

"승우나 시연이에 비교해서는요?"

굳이 애들끼리 비교하고 싶지는 않다. 게다가 승우와 시연이에게 요구되는 역할과 아무르에게 요구되는 역할은 아예 다르다.

아무르는 교황으로서의 역할을 부여받은 아이다.

승우와 시연이는 나를 돕는 선지자의 역할이고.

"귀여운 건 아무래도 우리 시연이가 더 낫지."

"그래도 한번 보고는 싶네요. 라파엘에게 한번 부탁해 볼까요?"

"우리의 에덴 여행 때문에 집으로 돌아가는 걸 막자고? 그게 할 소리냐?"

"말이 그렇다는 거죠, 말이."

라파엘은 내가 돌아오자마자 본격적인 귀환 준비를 시작했다.

그는 3일 후 돌아간다고 한다.

친구와 작별할 시간이 다가왔지만, 그렇다고 해서 많이 섭섭하진 않다.

언젠가는 가족들을 데리고 지구로 온다고 했기 때문이다.

루나는 고개를 끄덕이면서 내 앞 의자에 앉았다. 그리고 사뭇 진지한 표정으로 나에게 말했다.

"리멘님에 대한 단서는요?"

가장 중요한 질문.

그 질문이 나오자마자 백설이와 레오의 반응도 진지해졌다.

나는 한숨을 크게 들이쉰 다음, 천천히 고개를 끄덕였다.

"리멘은 아직 존재해. 증거들은 찾았어."

"찾지는 못하셨구나."

"계속 노력해 봐야지. 단번에 찾을 거라고는 기대 안 했어."

내 눈앞에서 완전히 흩어졌던 리멘이다.

그런 그녀를 하루아침에 찾을 수 있을 거란 기대는 안 했다.

그녀가 아직 존재한다는 확신은 얻었으니, 이제 남은 건 내 모든 역량을 동원하여 그녀를 찾아가는 것이다.

그렇기 때문에 조급해하지 않기로 했다.

"리멘을 찾는 건 길게 볼 생각이야."

"길게요?"

"급하게 생각해 봤자 달라질 건 없거든. 그리고 리멘을 찾는다는 이유로 세상을 방치해 둘 수는 없잖아? 안 그래도 혼란스러운 상황인데."

해야 할 일은 하면서 리멘을 찾아다닐 생각이다.

오랜 시간이 필요한 일이니까.

급하게 생각해서도, 그것에 매달려서도 안 된다.

리멘 때문에 아무런 일도 못 하는 것이야말로 리멘이 가장 싫어하는 일일 테니까.

"리멘을 찾을 방법은 다 같이 고민해 보도록 하고……. 일단은 교단 내정에 신경을 좀 쓰자."

지구의 전쟁은 아직 끝난 지 얼마 되지 않았다.

게다가 에덴과는 상황부터가 달랐다.

에덴에서는 대부분의 왕국이 마족에 의해 무너져 내린 상황이었지만, 지구는 기존의 국가들이 체계를 유지 중이었다.

덕분에 안정되는 속도는 아주 빠르지만, 벌써부터 일부 국가들은 제3세계에 영향력을 투사하기 위해 병력을 파견 중이라고 한다.

힘을 합쳐서 적들을 잘 몰아냈던 선진국들과는 달리, 아프리카나 중남미, 중동 쪽의 피해는 꽤 누적된 상황이기도 했으니까.

이 혼란부터 확실하게 정리하자.

에덴으로 넘어가기 전에는 내가 경황이 없어서 직접 신경을 쓰지 못했지만, 지금은 아니다.

죄 없는 사람들이 피해를 보는 것만큼은 막아야지.

"일단 가까운 곳부터 신경을 써 보자고."

교황으로서의 공식 업무를 다시 시작해야겠다.

평화의 시대에서 교황이 해야 할 일은 딱 하나뿐이다.

그것은 바로 평화 유지.

우리가 바티칸과 다른 점이 있다면…… 말을 안 들으면 조금 팰 수도 있다는 것 정도?

나는 전화를 들어 곧바로 어디론가로 전화를 걸었다.

-전화받았습니다.

전화기 너머로 들려오는 익숙한 목소리.

"대통령님, 김시우입니다."

-여행 다녀오신다는 이야기는 들었는데, 벌써 돌아오신 겁니까?

"예, 그렇게 되었네요. 지금 시간 괜찮으십니까? 한번 찾아뵐까 하는데."

늘 그렇듯이 서신우 대통령의 목소리에서는 피곤함이 잔

뚝 묻어 나왔다.

그러나 서신우 대통령은 기다렸다는 듯이 대답했다.

－물론이지요. 마침 잘되었습니다. 구 청와대에서 뵙도록 하겠습니다.

"바로 앞이네요."

구 청와대는 교단의 신전 바로 앞.

빠르게 전화를 끊은 나는 곧장 서 대통령이 기다리고 있을 구 청와대로 향했다.

⚜

"어서 오십시오, 김시우 교황님. 기다리고 있었습니다."

구 청와대에 도착하자마자 서 대통령이 나를 반겨 주었다.

"환영해 주셔서 감사합니다."

"자, 안쪽으로."

대통령의 안내를 받아 접객실로 들어섰다. 그곳에는 나보다 먼저 선객이 와 있었는데, 그 선객 역시 내가 알고 있는 사람이었다.

"유 장관님."

"여기서 뵙게 되니 정말 반갑습니다. 아, 그리고 이제 저는 장관이 아닙니다."

"그래도 제 마음속엔 영원한 장관이신데요? 그냥 제가 편한 대로 부르면 안 될까요."

"하하……."

내 말에 유선호 장관이 씁쓸하게 미소를 지었다.

서 대통령은 우리 둘의 대화를 들으며 흐뭇하게 미소를 지었다. 그리고 직접 차를 내린 다음, 나에게 건네주었다.

"제가 제일 좋아하는 두 분이 이렇게 찾아와 주시니 즐겁군요. 요새 말동무가 많이 없었습니다."

"이제 이곳을 사용하시는 겁니까?"

"계획 중에 있습니다. 차기 정권에서 결정할 일이기는 하지만, 이곳을 다시 사용하는 건 일종의 상징이기도 하니까요."

디멘션 오프닝 이후 서울의 상당수가 파괴되었다.

그리고 그 사태가 끝난 지금, 이곳에 집무실을 옮기는 것은 대한민국이 디멘션 오프닝을 극복해 냈다는 증표가 될 터였다.

물론 이건 어디까지나 다음 정권에서 결정할 일이다.

서 대통령은 정치적 노림수를 남발할 사람은 아니었으니까.

……잠깐만.

어쩌면 유선호 장관이 여기에 있는 이유도 다음 정권 때문인가?

"여기 계시는 유선호 장관께서 다음 대선에 출마하실 생각이라고 합니다. 마침내 마음을 정하신 것 같습니다. 대한민국에 있어서 아주 기쁜 일이죠."

언젠가 심심해서 차기 대권 주자 여론조사를 본 적이 있었다.

유선호 장관이 압도적 1등이더라.

디멘션 오프닝 이후 처음 조직된 이능관리부를 이끌었던 남자.

그것이 국민들이 기억하는 유선호 장관의 모습이었다.

나는 씨익 웃으면서 유선호 장관에게 말했다.

"제가 좀 도와드린 셈이네요."

그러자 유선호 장관이 고개를 작게 끄덕였다.

"만약 교황님께서 안 계셨다면…… 저는 무능한 일개 장관에 불과했을 겁니다. 교황님께서 등장하시기 전까지만 하더라도 전각련에 의해 많은 권리를 빼앗긴 상황이었지요."

노인은 잠시 옛날을 회상하는 듯, 눈을 감은 채로 한숨을 푹 내쉬었다.

하긴.

내가 딱 지구로 돌아왔을 때까지만 해도 이능관리부는 허수아비나 다름없는 상태였으니까.

하지만 이제 대한민국은 그 어느 국가보다 강한 공권력을 지니게 되었다.

일각에서는 정부에서 너무 큰 힘을 지니고 있는 게 아니냐는 지적이 이어지고 있는 상황이었다.

"게이트가 추가로 등장하지 않는다면 앞으로 각성자 전력은 대부분 군대에 소속될 예정입니다."

"아직 몬스터들이 완전히 소탕된 건 아니잖아요?"

"그렇습니다."

게이트 현상은 멈췄지만, 게이트에서 넘어온 몬스터들은 여전히 지구 각지에서 생존 중이다.

일부 개체들이 집단을 이루며 번식 중이라는 이야기가 심심찮게 들려온다.

물론 대부분의 소식이 낙후된 국가에서 들려오고 있었지만, 대한민국조차도 산골에서는 심심찮게 몬스터 목격담이 들려오고 있는 상황이다.

하물며 중국은 어떻겠는가?

땅덩이가 큰 나라이니만큼 빈틈도 많겠지.

그런 중국이 바로 위에 있으니 안심하기는 일렀다.

"몬스터들이 멸종하기 전까지는 현 길드 체제를 유지할 계획입니다."

"몬스터들이 있는 한 길드들이 창출해 내는 경제적 효과가 상당하죠."

"몬스터들의 부산물은 여전히 매력적이니까요."

나는 대통령이 내준 차를 마시면서 작게 숨을 뱉어 냈다.

이야기를 들어 보니 서 대통령은 이미 차후 구상을 끝내 둔 것 같다.

"이능관리부의 역할이 더욱 중요해지겠네요."

"차기 이능관리부 장관 청문회를 준비 중입니다. 이미 여야 간의 합의는 끝났고, 청문회가 끝나는 즉시 장관으로 임명할 예정입니다."

현재 이능관리부의 장관 자리는 공석이다.

누가 장관이 되려나?

이능관리부 장관이라면 나랑 자주 만나게 될 텐데, 이왕이면 아는 사람이면 좋겠다.

"차기 이능관리부 장관은 김시우 교황님께서도 잘 아는 사람입니다."

"예?"

잠시 후, 대통령의 입에서 의외의 인물이 튀어나왔다.

"김동식 실장이 차기 장관이 될 예정입니다."

"……정말입니까?"

장관이 되기에는 너무 젊지 않나?

내가 생각하는 장관 이미지는 최소 중년인데 말이다.

장관은 연령 제한이 없는 걸 알지만, 30대 후반이 이능관리부라는 핵심 기관의 장관으로 전격 발탁될 줄이야.

야당이 가만히 둘…… 수밖에 없었겠구나.

야당은 지난번 백명교 게이트로 인해서 가장 큰 타격을 받았기에 발언권이 있을 리가 없지.

서 대통령은 내 얼굴에 떠오른 우려를 본 모양이다.

"교황님 때문만은 아닙니다. 김 실장은 교황님을 전담한 덕분에 이능관리부의 직원들 중 가장 많은 경험을 쌓았습니다. 그리고 미국, 일본, 중국 등 외국과의 협력에도 능통하게 되었습니다. 이 시기에 외국과 의견을 조율하는 능력만큼 중요한 건 없습니다. 그리고 무엇보다…… 이레귤러들과의 친분도…….."

"아."

생각해 보니 김 실장이 이레귤러들이랑 잘 알고 지낸다.

나랑 자현이와도 자주 일을 했었고, 에이든과도 자주 보는 사이고.

지금 시대의 전략무기라고 할 수 있는 이레귤러들과의 친분은 확실히 엄청난 강점이긴 하지.

납득이 되는구만.

"하여튼 그렇게 되었습니다. 여기 계시는 유선호 장관께서도 적극적으로 추천을 해 주었습니다."

"김동식 실장이 장관이 되면 적어도 교황님께서 신경을 써주시지 않겠습니까?"

"그게 가장 큰 이유 같은데요."

……결국 나 때문이라는 거 아냐?

내가 정이 많다는 걸 꼼꼼하게 이용하는 우리의 유선호 장관.

나는 한숨을 푹 내쉬면서 고개를 가로저었다.

"그럼 그렇지."

이 사람들이 그런 걸 안 따졌을 리가 없지.

게다가 노련한 정치인들이라면 김 실장의 뒤에 내가 있다는 계산까지 했을 테니까…… 반대를 하려야 할 수가 없었겠구나.

말만 예쁘게 했지, 이용할 수 있는 건 아주 철저하게 이용해 먹는 사람들이라니까?

그렇게 내가 그 둘과 이런저런 이야기를 나누고 있을 때쯤이었다.

"아, 최근에 미국 쪽으로부터 요청이 하나 들어왔습니다."

서 대통령이 운을 뗐다.

"오늘 아침 엠마 여사의 의식이 돌아왔다고 합니다."

테라의 소멸 이후 의식을 잃었다는 엠마 여사가 깨어난 모양이다.

원래는 할머니가 간병을 해 주고 있었는데, 하필이면 내가 귀환하는 타이밍이랑 맞물렸구나.

"잘된 일이네요."

"한데 엠마 여사가 깨어나자마자 교황님을 찾았다고 합니다. 줄 것이 있다는 말을 전해 달라더군요."

"음?"

……엠마 여사가 나한테 줄 것이 있다고?

엠마 여사는 테라의 대리자이기도 했던 사람.

"아."

그때, 테라가 소멸하기 전에 나에게 해 주었던 말이 떠올랐다.

나를 위해 선물을 준비해 뒀다고.

어쩌면 엠마 여사가 나에게 줄 것이라는 게, 테라의 선물이 아닐까?

테라가 남긴 선물이 궁금하기는 했다.

"가야겠네요."

그렇게 내 다음 일정은 미국으로 결정되었다.

❧

미국에 조용히 방문하겠다는 내 계획은 시작부터 무너져 내렸다.

"미국 지부에서 연락이 왔습니다. 교황님께서 미국에 방문하시는 것을 기념하여, 부흥회를 열겠다고 합니다."

"아니, 그냥 가볍게 병문안을 가는 건데⋯⋯."

"미국 정부에서 흔쾌히 신도들의 요청을 받아들였다고 합니다. 교황님께서 미국을 방문하시는 일은 아주 성대한 행사가 될 것 같습니다."

집무실에서 라파르트 대주교의 보고를 들었다.

⋯⋯머리가 지끈거린다.

진짜 엠마 여사만 딱 보고 귀국하려던 내 계획은 도대체 어디에서 새어 나갔는지 모를 정보 때문에 망가져 버렸다.

범인이 도대체 누굴까?

"높은 확률로 미국에서 흘린 정보인 것 같습니다."

"미국에서?"

"미국의 대통령 선거도 얼마 남지 않았습니다. 아마도 현미국 대통령이 교황님과의 친분을 과시하기 위해서 벌인 일 같군요."

"후우."

미국과의 사이는 아주 좋은 편이었다.

마정석도 많이 지원해 줬었고, 무기 기술도 제공해 주지 않았는가?

게다가 사실상 나 때문에 이레귤러가 둘이나 빠져 버린 상황.

우리 교단이 딱히 해 준 것도 없었으니, 이 정도는 그냥 넘어가 주도록 하자.

나는 손으로 얼굴을 쓸어내리면서 고개를 끄덕였다.

"체류 기간은 길지 않을 겁니다. 엠마 여사만 딱 만나고, 곧장 돌아올 거예요."

"이왕 가신 김에 신도들에게 한 말씀 해 주고 오시면 더 좋을 듯합니다. 최근 미국에서 교단의 확장세가 아주 가파르게 치솟고 있습니다."

"음?"

"교단의 재정부에서 LA에 신전을 짓기 위한 예산 편성이 진행 중입니다."

시스템이 정지한 이후로 〈DLC - 교황〉의 사용도 불가능해졌다.

예전이었다면 신성 점수나 성유물을 들고 가서 신전을 소환하면 되었지만, 이제는 그게 불가능하다.

직접 건축하는 방법만 가능할 뿐.

그래서 요새 교단의 재정이 좀 빡빡하게 돌아가고 있다고 한다.

"재정 상황은 좀 어떤가요? 전쟁이 끝났으니 판매량도 줄어들었을 것 같은데요."

내 질문에 라파르트 대주교는 손에 들고 있던 보고서 한 장을 건네주면서 설명했다.

"국내로만 말씀드리자면, 성수 판매량은 줄어들었습니다. 대신 대장간의 매출이 가파르게 상승 중입니다."

"나쁘지 않네요."

"생산되고 있는 성수 대부분을 정부에서 구매 중이며, 의료 기관들 역시 구매 의사를 타진하고 있습니다."

의료 기관이라면 사람을 살리는 것에 중점을 둔 사람들이다.

그들이 성수를 필요로 하는 것은 어쩌면 당연할 수 있다.

아직까지 지구의 의학이 도달하지 못한 영역을 성수가 일부 담당해 줄 수 있기 때문이다.

최상급 성수 같은 경우에는 양이 적긴 하다만, 이 세상에는 건강할 수만 있다면 아무리 비싼 값을 치르더라도 구매하고 싶어 하는 사람들이 많다.

전쟁이 끝났어도 여전히 축성소랑 대장간은 효자 역할을 톡톡하게 해 주는구만.

"또한 중국을 비롯한 해외에서도 성물을 구매하기 위해 의견을 타진해 오고 있습니다. 박지원 고문이 전담하여 수출 협상을 진행하는 중에 있습니다. 재정 걱정은 안 하셔도 좋습니다."

라파르트 대주교의 설명을 들으면서 천천히 보고서를 살폈다.

축성소야 원자재 가격이 거의 안 들어가는 편이고.

대장간은 재료 비용을 꽤 쓰긴 하는데, 전쟁을 통해서 리멘 교단의 방어구랑 무기 들은 높은 평가를 받게 되었다.

덕분에 대장간의 마진률은 엄청난 편이었다.

진짜 돈 걱정은 할 필요 없을 것 같다.

"헌금 없이도 충분히 운영이 가능하겠네요. 사회사업도 계속 확장해 주세요. 보훈 사업도 확실하게 해 주시구요."

이번 전쟁에서 희생된 우리 교단의 전투원들에 대한 보훈도 꾸준하게 해 줘야만 한다.

그게 전사자에 대한 예의이자 우리가 해 줄 수 있는 전부였다.

"교단에 기부를 하고 싶다는 기업들이 꽤 많습니다."

"꿈도 꾸지 말라고 해요. 그런 돈 받으면 탈 납니다. 우리 스스로 돈을 벌 수 있는데, 굳이 기부를 받을 필요까지 있을까요? 명심하세요, 라파르트 대주교. 우리 교단이 떳떳할 수 있는 데에는 재정 자립이 가능하다는 이유가 있다는 걸요."

남의 돈은 받으면 탈 난다.

특히, 종교 집단은 더더욱 그렇다.

우리는 언제나 깨끗해야만 한다. 우리 교단에 더러운 게 조금이라도 묻는 순간, 우리를 물어뜯으려는 사람들이 셀 수 없이 많을 것이다.

"리멘님의 이름에 부끄럽지 않도록 노력하겠습니다."

"항상 고생만 시키는 것 같아서 죄송합니다."

"아닙니다. 언제나 기쁜 마음으로 교황 성하의 명을 따르고 있습니다."

듣기 좋은 소리다.

라파르트 대주교는 웃으면서 고개를 끄덕였고, 이번에는 다른 서류를 나에게 건네주었다.

"그리고 이건 2주 뒤에 신전에서 열릴 결혼식에 관한 서류입니다."

"아, 벌써 시간이 이렇게 되었네요?"

"예, 그렇습니다."

류진영 각성자와 강채아 각성자의 결혼식.

우리 교단의 신전에서 결혼식을 열어 주겠다는 약속을 한 적이 있었는데, 벌써 결혼식이 다가온 모양이다.

나는 서류의 밑에 서명을 하면서 슬쩍 미소를 지었다.

"결혼식 당일에는 시민들에게 양해를 구해야겠죠?"

"그렇습니다."

"간단하게 연회를 열어 주는 건 어때요?"

"좋은 생각인 것 같습니다. 제가 업체를 잘 알아보도록 하겠습니다."

"그래도 신전에서 처음 열리는 결혼식인데, 그 정도 선물은 해 줘야죠. 고마운 사람들이기도 하고."

나와 인연을 맺은 사람들이 서로 결혼하는 날이다.

감회가 새로웠다.

전쟁을 준비하기 위해 쉴 새 없이 돌아갔던 서울 성지가, 이제는 미래를 기약하는 성스러운 의식의 장소가 되었다.

리멘이 이 사실을 알면 정말 뛸 듯이 기뻐할 것 같다.

"부족함 없이 준비합시다."

"예, 성하."

진영이 형이랑 채아 씨 둘 다 돈은 많은 사람들이니 비용이야 지불하겠지.

그래도 좋은 게 좋은 거라고, 인생의 하나뿐인 이벤트가 기억에 오래 남았으면 좋겠다.

그렇게 일단 밀려 있던 업무들은 모두 처리했고, 나는 가볍게 기지개를 켜면서 말했다.

"일 다 처리했으니까 가족들이랑 같이 미국에 다녀오겠습니다."

"전세기로 이동하십니까?"

"그렇게 되었네요."

내가 가겠다고 하니 미국 정부에서 곧바로 전세기를 내주었다.

할머니도 엠마 여사를 보고 싶다고 해서, 이참에 그냥 가족끼리 미국에 다녀올까 한다.

시연이도 데리고, 인욱이도 데리고.

거기에 에이든까지.

에이든은 왜 그런 곳에 가냐고 짜증을 내긴 했다만, 여사님이 부른다고 하니 가겠다고 하더라.

위아래 없는 야만인 놈이 예의 하나만큼은 끔찍하게 지킨다니까?

"그럼 저 이만 다녀오겠습니다. 시연이가 아침부터 엄청 기대를 하고 있어서요."

"LA로 가시는 게지요?"

"예, 엠마 여사님이 입원하신 병원이 그곳이라 하셔서."

"다녀오십시오."

LA에 신전이 만들어지면 참 편할 것 같다.

미국 여행도 그냥 신전 지하를 통해서 다녀올 수 있게 되는 건데 말이지.

나는 라파르트 대주교에게 가볍게 고개를 끄덕인 다음, 곧바로 집무실 밖으로 나섰다.

엠마 여사의 선물을 수령할 시간이었다.

⚜

그로부터 4시간 후.

미국 정부의 전세기를 타고 LA로 향하는 비행기 안, 시연이는 창문 밖에 펼쳐진 푸르른 하늘을 바라보면서 감탄사를 내뱉었다.

"비행기다! 비행기!"

"시연이 비행기 타는 게 그렇게 좋아?"

"응! 그리고 이번에는 승우 오빠도 같이 가잖아? 그래서 더 좋아. 그치, 승우 오빠?"

"시연이가 좋아하니까 나도 기뻐."

"헤헤."

요새 들어 승우랑 시연이가 부쩍이나 친해진 것 같다.

예전에도 친하긴 했지만, 아무래도 훈련을 같이 받다 보니까 유대감이 더 깊어진 듯한 느낌?

시연이가 승우를 바라보고 있을 때면 아주 그냥 꿀이 뚝뚝 떨어진다.

보통 귀여운 아이라도 커 가면서 변하는 경우가 있는 법인데, 승우에게는 그런 게 없다.

승우는 성장하면 성장할수록 더 잘생겨지고 있다.

이제는 어엿한 개인 팬클럽까지 이끌고 있다던가?

시연이도 그렇고, 승우도 그렇고, 가장 최근에 합류한 주원이도 그렇고.

우리 교단의 선지자들은 아이돌을 방불케 하는 인기를 끄는 중이다.

"시연 님께서 좋아하시는 딸기 생크림 케이크입니다."

우리가 이런저런 이야기를 나누고 있을 때, 승무원이 우리 앞에 먹음직스러운 케이크를 가져다주었다.

"우와!"

시연이는 기뻐하면서 포크로 케이크를 입에 집어넣었다.

나도 시연이를 따라 한 입 집어넣었는데…… 넣자마자 케이크가 입에서 녹아내린다.

딱 봐도 느껴지는 자본의 맛.

시연이가 딸기 케이크를 좋아하는 건 또 어떻게 알아 가지고.

"크으, 역시 술은 하늘에서 마시는 게 최고지."

우리가 한쪽에서 티타임을 가지고 있을 때, 에이든은 옆에서 위스키를 벌컥벌컥 들이켜면서 만족스러운 미소를 짓고 있었다.

아마 저놈이 시연이의 입맛을 일러바쳤을 거다.

에이든은 할 일 없으면 항상 시연이를 몰래 데리고 나가서 맛있는 걸 사 먹이거든.

무식하게 보여도 아이들은 이뻐하는 야만인이다.

"맞다."

시연이는 생크림을 입에 잔뜩 묻힌 채로 에이든을 바라보았다.

"에이든 아저씨, 저 궁금한 거 있어요!"

"얼마든지 답해 주지."

"생뚱맞을 수도 있는데…… 혹시 비행기에서 떨어져도 살아남을 수 있어요?"

"음, 갑자기?"

"혹시 이 비행기가 추락할 수도 있잖아요!"

"그렇지. 전사라면 모름지기 항상 최악의 상황을 염두에 둬야 하는 거야. 시연이가 아주 잘 배웠어. 오빠한테 배운 건가?"

"……도대체 세상 그 어느 오빠가 비행기 추락에 대비하라고 교육을 하겠냐?"

보통 비행기가 추락하면 다 죽지.

그런 상황을 교육하는 사람이 있다면 도대체 무엇을 가르

치는 걸까?

……안 아프게 죽는 법?

"비행기가 땅에 닿기 직전에 타이밍을 잘 맞춰서 비행기를 차고 땅 위로 뛰면 될 것 같긴 하군. 아직 추락해 본 적이 없어서 말이야."

어마어마한 중력을 거스르겠다는 말을 내뱉는 에이든.

나는 한숨을 푹 내쉰 다음, 시연이에게 말했다.

"우리는 저렇게 무식한 방법을 쓸 필요가 없어."

"그럼 방법이 있는 거야?"

"신성력을 잘 이용해 봐야지. 타이밍에 맞춰서 밑 쪽으로 신성력을 뿜어내면 낙하 속도를 줄일 수 있을 거야."

"우웅, 어려워."

"시연이도 언젠가는 이해하게 될 거야."

여차하면 라파엘이 개조해 준 슈트를 이용해서 비행기를 들어 버리면 되지 뭐.

영화 속 그 강철 남자처럼 말이다.

"라파엘도 같이 왔으면 좋았을 것을. 라파엘도 엠마 여사님을 좋아했다."

"바쁘다잖아? 집에 돌아가기 위해서 마지막 준비를 하고 있는데, 데리고 가기도 좀 뭐해."

아직 라파엘은 지구에 있다.

기계에 살짝 문제가 발생했다던가?

설정된 좌표가 알 수 없는 이유로 증발했다고 한다.

그래도 다행이다. 라파엘에게 작별 인사를 할 시간은 충분히 있으니 말이다.

그렇게 우리는 꽤 오랜 시간을 시시콜콜한 잡담을 나누면서 시간을 보냈다.

평화로운 시간이었다.

．ࠁ．

시연이랑 놀아 주고.

에이든의 뒤통수를 몇 대 후려갈기고.

할머니의 잔소리를 듣고.

거기에 오랜만의 낮잠까지.

비행기 속에서의 시간은 아주 빠르게 흘러갔다.

"착륙합니다."

승무원의 안내에 따라 벨트를 착용한 후, 얼마 안 있어서 우리가 탄 비행기는 공항에 도착했다.

꽤 오랜만에 밟는 미국 땅.

나는 비행기가 멈추자마자 곧바로 가족들과 함께 비행기에서 내렸다.

그래도 한번 와 봐서 그런지 공항이 눈에 익었다.

LA 공항.

예전 세계 각성자 포럼이 개최될 때 들렀던 곳이기도 해서 반갑기도 했다.

"큰오빠랑 두 번째 오는 미국이다, 헤헤."

시연이의 기분은 무척 좋아 보였다.

나와 여행을 왔다는 생각 때문인지, 아까 전부터 내 손을 꼭 잡고 환하게 웃고 있었다.

시연이의 이런 웃음을 보는 것만으로도 데려오길 잘했다는 생각이 든다.

"입국 수속은 모두 처리해 두었으니, 바로 목적지로 모시겠습니다."

미국 정부에서 나온 직원들이 우리에게 예의를 표하면서 말했다.

"감사합니다."

"환영 인파가 좀 많습니다. 원하신다면 다른 통로를 통해서 공항 밖으로 모시겠습니다. VIP들을 위한 전용 통로가 있습니다."

"에이, 저 보러 오신 분들한테 인사는 해야죠."

하지만 그로부터 5분 후.

나는 그 말을 후회할 수밖에 없었다.

"교황니이이이이이이이임!"

"리멘이시여!"

"우와아아아아아아아!"

"김시우! 김시우! 김시우!"

공항을 가득 메운 환영 인파.

그 모습을 멍하니 지켜보고 있던 인욱이가 작은 목소리로 말했다.

"BTS, 봉준호, 손흥민, 김시우…… 렛츠 고."

"……좀 닥치고 있어 봐."

"미안. 갑자기 하고 싶었어."

LA 공항 전체가 리멘 교단의 부흥회장으로 변해 버렸다.

## 안녕

공항에서 벗어나기까지 소요된 시간은 무려 2시간.

최대한 많은 사람들과 사진을 찍어 줬고, 그들에게 성서의 구절을 인용하여 설교도 해 주었다.

―서로 사랑하고 아끼십시오. 당신들의 사랑만이 이 세상을 구원합니다.

한 종교 집단을 이끄는 자라면 반드시 해야 하는, 평화에 대한 메시지도 전달했다.

인파도 많았고, 그 인파만큼이나 많은 기자들이 몰려들었다.

기자들이 앞다투어 나에게 질문을 던졌지만, 다행히도 미국 정부의 직원들이 그들을 제지해 주었다.

나는 아쉬움에 발걸음을 떼지 못하는 기자들을 향해서 제안을 한 가지 했다.

그리고 기자들은 그 제안을 적극적으로 수용했다.

아니, 두 팔을 벌려 환영했다고 해야 할까?

"시우, 그런데 아까 했던 말이 진심이었나?"

엠마 여사님의 병원으로 향하는 차 안에서, 에이든은 여전히 위스키병을 든 채로 나에게 물었다.

"무슨 말?"

"아까 그 자리에 있던 기자들을 한국으로 초청하겠다는 거. 진심이냐 물어본 거다."

"당연히 진심이지. 교황은 거짓말하면 안 돼."

"흠, 귀찮을 텐데."

귀찮은 건 사실이다.

내가 어딜 가더라도 기자들이 몰려든다. 내 말을 조금이라도 담아서 기사로 내보내기 위해서.

그만큼 내 영향력이 엄청나다는 뜻이다.

외신들도 현재 이 지구에서 가장 영향력이 센 사람으로 나를 뽑고 있다더라.

내 말 한마디에 엄청난 무게가 담기는 셈이다.

그게 부담스럽기도 하지만, 그렇다고 못 견딜 정도까지는 아니다.

에덴에서도 이미 경험했던 일이니까.

하지만 귀찮다고 해서 그 영향력을 가만히 썩힐 수도 없는 노릇이다.

"영향력을 긍정적인 쪽으로 사용해 봐야지."

"글쎄다. 너는 아직도 인간들을 믿나? 네가 뭐라고 말해도 듣지 않을 인간들이 태산이야. 인간이란 모름지기 그런 존재지. 대의보다는 본인의 욕심을 좇는 게 당연한 생물."

"기자들도 시간을 내어서 공항까지 나온 건데, 수확은 있어야지. 그리고 내가 언제 말로만 움직인다고 했어?"

"음?"

"처음에는 말로 하는 거고, 말을 안 들으면 주먹이 나가는 거지. 그것도 인간의 본성 아닐까?"

"좋게 말할 때 들으라는 뜻이군."

"쉽게 말하자면 경고지. 세계 각지에서 기회만 노리고 있는 놈들에게 경각심을 심어 주는 거야."

잘못된 선택을 하면 죽을 수도 있겠구나, 그런 경고.

일종의 양면전술이라고 할까?

그래서 그냥 진영이 형과 채아 씨의 결혼식 날 불러 버렸다.

세계 각지에서 손님이 오면 좋잖아?

우리 교단에서 주관하는 행사기도 해서 어차피 그날 세계의 거물들이 다 모인다고 한다.

서 대통령에게 말했더니 안 그래도 그에 맞춰서 정상회담을 준비 중이라더라.

역시 정치인들은 계산이 참 빠르다.

"그 자리에서 이제 말 안 듣는 놈은 죽여 버리겠다 경고하는 거겠군."

"본보기로 삼을 수 있는 놈이 나타나면 더 좋고."

"좋은 생각이야."

"그나저나 에이든, 너는 미국 각성자로 돌아갈 생각은 더 없는 거야? 아까 이야기를 나누는 것 같던데."

에이든은 차에 타기 전 딱 봐도 고위 관료로 보이는 사람이랑 길게 이야기를 나누었다.

솔직히 좀 궁금하다.

나로서는 에이든이 다시 미국 국적을 취득한다고 해도 불만은 없었다.

지금까지 나와 함께 싸워 준 것만으로도 고마울 따름이니까.

하지만 에이든은 뚱한 표정으로 귀를 팠다.

"재미없다. 나는 그냥 한국에서 너를 괴롭힐 생각이야. 그것보다 재밌는 건 없어. 가끔 나랑 몇 번 싸워 주기만 하면 된다."

"왜?"

"강자랑 싸우는 것보다 재밌는 건 없지. 내가 아는 놈들 중에 네가 제일 강해. 할머니 밥도 맛있고, 시연이랑 놀아 주는 것도 재밌고."

"너 하고 싶은 대로 해라."

"태어나면서부터 항상 내가 하고 싶은 걸 하면서 살아왔으니 걱정 마라."

녀석은 그리 말하며 위스키를 벌컥벌컥 들이켰다.

평범한 사람이었으면 진작에 급성 알코올중독으로 세상을 떴겠다만, 이 야만인에게는 그딴 건 없었다.

취하기도 힘든 몸이긴 하지.

나는 피식 웃으면서 고개를 끄덕인 후, 천천히 창문 밖으로 시선을 돌렸다.

오랜만에 들른 LA는 확실히 활기가 넘쳤다.

곳곳에서 복구공사가 진행 중이기도 했고, 무엇보다 사람들의 얼굴색이 달라졌다.

"게이트가 없어지니 사람들이 행복해졌네."

인류를 괴롭혔던 이상 현상이 사라진 것만으로도 사람들의 일상에 여유가 생겨났다.

사람들의 표정을 보고 있으니 비로소 평화가 찾아왔다는 것을 깨달을 수 있었다.

"살아갈 수 있다는 확신을 얻었잖냐."

"네가 그런 말도 할 줄 알아?"

"나라고 그런 말을 못 할 게 뭐냐?"

아무런 생각 없이 다 박살 낼 것처럼 생긴 놈의 입에서 저런 말이 나오니까 새삼스럽긴 하다.

"시우, 부탁 한 가지만 해도 되나?"

"말해."

"엠마 여사님을 한국으로 모셔 갈 생각이다. 네 할머님과 같이 지내시면 더 좋지 않을까, 그렇게 생각한다."

엠마 여사는 에이든이 유대감을 느끼는 몇 안 되는 사람 중 한 명이다.

테라가 소멸한 이후, 엠마 여사에게 있던 예지력도 함께 사라졌다.

그녀의 예지력은 모두 테라로부터 기원한 것이었기 때문이다.

"한번 물어는 봐야지. 엠마 여사님의 의사가 제일 중요할 것 같은데?"

"그렇겠지."

예지력이 소멸한 지금 미국이 엠마 여사를 붙잡을 이유는 없었다.

만약 그녀가 원한다면 나는 기꺼이 함께 비행기를 타고 돌아갈 것이다.

"곧 병원에 도착합니다."

우리가 이야기를 열심히 나누고 있는 사이, 어느새 우리는 목적지에 도착했다.

드디어 엠마 여사의 선물을 확인할 시간이 찾아왔다.

⚜

"드디어 깨어났어. 평생 못 깨어날 줄 알았더만, 쯔쯔."

"은영, 표정이 좋아 보여."

"표정? 당연히 좋아야지. 친구가 이렇게 깨어났는데, 당연히 기쁘지."

엠마 여사의 혈색은 아주 좋아 보였다.

깨어난 지 얼마 되지 않은 사람이라고 믿기 힘들 정도로 말이다.

"모든 바이탈은 정상입니다."

"고생하셨습니다."

"그럼."

의사는 우리에게 엠마 여사의 상태에 대해 알려 주었다.

원래도 의식만 없는 상태였기에 의식을 되찾은 지금, 걱정할 건 없다고 했다.

기력이 조금 없는 것 정도?

하지만 그 정도는 죽음에 비하자면 아무런 문제가 되지 않는다.

나는 엠마 여사에게 축복을 내려 주면서 미소 지었다.

"깨어나셨네요."

"제 연락을 받고 온 건가요, 시우?"

"예."

"다행이네요. 이렇게 시우의 얼굴을 볼 수 있어서 기뻐요."

엠마 여사는 웃으면서 내 손을 부드럽게 쓰다듬었다.

"은영."

"왜?"

"시우랑 단둘이 나눌 이야기가 있는데, 잠깐 비켜 줄 수 있겠어?"

그러자 할머니가 섭섭하다는 듯 고개를 절레절레 내저었다.

"먼 길 찾아온 친구는 홀대해?"

"둘이 따로 나눌 이야기가 있어서 그래. 미안해, 은영."

"농담이야. 둘이서 편하게 이야기 나눠. 시연아, 인욱아, 우리는 나가 있자꾸나."

"네, 할머니."

"응!"

할머니는 인욱이와 시연이를 데리고 자연스레 병실에서 나갔다. 에이든 역시 시연이를 목말 태운 채로 병실에서 나갔다.

넓은 병실 안에는 결국 나와 엠마 여사만이 남는다.

엠마 여사는 일행이 나간 문을 바라보면서 슬며시 미소를 지었다.

"시우네 가족들은 언제나 보기 좋아요."

"퇴원하시면 함께 지내시죠, 여사님."

"그래도 될까요?"

"언제나 자리를 비워 두고 있습니다. 할머니가 아주 좋아하실 거예요."

엠마 여사는 고개를 작게 끄덕이면서 내 초대를 받아들여 줬다.

"이 늙은이가 5년 동안 고행하다가 이제야 은퇴를 하네요. 그래도 돈은 많이 벌어 두었으니, 월세는 성실하게 지불할게요."

"그래 주신다면야 할머니가 좋아하겠는데요?"

"매일 제육볶음을 해 달라 할 생각이랍니다."

"할머니표 제육볶음이 맛있긴 하죠."

우리는 가볍게 안부를 나누었다.

그렇게 시시콜콜한 이야기가 이어졌고, 나는 조용히 엠마 여사가 선물을 꺼내기를 기다렸다.

엠마 여사 역시 그런 내 표정을 눈치챈 것 같다.

"선물이 궁금하기도 할 텐데, 용케 잘 참네요, 시우."

"선물이란 본디 기다림도 소중하죠. 예전에 어느 수필을 읽었었는데, 선물이 뭘까 하며 설레는 시간마저 선물이라고 하더군요."

"좋은 말이네요."

엠마 여사는 눈을 슬며시 감으면서 고개를 끄덕였다.

"제가 정신을 잃기 직전에 테라님이 찾아오셔서 주신 선물이 있답니다."

역시 그녀는 테라가 소멸했다는 것을 알고 있었다.

테라는 엠마 여사가 모셨던 신.

예지력까지 있었을 정도면 그녀와 상당히 동화된 상태였을 것이다.

"제가 이렇게 살아서 시우를 만난 것을 보면, 그분께서 예언하셨던 대로 결국 시우와 리멘님이 세상을 구했다는 뜻이겠지요."

"많은 걸 알고 계시네요."

"기억하는 것. 그것이 저에게 주어진 사명이었으니까요."

엠마 여사는 곧 서랍 속에서 작은 물건 하나를 꺼냈다. 손바닥 크기의 물건.

그 물건의 정체는 다름 아닌 작은 손거울이었다.

"테라님께서 시우에게 남기신 선물입니다. 사용법은 저도 잘 모르겠어요. 시우가 직접 찾으라 하시더군요."

나는 그녀의 손에 들려 있던 손거울을 받았다.

평범한 손거울이다.

화려한 장식도, 그렇다고 신성함도 느껴지지 않는, 그런 손거울.

하지만 그 손거울을 손에 쥔 순간, 예상하지도 못했던 일
이 벌어졌다.

시스템이 일부 재부팅됩니다.
아이템을 확인합니다.
[손거울]
● 아이템 종류: 기타
● 제작자: 테라
● 설명: 알 수 없는 손거울. 사용법조차 알 수가 없다. 무언가와 공명을 해야
만 숨겨진 힘을 개방할 수 있을 것 같다.

시스템.

테라의 소멸 이후 사라졌던 시스템이 잠시나마 부활한다.
아마도 이 거울의 제작자가 테라라서 그런 걸지도 모르겠다.

"테라님의 선물입니다."

"힌트는 없답니까?"

내 질문에 엠마 여사는 슬며시 웃으면서 고개를 가로저었
다.

"따로 분부하신 말씀은 없었습니다."

"아쉽네요."

그때였다.

우우우웅.

거울을 손에 잡고 있자 곧 내 품속에서 작은 울림이 느껴

졌다.

거울에 반응하여 공명하던 그것은 다름 아닌 작은 돌이었
다.

아무르로부터 선물을 받았던 그 돌.

"주인을 찾았군요."

"그런 것 같은데요?"

돌에서 흘러나온 리멘의 신성력이 곧 거울에 스며들었다.

그러자 잠시 후, 눈앞에 새로운 메시지창이 떠올랐다.

[자각의 손거울]
● 아이템 종류: 기타
● 제작자: 테라
● 설명: 리멘의 힘으로 개방된 손거울. 스스로를 들여다볼 수 있는 힘을 지
녔다. 서울 성지에 위치한 리멘의 신상으로 가면 사용법을 알 수 있을지도
모른다.

시스템의 설명이 바뀌었다.

나는 그 설명을 읽자마자 리멘이 어디에 있는지 깨달을 수
있었다.

"……거기에 있으니까 내가 못 찾았지."

나도 모르게 입꼬리가 올라갔다.

그녀가 어디에 있는지 찾은 것 같았다.

"선물은 마음에 드나요, 시우?"

우리 교황님 좀
말려 주세요

엠마 여사가 침대에 누운 채로 부드럽게 물었다. 나는 그 질문에 활짝 웃으면서 고개를 끄덕였다.

"그 어떤 선물보다요."

"이제 어디로 가죠?"

엠마 여사의 질문에 나는 망설이지 않고 대답했다.

"제가 마땅히 있어야 할 곳으로."

내가 가장 사랑하고 소중히 여겼던.

그녀의 곁으로.

⁂

가족들에게는 양해를 구하고 다시 한국행 비행기에 탑승했다.

가족들이 전부 섭섭해할 거라 생각했지만, 그들은 나에게 전혀 불평불만을 보이지 않았다.

오히려 다 알고 있다는 듯이 순순히 고개를 끄덕였다.

가장 의외였던 건 시연이의 반응이었다.

−숨겨 둔 보물을 찾은 표정이야, 큰오빠! 우리는 여기서 재미있게 놀다가 돌아갈게, 헤헤. 어차피 오빠 있으면 마음껏 못 놀잖아?

시연이는 아마 섭섭했을 거다.

그러나 여러 가지 이유를 대면서 내가 돌아가는 것을 응원해 주었다.

그 모습이 얼마나 기특하던지.

하지만 그건 하나만 알고 둘은 모르는 소리였다.

시연이는 나만큼이나 인기가 많은 상태.

사실, 우리 가족들은 어디를 가도 관심을 받을 것이다.

나는 혹시 몰라서 에이든에게 가족들을 잘 지켜 달라고 부탁해 두었다.

거기에 미국 정부에서 온 힘을 다해 가족을 경호하겠다는 약속까지 해 줬으니, 별일이야 없을 것이다.

그렇게 가족 여행을 미뤄 둔 채로 돌아온 한국.

공항에 내리자마자 곧바로 신전으로 향했다.

내가 성지에 도착하자마자 가장 먼저 라파르트 대주교가 나를 맞이했다.

"오셨습니까, 성하."

"금방 돌아왔네요."

"미국에 신전을 지으면 조금은 나아지지 않겠는지요."

"미국 LA 신전, 바로 건축 시작하라고 하세요."

가볍게 농담을 주고받으며 성지 안으로 들어섰다.

서울 성지는 잠시 통제 중인 상황이다. 여전히 우리 교단 병력의 재정비가 필요한 상황이기도 하고, 성지에서 일하고 있는 직원들에게 일괄적으로 휴가를 부여했기 때문이다.

아마 진영이 형네 결혼식까지는 계속 이렇게 통제를 할 것 같다.

결혼식 준비도 해야 하거든.

라파르트 대주교는 고개를 숙이면서 슬며시 미소를 지었다.

"성하께서 이리 급하게 오신 걸 보면…… 가서 방법을 찾으신 거로군요."

"아마도. 지금부터 그걸 확인할 생각이에요."

부지런하게 앞으로 걷는다.

성지의 입구에서 신전까지 향하는 길은 꽃이 만발해 있었다.

마치 사시사철 봄인 듯, 아름답고 풍성한 꽃들이 곳곳에서 나를 맞이해 준다.

그 사이사이에서 열심히 꽃을 피우고 있던 페어리들이 나를 향해 반갑게 손을 흔들어 주었다.

"교화아아아앙!"

"여행 벌써 다녀왔어?"

나는 페어리들을 향해 웃으면서 손을 흔들어 주었다.

느낌이 좋다.

아니, 단순히 좋은 수준이 아니다.

지금껏 이 순간보다 기분 좋았던 적이 있었던가?

내 마음속에 품었던 확신이 자라나 내 온몸으로 퍼져 나간 것 같은 기분이다.

그 기대감을 애써 숨기면서 부지런히 정원을 걸어서 앞으로 향했다.

산들바람에 흔들리는 신목의 나뭇가지도.

성지 전체를 은은하게 품어 주는 꽃향기도.

모든 것이 나를 축복해 주는 것만 같았다. 그리고 그 모든 흔적으로부터.

"리멘."

리멘이 느껴지는 것만 같다.

왜 여태껏 몰랐을까?

마지막 순간까지 그녀를 껴안고 손을 잡고 있었다는 사실을, 그녀가 무언갈 남겼으면 분명 내 곁에 남겼을 거라는 사실을.

그 뻔한 사실을 여태껏 왜 깨닫지 못했던 걸까.

나는 마침내 신전의 앞에 도착했다. 그리고 지어진 지 얼마되지 않은 리멘의 '얼굴 없는 신상'과 마주했다.

에덴의 교황청의 신상과 같은 크기로 제작된 신상.

드워프 토비의 솜씨로 에덴의 신상과 거의 동일하게 제작된 그 신상은 햇빛을 받아 그 어느 때보다 찬란하게 빛나고 있었다.

"그럼 저는 잠시 물러서 있겠습니다."

우리 교황님 좀
말려 주세요

라파르트 대주교는 나에게 허리를 숙여 인사를 한 후, 빠르게 뒤쪽으로 물러났다.

더 이상 망설일 것도, 의심할 것도 없었다.

우우우웅.

품속에 고이 챙겨 온 〈자각의 손거울〉을 꺼냈다. 손거울은 기분 좋게 신상과 함께 공명하기 시작한다.

파아아앗.

신상으로부터 뻗어 나온 희미한 불빛이 손거울에 닿으며 반사된다.

그리고 그 빛줄기는 신전 옆에 위치한, 리멘이 이곳에서 가장 사랑했던 정원으로 뻗어 나갔다.

마치 길을 알려 주는 것만 같다.

나는 아무 말 없이 미소를 지으며 그 빛이 향한 곳으로 걸어갔다.

기분 좋은 바람이 내 이마를 스쳐 지나갔고, 향긋한 꽃내음이 콧속으로 스며 들어온다.

발걸음이 그 어느 때보다 가볍다.

"조금만 기다려."

어디선가에서 그녀가 내 목소리를 듣고 있지 않을까?

가볍지만 힘 있게, 그렇게 한 걸음씩 빛을 따라갔다.

그리고 마침내 목적지에 도착했다.

손거울에서 뻗어 나갔던 빛은 꽃이 만개한 정원의 한가운

데에서 멈추었다.

나 역시 빛이 머물고 있는 가운데로 나아갔다.

은은하게 빛나는 비석 하나가 정원의 가운데에 자리를 잡고 있었다.

나도 기억하는 비석.

리멘이 서울 성지에 현신한 후, 직접 만들었던 아름다운 비석.


**꿈들이 잠시 쉬는 곳**


비석에는 리멘이 직접 새겨 넣은 아름다운 필체가 적혀 있었다.

비석 뒤를 수놓는 꽃이 지금처럼 아름다울 순 없을 것 같다.

수많은 이들의 꿈이 잠든 이곳에 리멘의 꿈도 함께 잠들어 있던 걸까?

누가 알려 주지도 않았지만 이제 내가 무엇을 해야 할지 금방 깨달았다.

에덴에서 가져온 돌을 품속에서 꺼내 비석 앞에 내려놓았다. 그러자 손거울이 내 손에서 벗어나 스스로 하늘 위로 떠오른다.

파아아앗.

비석과 돌에서 동시에 찬란한 빛이 뿜어져 나왔다. 그리고 그 빛은 거울에 반사된 후, 동시에 나를 비추었다.

눈앞이 찬란한 빛으로 물든다.

"꿈에서 깨어날 시간이야."

그 빛이 나를 어디론가로 인도하기 시작했고, 나는 그 흐름에 자연스럽게 몸을 맡겼다.

리멘은 멀리 있지 않았다.

리멘은, 내가 평생을 걸쳐 찾겠다 다짐했던 그녀는, 안식처에 잠들어 있었다.

그걸 이제야 깨달았다.

아니, 이제라도 깨달아서 다행이다.

"다 왔어."

테라의 마지막 선물은 결국 나를 리멘에게로 인도했다.

그녀가 쉬고 있는 안식처로.


그 안식처는 바로 나였다.


※


〈자각의 손거울〉이 당신을 내면으로 인도합니다.


눈을 한 번 감았다 뜬다.

비석이 세워진 정원이 아니라 아주 익숙한 내 집무실이 눈에 들어왔다.

나는 자리에서 일어나 문을 열고 밖으로 나갔다. 그러자 익숙한 복도가 눈에 들어왔다.

신전의 복도.

이곳이 에덴인지, 지구인지 분간할 수는 없었다. 두 곳 모두 구조적으로 동일하다.

하지만 이제 그 둘을 구분하는 것은 딱히 의미가 없는 일이다.

이곳은 어디까지나 나의 내면.

테라가 나에게 남긴 선물이기도 하다.

복도를 지나 잠시 본당으로 향했다.

원래라면 신도들이 앉는 의자와 리멘의 신상으로 가득했을 곳이지만, 이곳에는 그런 것들이 없었다.

대신 누군가의 추억들이 자리를 잡고 있었다.


"안녕! 나는 리멘이라고 해. 많이 당황스럽지? 나 같아도 그랬을 거야."


빛기둥 속에서는 어떤 장면들이 재생되는 중이었다.

처음은 리멘과 내가 처음 만났던 장면이었다. 한 가지 특이한 건, 그 장면 속에는 오로지 나만 등장한다는 점이었다.

1인칭 시점으로 찍힌 영상이었다.

전지적 리멘 시점이라고 해야 할까.

그 옆의 빛기둥 속에서는 다른 장면이 재생되고 있었다.

내가 처음 마수들과 조우하여 피를 흘리며 싸우는 장면부터 시작해서, 내가 에덴에서 행했던 모든 일들.

이곳은 나를 위한 박물관이나 다름없었다.

리멘이 눈에 담아 두었던 나의 모든 순간들이 이곳에서 생생하게 살아 숨 쉰다.

우우우웅.

내가 그 기억들을 되돌아보고 있을 때, 품속에서 작은 진동이 느껴졌다.

꺼내어서 확인해 보니 〈선지자의 나침반〉이었다.

혹시 몰라서 에덴에서 챙겨 온 성유물.

에덴에서부터 나침반의 자침은 줄곧 나를 가리켰었지만, 이번에는 달랐다.

나침반은 본당의 반대쪽을 가리키고 있었다.

나는 나침반을 따라서 다시 발걸음을 옮기기 시작했다.

길게 이어진 신전의 복도를 지나서 햇볕이 내리쬐고 있는 밖으로, 계속해서 걸어갔다.

얼마쯤을 걸었을까.

지평선 끝까지 꽃과 나무로 가득한 풍경이 나를 반겨 준다.

신비로우면서도 경이로운 모습이었다. 자칫하다가는 이

끝없이 펼쳐진 정원 속에서 길을 잃어버릴지도 모르겠다는 생각이 들 정도였다.

하지만 나에게는 길을 알려 주는 나침반이 있었다. 그렇기에 자침이 일러 주는 쪽을 향해 마냥 걸었다.

꿈이나 다를 바 없는 세계였으나 여전히 내 감각은 생생했다.

현실처럼 따듯한 바람과 향기로운 꽃내음. 그러나 이곳은 현실과 딱 한 가지가 달랐다.


"시우가 나 때문에 불행해지면 어떻게 하지."

"항상 나를 위해서 싸워 줬어."

"나도, 나도 시우를 지켜 줄 수는 없을까?"


바람을 타고 익숙한 목소리가 들려온다.

걱정과 미안함으로 가득한 목소리.

내가 찾아 헤맸던 그 목소리였다.

나는 그 목소리를 하나도 빠짐없이 귀에 담으면서 앞으로 걸어 나갔다.


"방법을 찾아내야만 해."

"시우가 불행해지는 길을 걷고 싶지 않아."

오랜 시간 동안 쌓아 온 그녀의 고민과 걱정이 고스란히 귀에 들려왔다.

항상 내 앞에서는 웃어 주었던 리멘이었다.

이건 그녀가 나에게 숨기고 싶었던 목소리들이다.

그녀가 어째서 이 수많은 고민들을 숨겼는지도 안다.

리멘이 불안해하면 내가 불안해하니까.

그녀는 기꺼이 이 고민들은 자신의 몫이라고 생각했을 것이다.

"……답답하기는."

리멘의 목소리 속을 걸어간다.


"테라의 계획대로 시우에게 무거운 짐을 맡길 수는 없어."

"더 이상 시우를 희생시킬 수는 없어."

"차라리 내가."


목소리 속의 리멘은 결국 결론에 도달한 것 같았다.

나는 그녀가 기나긴 고민 끝에 도달한 결론이 바로 지금이라는 것을 깨닫는다.


"시우라면 나를 찾아 줄 거야."

"만약 나를 찾지 못한다고 하더라도……."

"시우가 계속 살아갈 수 있다면, 그것만으로도 충분해."

저 멀리서 푸른 거목 하나가 보이기 시작했다.

리멘의 목소리를 머릿속에 새기며 발걸음을 천천히 옮겼다.

"사랑해, 시우."

"다시 보고 싶어."

"우리 다시 볼 수 있겠지?"


내 볼을 타고 무언가 흐른다.

아무래도 내가 지금 울고 있나 보다.

나는 눈물을 닦아 내면서 환하게 미소를 지었다. 그리고 고개를 크게 끄덕였다.

"물론이야."

마침내 거목이 자리 잡고 있는 언덕에 도착했다.

나침반 속의 자침은 정확히 그 거목을 가리킨다. 그렇기에 주저 없이 언덕을 올랐다.

문득 이런 생각이 든다.

라파엘이 나를 에덴으로 보내 주지 않았다면.

에덴에서 리멘의 흔적을 발견하지 못했다면.

과연 내가 지금 이 순간을 맞이할 수 있었을까?

"그랬을 리가."

이 소중한 순간은 결국 내가 지금까지 쌓아 온 인연들로 인해 완성되었다.

　이 인연 중 하나라도 없었다면, 나는 이 순간을 마주하지 못했을 것이다.

　여태껏 나는 나와 리멘이 지구와 에덴을 구원했다고만 생각했다.

　하지만 이제 와 생각해 보니 그게 아니었다.

　나와 리멘이 지켜 냈던 모든 인연들이 결국 우리를 이곳으로 인도했다.

　그렇기에 이건 기적이다.

　우리가 지켜 낸 이들이 우리에게 선물한 기적.

　"아."

　눈부시게 아름다운 한 존재가 거목에 기대어 눈을 감고 있었다.

　긴 잠을 자는 듯, 그녀의 새근거리는 숨소리가 귓가에 울려 퍼졌다.

　나는 숨을 죽인 채 그녀에게로 다가갔다.

　그리고 잠들어 있는 그녀를 조심스레 껴안으면서 말했다.

　"나 왔어."

　잠시 후, 잠들어 있던 그녀가 눈을 뜬다.

　그녀는 눈을 뜨자마자 나를 바라보았다. 그리고 장난스러운 목소리로 말했다.

　"이번에는 시우가 나를 납치해 가는 거야?"

그 말에 웃으면서 고개를 끄덕였다.

"너도 한 번쯤은 당해 줘. 그게 공평한 거잖아."

"음, 그럼…… 못 이기는 척 당해 줘야겠네?"

나는 몸을 살짝 기울여 그녀의 입에 입을 맞추었다.

그리고 환하게 웃으면서 고개를 끄덕였다.

"당연히 그래야지."

## Epilogue. 우리 교황님 좀 말려주세요

서울 성지는 그 어느 때보다 활력이 넘친다.

"조금 더 화려한 조각상은 배치하기 힘든가?"

"신전에서 올리는 결혼인데, 너무 화려한 것도 문제가 되지 않겠습니까?"

"어허! 대한민국 정부랑 일본 정부에서 지원을 해 준다는데, 좀 팍팍 쓰라고! 대장간에 꿍쳐 둔 조각상 많잖아! 그리고 거기! 페어리 친구들! 꽃 좀 더 많이 장식해 줄 수 있겠어?"

"응!"

"열심히 하고 있으니까 잔소리 좀 하지 마!"

결혼식 준비 때문에 다들 정신이 없다.

페어리들은 부지런히 꽃을 장식하고 있고, 토비는 자신의 제자들을 이끌고 열심히 상황을 점검하고 있다.

나는 팔짱을 낀 채로 그 모든 과정을 지켜보는 중이었다. 그런 내게 옆에 서 있던 루나가 넌지시 묻는다.

"부하 직원들은 저렇게 열심히 일하고 있는데……."

"원래 대표가 할 일이 이거야. 부하들이 열심히 하고 있는지를 체크하는 거지."

"누가 봐도 그냥 놀고먹겠다는 심본데요?"

"꼬우면 네가 대표하든가."

"어휴, 신성한 교단을 이끄는 사람이 스스로를 대표라고 부르면 어떻게 해요?"

"교황이란 게 원래 교단 대표란 뜻이잖아? 뭐가 달라. 이제 웨딩 업체까지 도맡고 있잖아."

오늘은 결혼식 날이다.

아, 그러니까 내 결혼식은 아니고 진영이 형과 채아 씨의 결혼식 당일이란 뜻이다.

참고로 그 둘의 결혼식이 서울 성지에서 치러진다는 뉴스가 보도된 후, 세계 각지에서 결혼식 문의가 쏟아져 내렸다.

각국의 내로라하는 부호들이 얼마면 이곳에서 결혼할 수 있냐고 문의를 하더라.

빌보드 차트 1위를 밥 먹듯이 하는 슈퍼스타부터 시작해서, 세계 부호 순위 6위의 아들까지.

그 문의들을 본 뒤부터 나는 아주 진지하게 웨딩 사업에 대한 고민을 하고 있는 중이다.

돈은 원래 땡길 수 있을 때 확실하게 땡기는 게 좋다.

돈이 많을수록 우리 교단은 좋은 일을 더 많이 할 수 있게 된다.

그 사람들은 성지에서 결혼식을 올려서 좋고, 우리는 돈을 벌어서 좋고.

이거야말로 누이 좋고 매부 좋고, 도랑 치다 가재 잡는 게 아니겠어?

하여간에 라파르트 대주교에게 웨딩 사업에 관해서 박지원 고문이랑 논의를 해 보라는 지시를 내렸다.

그 둘은 돈 냄새 하나는 기가 막히게 맡는 사람들이니까 알아서 방법을 찾아낼 거다.

"그리고 에덴에서도 마찬가지던데?"

"뭐가요?"

"저번에 내가 에덴 갔을 때, 교황청에서 직접 결혼식을 주관하더라. 왕가끼리의 결혼이었는데, 아주 그냥 기둥을 뽑아 오더라고."

"지구나 에덴이나."

"어느 세계나 돈이 남아도는 사람들은 있는 거지. 돈이 많다고 나쁜 놈은 아니잖아? 우리는 그 돈을 받아서 좋은 일을 더 많이 하면 되는 거야."

내 말에 루나는 손가락으로 볼을 긁적이면서 고개를 끄덕였다. 그러더니 은근한 목소리로 물었다.

"그런데 허락은 받으셨어요?"

"허락? 무슨 허락?"

"성하께서 그렇게 마음대로 하실 수는 없는 거잖아요. 엄연히 성지의 주인분이 계시는……."

그때였다.

와락.

누군가 내 뒤에서 갑자기 나를 껴안았다. 분명히 엄청난 강자인 게 틀림없었다.

내가 아무런 기척도 느끼지 못하고 뒤를 내줄 정도라면 아마도…….

"리멘?"

"뭐야, 일부러 아무 말도 안 했는데?"

"언제 왔어? 들어가서 좀 쉬고 있지."

"신전 안에만 있는 건 심심하단 말야."

리멘일 수밖에 없다.

코끝에 리멘의 향기가 느껴진다.

꽃을 닮은 향기. 이 향기를 지닌 존재는 이 세상에서 오로지 리멘뿐이다.

리멘은 내 앞으로 쏙 나오더니, 곧 나를 껴안으면서 품속에 얼굴을 비볐다.

그러자 옆에 서 있던 루나가 헛기침을 내뱉으면서 다른 곳을 쳐다보았다.

"커흠, 오늘따라 날이 덥네요."

"루나, 시우한테 내가 허락해 줬어."

"아, 리멘님께서……."

"성지에서 결혼식을 올리는 건 아주 기쁜 일이잖아. 가족의 탄생을 우리가 직접 축복해 줄 수도 있는 거구…… 누군가에게는 이 성지가 특별한 기억으로 남게 될 거야."

"리멘님의 뜻이 그러하다면, 저 역시 적극적으로 지지합니다."

"역시, 우리 루나는 내 말을 참 잘 듣는다니까?"

리멘은 환하게 웃으면서 루나에게 말했고, 루나는 얼굴을 붉히면서 고개를 숙였다.

항상 망나니 같은 루나지만 리멘과의 대면은 여전히 적응이 안 되는 것 같다.

생각해 보니 그렇다.

감정 표현이 없기로 유명한 라파르트 대주교와 레오조차도 리멘 앞에서는 안절부절못하더라.

자신들이 평생을 걸쳐서 섬겼던 여신이 바로 옆에 있으니 머리가 안 돌아갈 만도 하다.

나는 리멘을 품속에 안은 채로 루나를 슬쩍 쳐다보았다.

"일하러 안 가나?"

"……저 할 일 없는데요."

"남자라도 좀 만나든가. 지난번에 소개팅은 어떻게 된 건데?"

"남자가 도망갔어요."

"왜?"

"아니 글쎄, 같이 등산을 하는데 길이 돌로 막혀 있더라구요. 그래서 그냥 주먹으로 박살 냈거든요? 그거 보자마자 남자가 새하얗게 질려서……."

"잘한다, 잘해."

"하, 이럴 줄 알았으면 인욱이라도 진작에 작업 칠걸. 아니, 인욱이랑 그레이스 그러다가 결혼하는 거 아니에요?"

에덴에서나 여기서나, 남자복은 드럽게도 없는 루나였다.

나는 루나의 말에 시큰둥한 목소리로 대답했다.

"결혼하면 결혼하는 거고. 남의 연애사에 관심 가질 시간 있으면 네 연애나 좀 하렴."

"후, 남자 소개 좀."

"에이든?"

"차라리 혀를 깨물죠."

소개팅을 산에서 하는 게 제정신은 아니지.

내가 루나를 잔뜩 놀리고 있을 때, 리멘이 루나의 머리를 쓰다듬어 주면서 말했다.

"곧 생길 거야."

"……정말요?"

"응."

"감사합니다, 리멘님!"

좋댄다.

루나는 리멘을 향해 몇 번이고 허리를 숙인 다음, 열심히 일하고 있던 페어리들에게로 달려갔다.

나는 멀어지는 루나의 뒷모습을 바라보면서 한숨을 푹 내쉬었다.

"정말 생길까?"

그러자 리멘이 흐뭇하게 웃으면서 고개를 끄덕였다.

"예쁜 아이잖아? 인연이 있겠지. 어쩌면 본인이 아직까지 발견하지 못한 걸 수도 있고."

서울 성지 내부에서 리멘을 알아보는 건 우리 교단의 간부들이나 내 가족들을 제외하곤 없다.

다른 사람들은 그저 내 여자 친구로만 알고 있다.

하긴.

이 세계를 구한 여신이 사람처럼 돌아다니고 있다고 어떻게 생각하겠어?

나 같아도 못 믿겠다.

"오늘 결혼식은 어떻게 할래?"

"나도 하객으로 참석할 생각이야. 신전 첫 결혼식인데, 당연히 내가 직접 가서 축복을 내려 줘야지. 그리고…… 부케도 내가 받을 건데?"

"부케?"

"부케는 내 거야."

예상하지도 못했던 곳에서 의지를 불태우는 리멘.

주먹을 꽉 쥐면서 고개를 끄덕이는 모습이 어찌나 귀엽던
지.

나도 모르게 그녀의 이마에 입을 맞출 수밖에 없었다.

"진영이 형이랑 채아 씨는 좋겠네. 여신님께서 직접 축복
도 내려 주시고."

"시우한테는 축복 대신 다른 거 줄게."

"뭐?"

리멘은 장난스럽게 웃더니 곧 내 입에 입을 맞추었다. 그
리고 나지막하게 속삭였다.

"사랑."

……요새 낯간지러운 말 참 잘한다니까?

⚜

결혼식은 아주 성대하고 완벽하게 치러졌다.

세계 각지에서 도착한 귀빈들이 자리를 빛내 주었고, 특별
히 내가 직접 사회도 봐 줬다.

사회는 처음이라서 떨렸지만…… 역시, 똥개도 홈그라운
드에서는 반은 먹고 들어간다는 말이 맞는 것 같다.

처음에만 살짝 긴장했지 그렇게 어렵진 않더라.

아, 그리고 대망의 부케 잡기도…….


-내가 잡았다!


리멘이 당당하게 부케를 잡았다.

이건 비밀인데, 채아 씨가 뒤로 날린 부케를 리멘이 신성력을 살짝 사용하면서 끌어당기더라.

그녀가 부정행위(?)를 사용했다는 것은 그냥 비밀로 하기로 했다.

리멘이 부케를 든 채로 환하게 웃으면 된 거지 뭐.

그렇게 결혼식이 끝나고, 성지의 정원에서 연회가 열렸다.

"성지에서 이렇게 술을 마셔도 되는지 모르겠네."

"괜찮아. 내가 허락했어!"

"진짜 괜찮아?"

"응. 이거 맛있다."

리멘은 샴페인을 열심히 마시면서 환하게 미소를 지었다.

……원래 성지에서 허가 없이 술을 마시는 건 불경죄에 해당하거늘.

하지만 그녀 본인이 허락해 주겠다고 하니 안 될 게 뭐가 있겠어?

"천천히 마셔. 이따가 손님 오잖아."

"아, 맞다. 깜빡했어. 아무르가 오기로 했지? 기대되네. 거의 갓난아기였을 때 이후로는 직접 본 적 없는데."

리멘이 돌아온 이후 가장 먼저 한 건 에덴과 지구의 시간선을 다시 바로잡는 일이었다.

어떤 이유에서인지 모르지만, 리멘은 돌아오자마자 많은 힘을 회복했다.

아마도 그건 테라가 우리를 위해 준비해 둔 안배였을 거다.

어찌 되었든 리멘은 시간선을 바로 잡은 후, 서울 성지의 지하에 에덴으로 이동할 수 있는 통로를 만들었다.

물론 리멘 교단의 신도만 사용할 수 있는 통로였다.

그 통로를 통해 오늘 바예르 총대주교가 아무르와 함께 지구에 방문할 예정이다.

"그 아이들한텐 내가 리멘인 거 말해 주면 안 돼. 알겠지, 시우?"

"그걸 숨긴다고 숨길 수 있을까?"

"라파르트는 모르는 것 같던데?"

"정말 그렇게 생각해?"

가만 보면 참 순진하다니까.

라파르트 대주교가 리멘의 정체를 몰랐다면 왜 그녀 앞에서만 석상처럼 변해 버리겠냐고.

그렇게 내가 리멘과 이런저런 이야기를 나누고 있을 때,

오늘의 주인공들이 우리 앞에 나타났다.

"시우야."

"시우 님."

바로 신랑 진영이 형과 신부 채아 씨였다.

나는 그 둘을 향해 가볍게 손을 흔들어 주며 말했다.

"결혼 축하드려요."

그러자 리멘 역시 나를 따라서 그들에게 인사를 건넸다.

"결혼 축하드려요."

"두 분 다 감사합니다."

진영이 형과 채아 씨는 정중하게 허리를 숙이면서 인사에 화답했다.

"감사합니다."

진영이 형은 웃으면서 리멘에게 말했다.

"오늘 저희의 결혼식에 와 주셔서 정말 기쁩니다. 앞으로 서로 예쁘게 사랑하면서 살아가겠습니다. 아까 부케도 잡으셨죠?"

"네, 운이 좋았던 것 같아요."

"두 분이 결혼식을 올리신다고 하면, 어디에 있든 달려오겠습니다."

……진영이 형한테는 리멘의 정체에 대해서 말해 준 기억이 없는 것 같은데.

진영이 형은 이미 리멘의 정체에 대해서 아는 눈치였다.

그리고 그뿐만이 아니라 채아 씨도 마찬가지였다.

채아 씨도 리멘에게 허리를 숙이면서 말했다.

"저희의 결혼을 축복해 주셔서 감사합니다."

이쯤 되면 그냥 공공연한 비밀인 것 같은데?

루나가 따로 귀띔을 해 준 건가?

나는 어색하게 미소를 지었다. 그리고 진영이 형을 향해
말했다.

"저희는 적당히 있다가 먼저 자리를 뜨려구요."

"왜? 조금 더 있다가 가지."

"내가 이곳에 있으면 형한테 좀 미안해서."

"전혀 아니…… 아."

진영이 형은 주위를 둘러보더니 내 말에 담긴 의미를 깨달
았다.

이미 우리 테이블 주위에는 나를 노리는 거물들이 참 많았
다.

세계 각지의 유력 정치인들이 호시탐탐 나에게 말을 붙일
틈을 엿보고 있던 것이다.

오늘은 이 두 사람이 주인공이 되어야만 하는 날.

그래서 적당히 빠져 줄 생각이었다.

"다시 한번 결혼 축하드려요, 형."

"고맙다."

주인공들은 연신 감사를 표한 후, 천천히 우리 테이블에서

우리 교황님 좀
말려 주세요

멀어졌다.

그리고 잠시 후, 다른 손님이 우리 테이블에 방문하셨다.

"큰오빠!"

바로 시연이었다.

시연이는 나에게 인사를 하더니만 갑자기 리멘에게 달려가서 리멘을 꼭 껴안는다.

"헤헤."

"시연이도 오늘 드레스 입었네?"

"페어리들이 만들어 줬어요! 예쁘죠?"

"응, 시연이는 뭘 입어도 예뻐."

리멘은 시연이의 등을 쓰다듬으면서 환하게 미소를 지었다.

귀여운 시연이 옆에 예쁜 리멘까지 있으니 절로 힐링이 된다.

이게 행복이지.

이 행복을 누리기 위해서 지금까지 쉴 새 없이 달려온 거다.

나는 흐뭇하게 웃으면서 샴페인을 목으로 넘겼다.

샴페인이 그 어느 때보다 달콤하고 청량하게 느껴졌다.

"큰오빠."

"응?"

"할머니가 손자랑 손자며느리 데리고 오래!"

"……손자며느리?"

"응!"

손자는 누군지 알겠는데, 손자며느리는…… 음.

"아!"

그 말의 뜻을 이해한 리멘이 살짝 상기된 표정으로 나를
바라보았다.

손자며느리란 당연히 리멘이다.

"역시, 리멘님은 귀여워."

시연이는 리멘을 바라보면서 흐뭇하다는 듯이 고개를 끄
덕였다.

"시연아."

"응, 큰오빠."

"나도 그렇게 생각해."

"으으, 오빠 느끼해."

할머니가 부르면 가야지.

"오늘 우리 집에서 파티하는 거야!"

"파티?"

"다른 가족들도 다 초대했어! 다들 결혼식 끝나면 우리 집
에서 모이기로 했어."

시연이가 말한 '다른 가족'이라면 아마 에이든을 비롯한 친
구들을 의미하는 걸 거다.

나는 흔쾌히 고개를 끄덕였다.

"손님 데려가도 되지?"

"당연하지. 오늘은 내가 할머니 도와서 음식 준비했으니까 꼭 와야 해."

"알았어, 시연아."

파티라…….

생각해 보니 가족, 친구들 다 모여서 밥을 먹은 지 오래된 것 같긴 하네.

"같이 갈 거지?"

나는 옆에 있던 리멘의 손을 꼭 잡았다. 그리고 슬며시 미소를 지었다.

"초대해 주셨는데 당연히 가야지! 나 뭐 입고 가야 예뻐해 주실까?"

"그냥 지금 이렇게 가도 너무 이뻐."

"그래도……."

우리 둘의 대화를 가만히 듣고 있던 시연이가 은근한 목소리로 나에게 질문을 던졌다.

"큰오빠는 리멘님이랑 언제 결혼해?"

"응?"

"나도 조카 생겼으면 좋겠어! 조카 생기면 내가 열심히 돌봐 줄 거야."

"음, 시연아, 그건……."

리멘이 당황할까 봐 말을 돌리려던 찰나, 리멘이 시연이의 머리를 쓰다듬어 주면서 말했다.

"조카 몇 명이면 좋겠어?"

"두 명이요!"

"언니가 노력해 볼게!"

"약속!"

"약속!"

……리멘?

❧

"햐, 그때 그 무지막지한 창이 내 배를 꿰뚫었는데, 딱 창자를 꿰뚫더라니까?"

"그래서 어떻게 하셨습니까?"

"어떻게 했기는. 그냥 창 뺀 다음에 붕대 대충 감고 싸웠지. 원래 그 정도 상처는 금방 회복할 수 있어. 저쪽 세계에 비하면 별거 아닌 상처였다고."

"애들 듣는 곳에서 그런 말을 하고 싶어요?"

우리 집에서 파티가 열렸다.

왁자지껄한 분위기.

할머니랑 시연이가 함께 만든 음식들과 에이든이 챙겨 온 술.

우리가 초대할 수 있는 손님들은 다 초대했다.

우리 집이 작진 않지만, 그렇다고 해서 열 명을 가뿐히 넘는 이 인원을 수용할 만큼 넓지는 않았다.

하지만 지금, 우리 집의 공간은 전혀 부족함이 없어 보였다.

기분 탓이 아니다.

실제로 자리가 널널하다.

이 보고도 믿기 힘든 현상은.

"이렇게 신의 권능을 남발해도 되는 걸까?"

"뭐 어때, 시우. 지구를 지켜 줬는데 이 정도는 눈감아 주겠지. 이것 가지고 뭐라 그러면 진짜 혐과율이야."

옆에서 기분 좋게 술을 마시고 있는 리멘이 만들어 내는 현상이었다.

간단한 공간 왜곡이랄까?

리멘은 자신의 권능을 통해서 우리 집을 일시적으로 지구와 분리시켜 두었다.

소음 문제도 해결하고, 공간 문제도 해결하고.

그야말로 일석이조.

"여자 친구가 신격인 덕 좀 봐야지, 시우."

"우리는 이걸 권력 남용이라고 불러."

"남용하면 뭐 어때? 죽다 살아났는데 무서울 거 없어."

리멘은 피식 웃으면서 술을 계속 들이켠다.

이 세계로 돌아온 이후, 리멘의 성격이 살짝 바뀐 것 같기도 하다.

원래는 굉장히 얌전하고 조심조심하는 성격이었는데, 요새는 가끔 화끈하게 들이받는 느낌이 생겼다.

……원래 이런 성격이었던 건 아닐까?

지금까지 일부러 내숭을?

"다들 보기 좋아."

리멘은 웃으면서 주위를 둘러보았다.

서로의 무용담을 자랑하며 술을 퍼마시고 있는 에이든과 최 대표. 그리고 그 옆에서 열심히 재롱을 부리는 자현이랑 주원이.

나와 리멘을 힐끔힐끔 쳐다보는 루나와 설화, 민수 씨.

사람들이 얼마나 있건 말건 서로 알콩달콩 음식을 먹여 주고 있는 그레이스와 인욱이.

방금 막 지구에 도착한 바예르 총대주교는 할머니와 엠마 여사, 그리고 라파르트 대주교와 함께 즐겁게 이야기를 나누고 있었다.

아무르는 당연히 시연이와 승우가 데리고 놀고 있었고.

아무튼 남녀노소 삼삼오오 모여 즐겁게 파티를 즐기고 있었다.

"흐뭇하지?"

리멘이 나를 바라보면서 넌지시 물었다.

그 질문에 나는 웃으면서 고개를 끄덕였다.

"당연히 흐뭇하지."

"라파엘이 있었으면 더 좋았을 텐데."

"언젠가 돌아올 사람이야, 리멘. 크게 걱정하지 말자고. 무소식이 희소식이라잖아?"

리멘 역시 라파엘이 우리가 다시 만나는 데 큰 공헌을 했다는 걸 알고 있었다.

라파엘은 아마 지금쯤 자신의 세계로 돌아갔을 것이다.

그 세계에는 그의 가족들과 그가 복수를 해야 하는 대상이 남아 있다고 했었으니까.

나는 언젠가 라파엘이 돌아올 것이라 믿는다.

지구로 돌아오면 그때 반갑게 맞이해 주면 되는 거다.

"이 정도면 해피 엔딩 아닐까?"

와인을 한 모금 마시며 혼잣말처럼 중얼거렸다.

내 말을 들은 리멘이 나를 째려보면서 답했다.

"이제 시작인데 뭐? 해피 엔딩?"

"아니…… 일단 큰일은 다 끝난 거 맞잖아."

"그럼 지금 우리는 뭐야?"

"……외전?"

"왜 외전인데?"

"외전은 보통 행복한 이야기들로 가득하잖아."

어떻게든 변명을 쥐어짰다.

이런 내 노력을 가상하게 여긴 걸까?

리멘이 웃으면서 고개를 끄덕였다. 그러고는 부드러운 목소리로 말했다.

"우리 교황님은 가만 보면 참 긍정적이셔. 고대 신들 다 해치웠다고 모든 일이 끝난 것 같아?"

"그럼 뭐가 또 남았나?"

"시우도 잘 알잖아. 평화란 게 원래 그래. 눈앞에 있다가도 갑자기 막 사라진다니까?"

에덴을 오랫동안 지켜보았던 리멘의 경험이 담긴 말이었다.

그녀가 무엇을 걱정하는지 안다.

언젠가는 이 평화를 무너뜨리려는 존재들이 다시 세상에 나타날 것이다.

하지만 나는 사실 크게 걱정하지 않는다.

"나타나는 족족 전부 박살 내 버리면 되지. 이제는 여신님도 옆에 계시는데 뭐가 걱정이야?"

"든든해."

"내가 좀 국밥 같긴 해."

"맞다. 국밥이나 한번 먹으러 가자."

"안 그래도 우리 부모님 납골당 주변에 국밥 잘하는 집 있어. 부모님한테 인사드릴 겸 해서 다녀올까?"

"좋아!"

가볍게 잔을 들어 리멘과 맞부딪쳤다.

째앵.

기분 좋은 소리가 울려 퍼졌고, 다시 한번 와인을 들이켰다.

그렇게 나와 리멘이 이런저런 이야기를 나누고 있을 때, 할머니가 우리에게 다가왔다.

리멘은 입가에 묻은 와인을 빠르게 닦아 낸 뒤, 할머니에게 고개를 숙였다.

"저, 뭐라고 불러 드려야⋯⋯."

그러자 할머니가 손을 내저으면서 답했다.

"아유, 저희 못난 손자 사람 만들어 주신 분이신데, 어렵게 생각하지 말아요. 그냥 동네 할머니처럼 편하게 생각해요."

"아⋯⋯."

"그리고 이제 같은 가족인데 굳이 어렵게 대할 필요 있겠어요?"

"할머니, 리멘 괴롭히지 마."

"손자며느리가 이뻐서 말이라도 붙이러 왔다, 이놈아."

"부담도 주지 말고."

하지만 부담스러워하는 건 오직 나뿐이었다.

손자며느리라는 말에 리멘이 해맑게 웃으면서 고개를 끄덕였다.

"네, 할머니."

"그래요. 그렇게 부르니까 얼마나 편하고 좋아? 그래도 이

늙은이가 죽기 전에 손자며느리 얼굴은 보게 되어서 참 기뻐요. 이참에 그냥 집에 들어와서 같이 살아요, 방도 넓은데. 아니면 시우랑 같은 방 쓰든가."

"그래도 되나요?"

"아니, 두 사람 왜 내 의견은⋯⋯."

리멘은 현재 신전에서 지내고 있다.

정확히는 신전의 일부를 자신의 방으로 개조해서 지내는 중.

리멘의 신전이었으니 리멘이 개조하는 것 가지고 뭐라 할 사람은 아무도 없었다.

할머니는 리멘의 손을 부드럽게 잡으면서 미소를 지었다.

할머니가 저렇게 웃는 건 진짜 오랜만에 보는 것 같다.

"앞으로 우리 못난 손자 잘 부탁해요. 저놈이 보는 것처럼 철도 아직 덜 들었고, 맨날 쌈박질만 하러 다니고⋯⋯ 이래저래 손이 많이 가요."

"그 쌈박질을 가르쳐 준 게 리멘이라니까?"

"떽, 어른들 말씀하시는데 끼어드는 거 아니야."

가만 보니 할머니도 얼큰하게 취기가 올라오셨다.

우리 집안 자체가 술은 잘 마시는 집안이라 취하기가 쉽지 않은데, 도대체 얼마나 마신 거야?

할머니가 있던 자리를 슬쩍 쳐다보니 소주가 족히 열 병은 넘게 쌓여 있었다.

그 자리에 있던 라파르트 대주교는 애써 내 시선을 회피했다.

하여간에 못 말리는 사람들이라니까.

"시우 저놈, 어렸을 때 이야기 좀 해 줄까요?"

"듣고 싶어요, 할머니."

"저놈이 글쎄, 어렸을 때 쫓아다니던 동네 여자아이가 있었는데……."

"아, 할머니. 진짜 그런 이야기는 왜……."

"생각해 보니 네가 고등학교 때도 좋아하지 않았니?"

"더 자세하게 듣고 싶어요."

정신없고 소란스럽지만, 또 그만큼 행복한 시간이다.

이 시간 속에서 내가 사랑하는 사람들과 함께하고 있다는 것에 감사했다.

⚜

파티가 끝난 후.

모두가 함께 집을 청소하니 뒷정리는 그리 오래 걸리지 않았다.

─우리 산책이나 좀 할까?

나는 뒷정리가 끝나자마자 이어진 리멘의 제안을 흔쾌히
받아들였다.

　집에서 그리 멀지 않은 성지의 정원.

　그중에서도 신목이 자리 잡고 있는 언덕을, 리멘의 손을
잡은 채로 천천히 걸어갔다.

　결혼식 정리는 이미 모두 끝난 상태였다.

　페어리들은 나무에 지어진 자신들의 집에 들어가 자고 있
는지 조용했고, 신전에서 은은하게 흘러나오는 빛과 하늘의
달빛이 한데 어우러져 편안한 안식을 선사한다.

　그 아름다움 속을 걷는다.

　리멘과 함께.

　"너무 예쁘다. 솔직히 에덴의 교황청보다 이곳이 더 예쁜
것 같아."

　리멘은 내 손을 꼭 잡은 채로 앞으로 나아갔다.

　손 너머로 그녀의 따스한 체온이 느껴진다.

　그도 그럴 것이 지금 내 옆에 있는 건 리멘의 본체였으니
까.

　단순히 형체를 빌려 이곳에 있는 게 아니라, 그녀가 직접
이 땅에 강림해 있는 거다.

　원래라면 인과율이 난리를 칠 게 뻔했지만…… 인과율은
우리를 터치하지 않고 있다.

　……사실, 당연하다.

왜냐고?

지금 내 옆에 있는 리멘이 그 인과율의 관리자 역할을 겸하고 있었으니까.

테라가 우리에게 선물을 주면서 같이 짐도 넘겨 버린 셈이다.

뭐, 그래도 좋다.

리멘과 함께할 수 있다면, 어찌 되어도 좋다.

"시우."

열심히 걷고 있던 리멘은 내 앞을 막아 세우면서 미간을 좁혔다.

"무슨 생각을 그렇게 열심히 해? 할머니가 말씀해 주셨던 그 여자애 생각?"

"진짜 오해라니까."

"흐으음, 수상한데."

이런 경우 정공법이 있지.

나는 리멘의 양쪽 어깨를 부드럽게 잡은 후, 리멘의 눈을 마주하면서 말했다.

"리멘, 잘 들어."

"응?"

"내 머릿속에는 지금 온통 네 생각뿐이야. 알겠어? 죽을 때까지 네 생각만 할 거야."

이렇게 부끄러운 멘트를 날려 주면?

분명히 리멘은 부끄러워하면서 말을…….

"맹세해."

"……응?"

"빨리. 아니다, 기다려 봐."

리멘은 예상과 달리 기다렸다는 듯이 허공에서 종이 한 장을 소환했다.

그러더니 곧 그 종이를 나에게 건네주었다.

"이게 뭐야?"

"잘 읽어 봐."

"을은 죽는 순간까지 갑을 사랑해야 하며, 수명이 다하고 나서도 갑과 함께 세상을 열심히 지켜야만 한다. 이 계약은 갑이 소멸하기 전까지 지속되며, 갑의 동의 없이는……. 아니, 이거 그냥 노예 계약 아니야?"

온갖 독소 조항으로 가득한 계약서.

사인을 하는 순간 평생, 아니 그냥 영원히 리멘에게 결속되는 계약서였다.

예전에 에덴으로 건너갔을 때나 지구로 돌아왔을 때 맺었던 계약과는 차원이 달랐다.

그때는 적어도 내가 받을 수 있는 게 있었는데…… 이 계약서는 일방적인 종속 계약인 것이다.

"안 되겠네. 문제가 참 많아 보이는 계약서야. 이런 계약서는……."

"……싫어?"

"이런 계약서는 당장 사인을 해 버려야지. 어? 마지막 조항 마음에 드네."

마지막 조항에는 이렇게 적혀 있었다.

'을'이 모든 계약 조건을 수용하는 대신, '갑'은 '을'에게 변함없는 사랑을 약속한다.

만족스럽군.

변함없는 사랑을 이렇게 문서화하니 아주 보기가 좋다.

나는 리멘이 건네주는 펜으로 곧장 계약서에 사인을 했고, 리멘은 기다렸다는 듯이 종이를 복사하여 나에게 건네주었다.

"시우."

"응?"

"시연이한테 조카는 언제 만들어 줄까? 시연이가 엄청 기대하는 것 같더라구."

"아니, 이야기가 왜 갑자기 거기로 가? 그리고…… 조카 만들어 줄 수 있는 거 맞아?"

"왜?"

"나는 아직 인간이고, 리멘은 신격이잖아. 그러니까…… 음, 그러니까."

내 말에 리멘은 조심스럽게 나와 팔짱을 끼었다. 그리고 작게 소리를 내어 웃었다.

"그리스 로마 신화에서는 인간이랑 신도 잘만 결혼했잖아."

"그건 어디까지나 신화…….."

"정말 신화에 불과할까?"

잠시 후, 리멘은 내 귓가에 대고 작게 속삭였다.

"그렇게 의심스러우면 오늘 한번 확인해 볼까? 난 이미 마음의 준비 끝났어."

"마음의…… 준비?"

"지금이라도 집무실로 가서……."

"어허, 신성한 성지에서 지금 무슨 생각 하는 거야?"

"여기 주인이 나라니까?"

정원 곳곳에 배치되어 있던 신성석에 슬그머니 달빛이 내려앉았다.

빛은 마치 별빛처럼, 우리가 걷는 이 길을 은하수처럼 장식한다.

나와 리멘은 서로의 손을 꼭 잡은 채로 그 은하수 위를 걸어갔다.

우리가 여태껏 함께 걸어왔던 길과, 앞으로 함께 걸을 길을 생각하며.

그 길 위에는 아름다운 꽃들이 만개해 있었다.
달콤한 꽃향기가 우리를 부드럽게 쓰다듬는다.

숨 막힐 정도로 아름다운.
우리의 길이었다.

## 외전 1. 처음

이걸 도대체 어디서부터 설명해 줘야 이 인간 청년이 잘 알아들을까?

"그러니까 이게 일단…… 죽은 건 아니고……."

"죽은 게 아니면 도대체 여긴 뭔데?"

"내가 만든 일종의…… 아, 그래! 가상현실. 가상현실은 잘 알지?"

"가상현실? 지금 이거 꿈인가?"

나는 내 눈앞에서 주위를 두리번거리는 젊은 인간 청년을 바라보면서 한숨을 푹 내쉬었다.

일단 이 청년을 지구에서 빼내 오는 건 성공했다.

지구를 관장하는 그 싸가지없는 년과의 계약이 좀 불공정하기는 했지만, 내가 지금 그런 걸 다 따질 처지가 아니었다.

음, 그런데 이걸 진짜 어떻게 말해 줘야 하나?

아, 그래. 지구식 표현으로 한번 잘 설명해 줘 보자.

"김시우."

"내 이름은 어떻게 알았어?"

"너, 납치된 거야."

……이게 아닌가?

내 입에서 솔직한 단어가 나오자마자 청년의 표정이 잔뜩 일그러졌다.

그러나 그것도 잠시, 청년은 바닥에 주저앉으면서 말했다.

"너, 사람 잘못 고른 거야."

"응?"

"어차피 나를 납치해 가 봤자 우리 집 지금 돈도 별로 없어. 너는 왜 하필 납치를 해도 나를 납치했냐? 너도 참 신세 딱하다. 나이도 내 또래인 것 같은데…… 아주 그냥 갈 데까지 갔구나."

신기한 인간이었다.

내 정체를 짐작하지 못해서인지는 모르겠지만, 청년은 내가 생각했던 반응과는 전혀 다른 모습을 보여 주는 중이었다.

짜아아악.

우리 교황님 좀
말려 주세요

"쓰읍, 아픈 걸 보니 진짜 죽은 건 아니네."

"괜, 괜찮아?"

"괜찮지. 살아만 있다면 아무런 일도 아닌 거잖아?"

이 청년의 신상에 대해서는 이미 다 파악하고 있다.

김시우.

지구의 대한민국이라는 국가 출생.

할머니와 여동생, 그리고 남동생과 함께 살아가는 한 가정의 가장.

이기적으로 보이지만 가족들을 그 누구보다 사랑하는 청년.

내가 시우를 관찰하기 시작한 지는 지구의 시간으로 한 달 정도는 된 것 같다.

그리고 그 한 달의 고민 끝에 결국 나는 시우를 우리 세계로 데려오게 되었다.

시우를 데려온 이유는 아주 간단했다.

시우야말로 무너져 가는 나의 세계를 구원해 줄 존재니까.

"자, 준비됐어."

그는 옆에 있던 밑동에 걸터앉더니 곧 나를 바라보면서 말했다.

"납치건 뭐건 일단 설명이나 해 줬으면 좋겠는데."

"정말 괜찮아?"

"일단 들어는 보고. 네 표정을 보아하니 돈 때문에 이런 짓을 벌인 것 같지는 않거든."

믿어 주기는 할까 모르겠네.

지구에서 살아가는 인간이라면 지금부터 내가 해 줄 말을 쉽게 믿을 수 없을 것이다.

내가 신이고, 너를 다른 세계로 데려왔다는 이야기를 과연 지구의 인간이 쉽게 믿어 줄까?

하지만 시우의 눈이 워낙 진지했기 때문에 일단 내 사정을 전부 다 말해 주었다.

나의 세계인 〈에덴〉이 마왕들에 의해 무너져 내리고 있으며, 시우만이 우리 세계를 구원할 수 있는 사람이라는 것까지.

마침내 내 간단한 설명이 끝났을 때, 시우는 고개를 끄덕이면서 말했다.

"그럼 내가 간단하게 정리를 해 볼게."

"응."

"이를테면 내가 용사가 되어서 에덴을 구원해 달라 이 말인 거지?"

"거의 비슷해."

"이게 무슨 철 지난 용사물도 아니고…… 그래, 일단 그 부분은 넘어가고. 마왕을 잡아 주면 지구로 돌려보내 주겠다는 거잖아. 맞지?"

"내 이름을 걸고 약속할게."

시우는 나를 바라보더니 고개를 절레절레 내저었다.

"만약 내가 거절하면?"

"미안. 시우에게는 선택권이 없어."

"······진짜 납치 맞네."

직접 대화를 나누는 건 이번이 처음이다.

시우가 가끔 '인터넷 방송'이라는 걸 할 때, 몰래 채팅을 친 적은 있었다.

시청자가 다섯 명도 안 되는 방송이었다.

뭔가 특별한 콘텐츠는 아니었고, 그냥 혼자서 넋두리 같은 걸 하는 재미없는 방송.

그는 방송으로 성공하고 싶은 것도 아닌 듯 보였다.

그저 외로움을 좀 달래고, 어딘가에 넋두리를 하고 싶어 하는 모습이었지.

하지만 이렇게 직접 대화를 나누고 있으니 내 기분이 더 이상하다.

그건 아마 언젠가 슬쩍 엿보았던 시우와 내 미래 때문이 아닐까?

내 머리를 쓰다듬어 주는 시우의 모습이 자꾸만 눈앞에 어른거린다.

······우리는 지금 막 처음 만난 사이인데 말이지.

"한 가지만 묻자."

시우는 나를 바라보면서 나지막하게 물었다.

"왜 하필이면 나야?"

"무슨 뜻일까?"

"특수부대 출신이라든가, 아니면 엄청난 천재라든가. 나보다 뛰어난 인간이 더 많잖아?"

그 말에 뭐라고 대답해 줘야 할지 모르겠다.

왜 자기를 선택한 거냐고, 나에게 책임을 묻는 것 같은 느낌도 있었기 때문이다.

그러나 나에게는 대안이 없었다.

에덴을 지켜 주는 미래를 보여 준 건 그 많은 인간들 중 오직 시우 한 명뿐이었으니까.

그래서 그냥 솔직하게 말해 주기로 했다.

"우리를 구원해 줄 사람은 오직 너뿐이었어."

"……좀 고백 같네."

이상한 인간이다.

무슨 생각을 하는지는 모르겠지만, 얼굴이 살짝 붉어졌다.

그러나 그것도 잠시, 시우는 헛기침을 몇 번 내뱉었다. 그리고 사뭇 진지해진 목소리로 말했다.

"정말 지구로 돌아갈 수 있는 건 맞지?"

"나는 너에게 거짓말을 하지 않아, 시우."

"딱 한 가지만 더 약속해 줘. 그러면 네 부탁을 들어줄게."

무엇을 부탁하려는 건지 궁금하다.

나는 시우의 제안에 천천히 고개를 끄덕였다. 그러자 시우가 기다렸다는 듯이 말했다.

"나 없는 사이 내 가족들이 무사히 지낼 수 있게 도와줘. 신이라면서? 그 정도는 해 줄 수 있는 거 아니야?"

어렵지 않은 부탁이었다.

그 정도는 내가 지구의 신격과 대화를 나누면 해결할 수 있는 영역이다.

"정말 그거면 돼?"

"지금은 나 돌려보내 줄 생각 없다면서? 그거라도 보장받아야지."

이걸 현실적이라고 해야 할까?

내가 시우의 입장이었다면 한 하루 정도는 머리를 쥐어뜯으면서 괴로워했을 것 같은데, 시우는 담담히 상황을 받아들이며 앞으로 나아가고자 한다.

가족들을 다시 보겠다는 의지기도 하겠지.

그만큼 이 남자는 가족들을 사랑하니까.

그 사랑이 뭔가 질투가 나는 것 같기도 하고, 부럽기도 하다.

나는 고개를 끄덕이면서 말했다.

"약속할게. 시우가 에덴에 있는 동안, 지구의 가족들에게는 그 어떤 일도 일어나지 않을 거야. 그리고 최대한 시간선도 일치시켜 줄게."

"아, 복잡한 이야기는 나중에 하고."

시우는 자리에서 벌떡 일어났다.

그리고 내 앞으로 다가온 다음, 나를 뚫어지게 쳐다보면서 말했다.

"늦지 않게 돌아가야 해. 가족들이 많이 걱정할 거라고. 알겠어?"

"……알았어."

"좋아, 그럼 지금부터 내가 해야 할 일은 뭐지?"

내 앞에서 당당하게 나를 마주하는 인간 청년.

분명히 극한의 상황인데도 청년의 눈은 그 어느 때보다 강렬하게 불타오르고 있었다.

나는 시우를 바라보면서 희미하게 미소를 지었다.

어쩌면 이 청년이 정말 우리를 구원해 줄 수도 있겠다, 그런 생각을 하면서 말이다.

그것이 나와 시우의 첫 만남이었다.

꽃

한동안 시우와 만나지는 못했다. 하지만 나는 신도들의 눈을 통해서 시우가 성장해 나가는 모습을 지켜볼 수 있었다.

시우는 놀랍도록 빠르게 에덴에서의 생활에 적응해 나갔다.

처음에는 오크 한 마리도 겨우 이기던 시우는 어느새 혼자서 오크 부족 하나를 끝장낼 수 있는 수준으로 성장해 나갔다.

물론 시우의 옆에는 내가 붙인 신도들이 있었다.

신도들은 내가 보내 준 시우를 구원자로 여기며, 그동안 그들이 쌓았던 모든 경험을 전수했다.

평범한 인간이었다면 진작에 포기했을 정도로 가혹한 훈련.

시우는 홀로 산속을 헤맸고, 때때로는 맨몸으로 마수를 상대해야만 했다.

하지만 결국 그는 살아남았다.

가족들을 다시 보겠다, 그 한 가지 이유를 품은 채로 말이다.

간절함과 절박함은 시우를 끝없이 강하게 만들어 주었다.

내가 그에게 내려 준 신성력은 찬란하게 빛이 났고, 마기를 쓸어버리겠다는 의지와 만나 강력한 파마의 힘을 발휘했다.

그렇게 2년이라는 시간이 흘렀고, 시우는 마침내 일곱 마왕 중 하나인 〈바알〉의 목을 뜯어 버렸다.

그리고 그제야 나는 시우와 다시 대면할 수 있게 되었다.

아무것도 남지 않은 황량한 폐허 위.

나는 오른쪽 팔이 뜯겨 나간 시우를 바라보면서 주먹을 꽉 움켜쥐었다.

"……미안해, 시우. 정말 미안해. 이런 꼴을 겪게 해서 정
말……."

2년 만에 나타나서 건넨 첫마디는 사과였다.

하지만 시우는 아무렇지 않다는 듯 고개를 가로저었다. 그
리고 바닥에 떨어져 있던 자신의 오른팔을 집어 들더니, 상
처 부위에 가져다 대었다.

"미안한데 이것 좀 붙여 줄래, 리멘?"

"많이 아프지?"

"팔을 내주는 대신 목을 뜯어 버렸으니 성공이지. 지구에
서는 이걸 보고 '딜교를 이겼다.'라고들 해. 나는 괜찮으니
까, 빨리 팔이나 붙여 줘. 아파 뒈지겠다, 정말."

천천히 시우에게 다가가서 신성력을 불어 넣었다. 그러자
떨어져 나갔던 팔이 언제 그랬냐는 듯이 붙었다.

시우는 자신의 오른팔을 몇 번 쥐었다 폈다. 그리고 만족
스럽게 고개를 끄덕였다.

"좋네. 이제 안 아프다."

"시우."

"그나저나 이렇게 직접 대면하는 건 이번이 두 번째 아닌
가? 지금까지 목소리만 들어서…… 사실은, 얼굴 까먹을 뻔
했어."

시우는 가볍게 손을 털면서 나를 향해 다가왔다.

"처음으로 마왕을 잡은 날인데, 상은 따로 없어?"

"……상? 그건 아직 생각을…….."

"일곱 마리 다 잡아야 상을 주시려나……. 여신님이 생각보다 쩨쩨하시네. 아직 여섯 마리 남긴 했지."

"상…… 상이라."

다른 세계로 넘어와서 목숨을 걸고 싸워 온 이에게 무슨 상을 줘야 할까?

"상 줄게."

"기대해도-."

그의 앞으로 다가가 그의 이마에다가 가볍게 입을 맞추었다.

그러자 시우가 동상처럼 얼어붙었다.

팔이 떨어졌을 때도 그저 눈만 찌푸렸던 시우가 내 입맞춤한 번에 멈춰 버린 거다.

……그 정도로 최악이었나?

아니면 이렇게 하는 게 아닌가?

"이걸로 만족 못 한다는 건 아는데…… 미안해, 내가 따로준비해 둔 건 없…….."

"……됐어."

"응?"

"이 정도면 됐다고. 상 받은 걸로 칠게."

기분 탓일까?

시우의 얼굴이 붉어진 것 같다.

항상 짜증을 내며 마족과 마수를 죽여 나가던 시우라고 믿기 힘들 정도로, 방금 전의 표정은 진짜 딱 20대 청년의 얼굴이었다.

시우는 나를 힐끔 쳐다보면서 말했다.

"그런데 리멘, 너는 왜 그렇게 얼굴이 빨개졌어?"

"아."

사실, 나도 누군가의 이마에 입을 맞추는 건 처음이라서.

아니, 애초에 누군가와 직접 접촉했던 경험 자체가 부족했다.

차라리 다른 신격을 주먹으로 팼으면 팼지, 이런 낯간지러운 짓은 해 본 적이 없다.

그런데 시우 앞에만 있으면 자연스레 몸이 먼저 움직인다.

부끄럽기는 한데, 그래서 그냥 뻔뻔해지기로 했다.

"내가 이렇게 하는 거 싫어?"

"아니, 싫다는 건 아니고. 그냥……."

2년.

인간에게 2년은 결코 짧지 않은 시간이란 걸 잘 안다.

눈앞의 이 남자는 그 2년을 지옥이나 다름없는 시간 속에서 살아왔다.

얼마나 내가 원망스러웠을까.

얼마나 나를 저주했을까.

그 생각을 하고 있자니, 방금 전에 내가 그에게 입을 맞추었던 게 후회스럽다.

내 스스로가 역겨웠다.

나조차도 그럴진대 당사자인 시우는 그런 내가 얼마나 역겨울까?

하지만 시우는 내 등을 툭툭 두드리며 미소를 지었다.

"표정 왜 그래? 오늘 좋은 날이잖아. 뭐, 아직 여섯 마리나 남기는 했지만…… 지구엔 이런 말이 있어. 시작이 반이다. 이제 반 남았으니까 조금만 더 기다려."

시우의 얼굴에서는 나에 대한 원망을 단 하나도 찾아볼 수 없었다.

시우는 나를 보며 분명히 웃고 있었다.

"걱정하지 마. 내가 이 세계를 꼭 지켜 줄 거야."

"……시우."

"이곳을 지키고, 반드시 내 가족들 옆으로 돌아갈 거니까 걱정하지 말고 있어. 나는 내 동생들이 장가가고 시집가는 건 두 눈으로 꼭 볼 거거든. 그러니까 너도 크게 걱정하지 말라고."

오히려 나를 안심시켜 주는 이 남자를 바라보고 있자니 마음 한구석이 찌릿거렸다.

처음에는 단순히 내가 이 남자에게 미안해서 그런 줄 알았는데, 지금 와서 생각해 보니 그게 아니었다.

시우를 가만히 보고 있으면 나도 모르게 미소가 지어진다.

이 사람이라면 약속을 꼭 지킬 것 같다는, 그런 확신이 든다.

"걱정 안 해."

웃으면서 시우에게 말했고, 시우는 그럴 줄 알았다는 듯이 나를 따라 미소를 지었다.

"그럴 줄 알았어."

한참 동안 가만히 서서 이 뭉클거리는 감정의 정체에 대해 고민했다.

그리고 그 고민 끝에 나는 이 감정을 그냥.

사랑이라 생각하기로 했다.

❧

시우는 마침내 우리 모두의 염원을 이루어 내었다.

마왕 중의 마왕.

7마왕을 이끌던 루시퍼는 다른 마왕들이 그러했듯 머리와 심장이 뽑힌 채로 소멸했다.

"이번엔 진짜 죽을 뻔했네."

시우는 검게 변해 가는 루시퍼의 시체 옆에 쓰러지면서 가쁜 숨을 몰아쉬었다.

시우의 상태는 최악이었다.

몸에는 상처가 안 난 곳을 찾기가 더 힘들 정도였으며, 심지어 복부 쪽에는 장기가 드러날 정도의 상처도 보였다.

살아 있는 것 자체가 기적인 상황.

고통이 온몸을 지배하고 있는 상황인데도 불구하고 시우의 눈빛만큼은 강렬하게 불타올랐다.

"시우……. 시우."

나는 눈물을 흘리며 그의 몸 위에 손을 올렸다.

루시퍼가 뿜어냈던 끔찍한 마기에 잠식된 대지로부터 쉴 새 없이 죽음이 몰려든다.

신성력을 펼쳐서 그 죽음을 몰아낸다.

죽음의 그림자가 시우의 몸에는 손도 대지 못하게, 시우의 몸을 나의 신성력으로 감쌌다.

"누가 보면 나 죽은 줄 알겠어."

"가만히 있어 봐."

"루시퍼를 죽이는 대가가 이 정도라면 남는 장사 한 거라니까? 너는 내가 마왕이랑 싸울 때마다 그러더라. 마왕 놈들이 동네 호구들도 아닌데, 이 정도는 다칠 수밖에 없지."

"너, 평범한 인간이었으면 죽었어."

"나를 이 세계로 끌어들인 당사자께서 그런 말씀을 하시니 기분이 이상하네요?"

시우는 장난스럽게 웃으면서 나를 바라보았다.

"이제 나 집으로 돌아갈 수 있는 거지?"

"당연하지."

"이 꼴로 가족들을 볼 수 없으니까 당장은 좀 그렇고, 요양 좀 하다가 돌아가자. 어차피 잔당들도 남아 있으니까 그놈들 정리하면서 쉬면 되겠네."

가족들을 향한 사랑이 그를 이곳까지 데려왔다.

시우의 그런 모습을 보고 있으면 가슴이 자꾸만 아프다. 내가 그의 간절함을 이용해 먹었다는 사실이 나를 괴롭힌다.

……담담해질 거라 생각했는데, 이 고통은 여전히 적응되지 않는다.

"내가 직접 지구로 다시 데려가줄게."

"납치범이 바래다주는 건 또 신선한 경험이겠는데?"

시우는 대자로 몸을 뻗으면서 나를 바라보았다.

"지구로 돌아가게 되면 우리의 계약은 어떻게 되는 거야?"

시우에게 지금까지 숨겼던 사실이 하나 있다.

지구의 상황.

여태까지 폐쇄나 다름없던 지구의 차원문이 열려 있으며, 시우가 기억하던 지구는 더 이상 없을 거라는 사실.

그러나 저렇게 좋아하는 시우에게 굳이 그 사실을 알려 주고 싶지 않았다.

어차피 돌아가면 자연스레 알게 될 테니까.

나는 나지막한 목소리로 말했다.

"에덴에서 맺은 계약은 모두 끝났으니까……."

"나도 이제 평범한 사람처럼 살아갈 수 있는 건가? 아, 10년이나 지났는데, 이거 취업은 될지 모르겠네. 가족들이랑 같이 살아야 하니까…… 생계 문제는 해결해 줬으면 좋겠는데."

그 순간, 시우의 눈을 통해 머지않은 미래가 엿보인다.

지구에서도 여전히 사제복을 입고 있는 모습. 그리고 무엇보다 그 옆에 서 있는 내 모습.

이기적이겠지만 그 미래를 엿보니 자연스레 마음이 놓인다.

내가 미쳤나 보다.

시우가 루시퍼를 소멸시킨 것보다, 시우의 미래에 내가 있다는 사실이 더 기쁘다.

그렇기에 나는 활짝 웃으면서 고개를 끄덕였다.

"걱정하지 마. 내가 알아서 준비해 둘게."

"휴, 그래도 가족에게 짐은 될 수는 없지. 그런데 좀 아쉽긴 하다."

"뭐가?"

"지구로 돌아가면 지금처럼 신탁이니 뭐니, 너랑 더 이상 볼 수 없잖아? 미운 정 고운 정 다 들어서 그런가? 그게 조금 아쉽네."

이 남자는 부끄러움이란 게 없는 걸까?

저런 이야기를 대놓고 한다.

"레오나 루나도 그렇고, 교단 식구들도 못 보게 될 테니까 더 섭섭하기도 하고. 그래도 명색이 이곳을 구한 영웅인데, 심심할 때마다 오갈 수는 없으려나? 힘들겠지?"

시우는 에덴을 항상 '빌어먹을 세계'라고 부르고는 했다.

하지만 말만 그랬다.

나는 시우가 그 누구보다 이 세계를 사랑하고 있다는 걸 알고 있었다.

"그래도 갈 땐 가더라도 교통정리는 제대로 해 주고 가야 겠지?"

몸 상태를 일부 회복한 시우가 천천히 자리에서 일어났다.

워낙 상처가 깊었던 탓에 내 신성력으로도 완전히 회복시키지 못했다.

아마 마기에 당한 상처라서 그런 듯했다.

나는 비틀거리는 시우를 향해 물었다.

"교통정리?"

"전쟁이 끝났으니 또 어중이떠중이들이 등장할 거 아니 야? 피도 안 흘린 놈들이 권리를 주장하는 꼴은 볼 수 없지. 기강은 제대로 잡아야 내가 돌아간 뒤에도 다들 정신 바짝 차리지 않겠어?"

내가 따로 부탁하지도 않았는데 벌써 에덴의 미래까지 생각해 주고 있다.

이제 시우는 교황이라는 자리에 완벽히 적응한 듯 보였다.

한 집단을 이끄는 지도자로서 무슨 일을 해야 하는지도 정확하게 판단한다.

원래부터 이런 사람이었을까, 아니면 상황이 시우를 이렇게 키운 걸까?

"가자, 리멘. 시간이…… 응?"

뒤에서 시우를 껴안았다. 그리고 작은 목소리로 그에게 속삭였다.

"고마워."

여태까지 참았던 말.

이 세계를 구해 줘서 고맙다고.

나를 구해 줘서 고맙다고.

진심을 담아서 그에게 전했다.

시우는 내 손을 슬쩍 잡으면서 답했다.

"계약대로 했을 뿐인데 고맙기는. 리멘 너, 납치범이 그렇게 마음 약해서 되겠어? 좀 뻔뻔해질 필요가 있어. 다음에 납치할 때는 뻔뻔하게 나가."

"뻔뻔하게?"

"그래."

"알았어."

나는 잠시 시우에게서 떨어졌다. 그리고 슬며시 웃으면서 말했다.

"교황, 지금까지 빌어먹을 세계에서 구르느라 고생 많았어. 이제 푹 쉬고, 지구로 돌아갈 준비를 하도록 해."

그러자 시우가 어이가 없다는 듯이 고개를 절레절레 내저었다.

"태세 전환이 너무 빠른 거 아니냐?"

"시우가 그렇게 하라며. 이래 보여도 나 꽤 뻔뻔한 신이다?"

"뭐, 그런 뻔뻔한 모습도 일단은 귀여우니까 봐줄게."

……귀여워?

내가?

그 말에 벙쪄서 멍하니 시우를 바라보고 있자, 시우는 나를 슬쩍 돌아보면서 말했다.

"뭐 해? 마무리하러 가야지."

시우가 여우 같다는 생각이 드는 건 왜일까.

❧

루시퍼가 소멸한 이후, 시우는 빠른 속도로 에덴을 안정화시켜 나갔다.

내가 따로 조언해 줄 것도 없었다.

시우와 다른 아이들은 교단의 전력을 강화하며 대륙 곳곳에 남아 있는 마왕의 흔적들을 지우기 시작했다.

그 과정에서 교단은 에덴 전체에 막강한 영향력을 행사할 수 있었다.

보통 그 정도의 권력이 집중되면 어떤 집단이든 부패하기 마련인데, 다행스럽게도 시우 덕분에 그런 일은 벌어지지 않았다.

물론 몇몇 신도들이 부패를 저지르는 일이 발생하긴 했지만, 시우가 직접 나서서 손을 본 이후로는 그런 일이 생기지 않았다.

이단심문관 조직을 확대해 나가면서 부정부패를 감시하기 시작하더라.

지구에서 배워 온 경험이라던가?

아무튼 그렇게 시간은 빠르게 흘렀고 시우가 에덴으로 넘어온 지 10년이 되는 날, 나는 드디어 지구와의 차원문을 복구할 수 있었다.

지구에서 일어나는 현상 때문에 차원문을 잇는 게 꽤 힘들었다.

처음 시우를 데리러 갈 때보다 열 배 정도는 어려웠던 것 같다.

"교황 성하아아!"

"저희는 언제나 이곳에서 기다리겠나이다."

"리멘님의 축복이 교황 성하께 있기를!"

간단한 환송식이 열렸다.

시우가 지구로 돌아간다는 사실은 교단 내부에서도 극히 기밀로 다뤄질 예정이라고 한다.

시우가 부재한 순간, 몸을 사리고 있던 불온한 세력들이 준동할 수도 있기 때문이다.

그래서 시우의 환송식에는 총주교회에 속한 대주교들과 레오와 루나 등, 시우가 예뻐했던 아이들만 참석해 있었다.

나는 신전의 위에서 슬쩍 시우의 환송식 장면을 지켜보았다.

많은 이들이 눈물을 흘리고 있었다.

시우와의 작별이 그렇게나 슬픈걸까?

그만큼 시우가 저들로부터 많은 존경과 지지를 받았다는 뜻일 것이다.

심지어 눈물을 쉽게 보이지 않는 레오마저도 눈가가 축축했다.

"다들 왜들 이러십니까? 언젠가 다시 들르겠습니다. 작별이 아니라, 잠시 안녕입니다. 그러니까 많이 속상해하지들 마시고…… 제가 다시 돌아왔을 때 개판 나 있잖아요? 그때는 각오들 하세요. 무덤 속에 숨어 있어도 찾아갑니다."

시우는 시우답게 장난스러운 작별 인사를 건넨다.

역시, 작별보다는 다음을 기약하는 게 좋다.

그렇게 시우는 한 사람 한 사람 악수를 하면서 환송식을 끝냈다.

우리 교황님 좀
말려 주세요

그리고 나를 정확하게 바라보면서 고개를 끄덕였다.

"다음에들 봅시다."

시우의 담백한 인사를 마지막으로.

파아아앗.

나는 시우와 함께 지구로 향하는 차원문으로 이동했다.

사실, 말이 차원문이지 그냥 통로나 다름없다.

지구로 향하는 통로.

그 길 위를 시우와 함께 단둘이 걷는다.

"기분이 어때?"

시우에게 넌지시 묻자 시우가 웃으면서 고개를 끄덕였다.

"당연히 좋지. 시연이 많이 컸겠다. 가족들에게는 뭐라고 말해야 할까?"

"솔직하게 말하는 건 어떨까?"

"내가 향할 곳은 그럼 정신병원이겠는데?"

집으로 돌아가는 길이라서 그럴까? 시우의 발걸음이 아주 가벼웠다.

"심심하면 가끔 놀러 와, 리멘."

"……그래도 돼?"

"자그마치 10년이었어. 너에게는 그리 긴 시간은 아니겠지만, 내 인생에서는 큰 비중을 차지한다고. 뭐…… 놀러 오면 기쁘게 맞이할게. 지구 음식 먹어 본 적은 없지?"

"응."

"나 돌아가면 취직할 수 있게 해 뒀다니까, 너만 믿고 가는 거야."

취직은 맞다.

이건 거짓말이 아니다.

실제로 시우는 지구로 돌아가서 일을 하게 될 것이다. 그게 시우가 기대하던 평범한 '일'은 아니겠지만 말이다.

그렇게 우리 둘은 이런저런 이야기를 나누면서 통로의 끝에 도착했다.

나는 통로의 앞에서 시우에게 인사를 건넸다.

"우리의 계약은 이걸로 끝이야."

그러자 시우가 고개를 천천히 끄덕였다.

"그래."

"안녕."

시우는 내 인사에 그저 웃으면서 고개를 끄덕였고, 천천히 통로 밖으로 발걸음을 내디뎠다.

그리고 잠시 후.

시우의 눈앞에 마침내 '지구'의 모습이 드러났다.

나는 통로 끝에 서서 시우의 모습을 지켜보았다.

와이번이 날아다니는 어느 강.

철로 만들어진 거대한 다리가 곳곳에 배치되어 있는 그 강을 바라보며 시우는 허탈하게 미소를 지었다.

"허허."

현실을 부정하는 과정인 걸까.

시우는 뒷짐을 진 채로 그 장면을 지켜보더니 곧 어이가 없다는 듯이 중얼거렸다.

"왜 와이번이 마포대교를 배경으로 날아다니고 있냐고."

그 말을 내뱉으며 자신의 볼을 꼬집는 시우.

시우는 다시 한번 웃음을 뱉어 냈다.

"허허, 씨발."

저 '씨발'이라는 게 감탄사거나 욕으로 사용된다는 것쯤은 알고 있다.

그리고 잠시 후, 시우의 생각이 내 머릿속으로 들어오기 시작한다.

─몽마의 여왕이 살아 있는 건가? 아니지. 그럴 리가 없는데? 리멘이 직접 나를 여기까지 데려온 건데? 몽마의 여왕은 분명……

이럴 때일수록 뻔뻔하게 나가야 한다.

나는 헛기침을 몇 번 내뱉은 다음, 문을 넘어서 시우의 뒤로 다가갔다. 그리고 최대한 뻔뻔하게 웃으면서 말했다.

"네 손으로 대가리를 직접 뽑았었잖아. 안 그래? 나의 자랑스러운 교황 성하. 그 천박한 년 대가리를 뽑는 모습이 얼마나 섹시했었는데!"

"……리멘?"

뻔뻔하게.

뻔뻔하게 나가자. 나는 다 알고 있었다는 이야기를 했다가는 시우가 화를 낼지도 모른다.

"시우, 고향으로 돌아왔는데 별로 표정이 좋지 않아 보이네. 이래서야 돌려보내 준 보람이 없는걸."

"우리 계약은 지구로 돌아오면서 끝난 거 아니냐?"

아까와는 전혀 다른 태도.

아마 이 상황이 이해가 가지 않기 때문에 나오는 공격적인 태도일 거다.

나에게 배신감을 느끼고 있을지도 모르겠다.

그렇기에 더욱 강하게 나가기로 했다.

"섭섭해. 그래도 한때 네가 모시던 여신인데, 존경과 애정을 좀 보여 줘. 너, 이렇게 무사히 지구로 돌아올 수 있게 해 준 것도 바로 나잖아!"

너무 뻔뻔하게 나간 걸까?

시우의 대답은 거칠었다.

"애초에 네가 그 빌어먹을 세계로 나를 끌고 가지 않았다면 고생할 필요가 없지 않았을까?"

"그랬을지도 모르지만, 지구에 남았다면 분명히 죽었어."

"그걸 어떻게 확신해?"

"우리 교황 성하께서도 잘 알고 계시겠지만, 나는 여신이잖아? 당연히 알 수 있지."

그렇게 말하며 나는 잠시 시간을 멈추었다.

에덴의 주신이 되면서 얻은 힘.

하지만 이곳이 에덴이 아니라서 그런지, 차원의 관리자가 내 힘을 일부 제약한다.

이곳의 시간으로 5분 정도.

5분이면 사실 충분하고도 남지.

"자세하게 설명해 줄 시간은 없으니까 본론부터 말할게. 나와 계약을 한 번 더 할 생각 있어?"

언젠가 보았던 나와 시우의 미래를 떠올리며 시우에게 새로운 제안을 건넸다.

"계약?"

"응! 10년 전과는 다르게 이번엔 시우가 원하면 맺는 계약이야. 맺기 싫으면 안 맺어도 돼! 그런데 난 개인적으로 시우가 계약에 동의했으면 하는데…… 싫어?"

시우는 내 말에 한숨을 푹 내쉰다. 그러고는 나를 노려보면서 말했다.

"얘기나 해 봐."

"진짜? 난 솔직히 시우가 이 상황을 못 받아들이면 어떻게 하나 고민했었는데! 고향이 이렇게 변한 것 때문에 충격받아서 폭주하면 어쩌나 고민 많이 했어."

"이세계도 체험한 마당에 지구에 몬스터가 나오는 것 정도야 뭐…… 당황스럽다 뿐이지 그 정도까진 아닌데?"

역시 시우다.

멘탈 하나만큼은 그 누구도 따라올 수 없다.

나는 나를 의심하기 시작한 시우에게 지금 상황에 대해 간단하게 설명해 줬다.

에덴에서의 힘을 사용하게 해 주겠다, 이 세상에서 소중한 사람들을 지킬 수 있게 해 주겠다 등등.

시우는 내 이야기를 듣더니 단도직입적으로 질문을 던졌다.

"만약에 내가 계약을 안 한다 그러면?"

"신성력이 소멸하고, 나를 다시는 볼 수 없어. 걱정하지 마. 시우라면 내 신성력이 없어도 금방 다시 성장할 수 있을 거야. 10년 전에는 나도 급해서 어쩔 수 없었지만, 이번에는 시우가 선택하게 해 줄게. 나도 미안하잖아."

진심을 숨기며 말했다.

계약을 거절하지 않았으면 좋겠다.

내 눈에는 시우의 미래가 슬며시 보인다.

지구에 드리워진 거대한 위협과, 시우가 맞이하게 될 끔찍한 비극들이.

시우에게 그런 비극이 일어나는 걸 보고 싶지 않다.

시우가 만약 계약을 거부한다면 이번에도 강제적으로……

우리 교황님 좀
말려 주세요

"계약 당장 안 하고 도대체 뭐 하냐고!"

……역시, 시우라면 이런 선택을 내릴 줄 알았어.

이런 세상 속에서 소중한 사람들을 지킬 수 있는 힘을 포기할 사람이 아니다.

짐을 짊어져서 소중한 이들을 지킬 수만 있다면 기꺼이 짐을 짊어질 사람.

시우는 그런 사람이니까.

"진……짜지? 그럼 바로 계약 맺는다?"

"빨리!"

"알았어."

이 계약이 나를 소멸로 이끌리라는 것쯤은 이미 알고 있다.

하지만 이제 그런 건 신경 쓰지 않기로 했다.

그가 나와 나의 세계를 구해 줬듯, 이번에는 내가 그와 그의 세계를 구해 줄 것이다.

그것이 내가 이 사랑스러운 존재에게 줄 수 있는 마지막 선물일 테니까.


나는 그렇게 다짐하며 환하게 미소를 지었다.

이건 오로지 나의 선택이며.

나의 사랑이다.

## 외전 2. 시연이는 못 말려

아주 평화로운 나날들이었다.

"성하! 미국 LA 신전에서 아주 중요한 정보가 들어왔습니다. 교단을 사칭하는 이단자들이 포교를 진행 중이라고 합니다! 리멘 교단의 이름을 사칭한 후, 피해자들에게 헌금을 강요하는 식으로 금전을 갈취하고 있다는 확실한 정보입니다."

"이단심문관들을 당장 파견하도록 하세요."

"즉결심판 합니까?"

"……아니, 아직 미국이랑은 법 이야기가 다 안 끝났거든요. 대신 잡아 오는 건 가능합니다."

"예, 성하!"

나는 집무실의 의자에 앉아서 한숨을 푹 내쉬었다.

베이징에서의 마지막 전투가 끝난 지도 어언 1년.

전쟁이 끝나면 쉴 수 있을 거라 생각했다만, 웬걸 나를 기다리고 있는 건 끊임없는 업무의 늪이었다.

근 1년 사이 참 많은 것이 바뀌었다.

격을 회복한 리멘이 미국 LA와 프랑스 파리에 자신의 신전을 세우는 바람에 교단의 일이 더욱 많아졌다.

이제는 진짜 글로벌 기업 같은 체계를 지니게 되었다.

만약 박지원 경영 고문이 아니었다면, 이런 시스템을 구축하는 것도 힘들었을지도 모른다.

세간에는 이런 소문이 퍼진다더라.

－대기업보다는 리멘 교단에 취직하는 게 이득이다.

리멘 교단에서 관리하는 업체에 취직하면 자긍심과 생계, 두 마리 토끼를 모두 잡을 수 있다나?

내 딴에는 최대한 문어발식 확장은 자제하겠다 생각했는데…… 어느새 우리는 제약 회사, 각성자 장비 제작, 복지 재단, 교육 재단 등등을 지닌 머메드급 '리멘 그룹'으로 성장해 나가고 있었다.

아, 물론 세금은 항상 성실하게 납부하는 중이다.

이번에 국세청으로부터 모범 납세 대상자로 선정되었을 정도다.

아무튼.

이 엄청난 성장에는 비밀이 한 가지 숨어 있었다. 그것은 바로…….

"……사실상 내가 할 일이 전혀 없다는 거지."

내가 자리를 비우는 일이 생기더라도 이 거대한 조직이 잘 굴러갈 것이라는 점이었다.

그만큼 시스템을 꼼꼼하게 구축한 것이기도 한데, 하여간 에 생명체처럼 성장해 나가는 우리 교단을 보고 있자면 절로 신앙심이 생겨난다.

이 모든 것이 리멘의 축복이랄까?

나는 내 앞에서 각 신전의 보고를 이어 가는 주교들을 바 라보면서 한숨을 푹 내쉬었다.

최근에 각 신전을 담당할 주교를 뽑았다.

지구 출신의 주교들은 아니고, 에덴에서 넘어와서 지구에 자리 잡은 전투 사제들 중에서 선발을 한 셈이다.

아직 지구 출신의 성직자들은 경험이 부족하다. 그래서 일 단 에덴의 베테랑들이 직무를 수행하고, 경험이 쌓였을 때 지구 출신 성직자들로 대체될 예정이다.

그 과정에서 몇 가지 문제점이 발생했는데, 그것은 바 로…….

"이단들을 뜨거운 불길로 정화해야만 합니다."

"성하, 일벌백계를 통해 그들이 리멘님의 이름을 다시는 더럽히지 못하게 하소서."

이 사람들 모두가 극단적인 성향을 지니고 있다는 점이다.

"아니, 뭐만 하면 불로 불태우재. 여기 지구라니까?"

최근 우리 교단을 사칭하는 세력이 많이 늘기는 한 것 같다.

그만큼 우리 교단의 영향력이 전 세계적이라는 뜻이기도 하다.

나는 고개를 절레절레 내저었다. 그리고 나를 향해 열변을 토해 내는 이들에게 말했다.

"내가 몇 번이나 말해야 합니까? 죽이는 건 답이 아니라니까요?"

"하나 성하……."

"감히 리멘의 이름을 더럽혔는데 죽이는 걸로 되겠어요? 사칭하는 이들을 모두 잡아서 이곳 서울 성지의 지하실로 끌고 오세요. 우리는 죄인을 죽이는 것이 아니라, 죄인을 회개 시켜야 합니다. 그들을 바른길로 이끄는 것이야말로 우리의 사명이라고 할 수 있죠."

내 말에 순간 집무실 안이 조용해졌다.

그리고 잠시 후, 성기사들을 대표하여 이 자리에 참석한 루나가 손을 들면서 말했다.

"그러니까 성하 말씀을 요약하자면, 사칭범들을 지하실로 끌고 와서 회개를 시켜 준다, 이거잖아요?"

"그렇지. 우리 교단의 지하실에서 회개를 못 했던 사람은 없잖아?"

"그렇긴 하죠. 근래에 들어 이단심문관들의 고문…… 아니, 회개 기술이 아주 일취월장했으니까요. 아무튼 저는 찬성. 리멘님의 이름을 더럽힌 놈들이 쉽게 죽는 건 볼 수 없죠."

"바로 그거다."

……감히 이 새끼들이 리멘의 이름에 먹칠을 해?

그런 괘씸한 놈들에게 죽음이라는 쉬운 결말을 선사해 줄 생각은 없었다.

지하실로 잔뜩 끌고 와서 회개시켜 주마.

나는 이를 부드득 갈면서 책상을 주먹으로 내리쳤다. 그리고 주교들을 둘러보면서 말했다.

"각 신전에 이단심문관들을 파견하겠습니다. 각국 정부 정보기관들에 협조 요청을 넣어 둘 테니, 한 명도 빠짐없이 끌고 오세요."

"알겠습니다!"

"예! 성하!"

회의는 그걸로 끝.

내가 회의 종료를 선언하자 그들은 부리나케 신전의 지하로 달려가기 시작했다.

성지 간 통로가 이럴 때 참 좋다.

세계 각지에 퍼져 있어도 이렇게 회의도 할 수 있고, 유사

시에 이렇게 이단심문관들도 파견할 수 있고.

아, 참고로 현재 리멘 교단의 이단심문관들은 '이단심문국'이라는 조직으로 분리되어 운용 중이다.

일종의 정보기관 역할을 맡고 있다고 보면 된다.

이름부터 무시무시한 이단심문국의 1대 국장은 레오다.

꽤 잘 어울리지 않는가?

참고로 레오를 이단심문국으로 발령한 건 교황인 내가 아니었다. 그 인사 명령을 내린 사람은 다름 아닌…….

"회의하느라 고생 많았어, 시우."

화사하게 웃으면서 내 집무실 안으로 들어오는, 눈부시게 아름다운 우리의 여신님이시다.

사람은 잘하는 걸 해야 한다나?

"내 이름을 더럽히는 게 그렇게 화가 났어?"

리멘은 내 등 뒤로 다가와서 살포시 나를 껴안았다.

나는 헛기침을 몇 번 내뱉은 후, 고개를 끄덕였다.

"당연하지. 그걸 어떻게 참아?"

"역시, 시우는 스윗하네."

"아니…… 전쟁 끝나면 여유가 생길 줄 알았는데 이게 또 아니네? 오히려 예전이 여유로웠던 것 같아."

저번 달에는 리멘 교단의 교황으로서 바티칸에도 방문했었다.

그리고 유럽의 정상들과 회담도 가지고, 분쟁 지역도 순회

하면서 평화를 전파하고.

진짜 정신없는 나날들이 이어지고 있는 중이다.

어디 사람 아무도 없는 곳에서 리멘이랑 푹 쉬고 싶은 마음이었다.

"에덴으로 휴가나 다녀올까? 가족들도 데려가면 좋을 것 같아."

내 말에 리멘이 웃으면서 고개를 끄덕였다.

"가능할 것 같아. 맞다, 오늘 아침에 시연이랑 인사는 했어?"

"······맞네. 회의하느라 잠깐 깜빡했다."

"요새 학교생활도 따로 안 물어보지? 시연이가 섭섭해하더라."

"그래? 미안하네."

〈디멘션 오프닝〉 이후 벌어졌던 모든 사태의 마무리를 의미하는 〈디멘션 클로징〉 후, 더 이상 지구에는 게이트를 비롯한 차원 이상 현상은 발생하지 않았다.

그로 인해 각성자 아카데미 체계에는 많은 변화가 생겼다.

각성자라고 할지라도 고등학교 과정 전까지는 일반 학교로 진학해야 한다는 새로운 법이 제정되었다.

어린 각성자들을 위험에 내몰 일이 없어졌기 때문에 각성자 조기교육의 필요성이 줄어든 것이다.

시연이와 승우는 그 바뀐 법에 따라 일반 학교로 전학을 가게 되었다.

가만 보자…… 오늘은 시연이가 전학 간 지 일주일째 되는
날이네.

"별일이야 있겠어? 시연이가 얼마나 똑 부러지는 앤데. 우
리 시연이 법 없이도 살걸."

"……흐으음, 시연이가 자기 오빠를 좀 닮아서 걱정되는
데."

리멘이 슬며시 웃으면서 나를 바라보았다.

나는 어깨를 으쓱이며 답했다.

"에이, 설마 우리 시연이가 전학 초기부터 사고를 치겠어?
시연이가 얼마나 착한데. 여태껏 우리 속 단 한 번도 썩인 적
이 없는……."

그때였다.

띠리리리리링.

책상 위에 올려 둔 스마트폰에서 벨 소리가 울렸다.

모르는 번호로 걸려 온 전화.

광고 전화려나?

일단 받아 보도록 하자.

"여보세요."

잠시 후, 전화기 너머로 낯선 여자의 목소리가 들려왔다.

－안녕하세요, 시연이의 담임을 맡게 된 최지혜라고 합니
다.

"아, 예. 시연이 오빠 되는 사람입니다."

―다름이 아니라 학교에서 일이 생겨서 이렇게 전화를 드렸습니다. 혹시 전화 괜찮으신가요? 이게…… 아무래도 직접 오셔야 할 듯해서…….

……시연아?

전학 간 지 얼마 안 됐는데, 무슨 짓을…….

❧

원래는 나 혼자 가려고 했는데, 리멘이 같이 가겠다고 해서 데리고 왔다.

신전과 그리 멀지 않은 곳에 위치한 서울덕수초등학교.

리멘과 함께 학교에 도착한 우리는 곧장 안내를 받아서 어디론가로 향했다.

목적지는 교장실.

교무실도 아니고 교장실이라…….

시연아, 아주 제대로 사고를 쳤나 보구나?

똑똑똑.

교장실의 문을 두드린 후, 심호흡을 했다. 그리고 천천히 교장실 안으로 들어갔다.

그곳에는.

"아니, 도대체 애가 이 지경이 될 때까지 때리는 게 말이

나 돼요?"

"각성자라면서요. 각성자가 이렇게 사람 쥐어 패도 되는 겁니까?"

"어머니, 잠시 고정하시고……."

"하, 여기서 나가는 대로 바로 언론에다가 제보할 거니까 그렇게 아세요. 우리가 누구인지 알고, 어?"

머리가 반쯤 벗겨진 남성 한 명이 학부모로 보이는 여성들을 상대로 진땀을 흘리면서 쩔쩔매는 중이었다.

그중 한 여성은 한쪽에서 뾰로통하게 앉아 있던 우리 시연이를 향해 질책하듯 말했다.

"여자애가 전학 온 지 얼마나 됐다고 주먹질이니? 가정교육을 도대체 어떻게 받았으면……."

"제가 대신 사과드리죠."

나는 그녀의 말을 끊으면서 천천히 앞으로 걸어갔다.

대충 시연이가 애들을 때렸다는 것 정도는 듣고 온 상황이다.

우리 시연이가 아무나 때렸을 리는 없다.

절대로 그런 아이가 아니다.

시연이는 나를 바라보면서 고개를 푹 숙였다.

"미안해, 큰오빠."

리멘 교단의 선지자로서 착실히 교육을 받고 있는 시연이다. 그리고 원래부터 남을 괴롭히는 걸 싫어했던 아이고.

우리 교황님 좀
말려 주세요

이야기나 한번 들어 보자.

"무슨 일입니까?"

내 질문에 교장 선생님이 난처한 얼굴로 대답했다.

"그게, 우리 시연 학생이 아이들을 때렸습니다."

"아이들이요?"

"시연 학생이 남학생 네 명을 때렸습니다. 여기 계신 분들은 그 피해 학생들의 어머니들이시구요."

내가 살다 살다 동생이 폭행에 휘말려서 학교에 불려오기는 또 처음이다.

아주 신선한 경험이다.

눈에 넣어도 아프지 않을 우리 시연이가 웬일로 물리력을 행사하셨을까?

나는 슬쩍 시연이를 쳐다보았고, 시연이는 애써 시선을 돌리며 중얼거렸다.

"나도 말로 해결하려고 했다구요……."

올해로 시연이는 초등학교 5학년.

벌써 사춘기가 온 걸까? 요새 애들이 조숙하다고는 하는데……

"피해 학생들은 6학년 남학생 두 명, 5학년 남학생 두 명입니다."

"아니, 어떻게 각성자가 일반인을 패요? 이거 어른들이었으면 살인미수예요, 살인미수! 저희 애 뼈가 부러질 뻔했다구요. 잘못되었으면, 당신이 책임질 거예요?"

"리멘 교단 교황 여동생이라는 이야기 듣고 얼마나 가슴이
철렁하던지……. 이런 게 다 특권 의식이에요. 일반인들을
얼마나 우습게 보면 그래요? 하여간에 저희는 합의 안 해 줄
거니까 꿈도 꾸지 마세요."

피해 학생의 어머니들이 기다렸다는 듯이 목소리를 높였
다.

근데 어째 반응들이 좀 과장된 것 같다.

당연히 자기 자식이 다치면 눈이 뒤집히긴 하겠지만, 지금
은 뭔가 일부러 과하게 몰아붙이는 느낌?

나는 시연이에게 다가가서 넌지시 물었다.

"시연아."

"……응, 큰오빠."

"애들은 왜 때린 거야?"

그러자 시연이가 천천히 고개를 들었다. 풀이 죽은 얼굴이
었지만, 눈빛만큼은 여전히 초롱초롱했다.

잘못한 사람의 눈빛은 아니었다.

마치 해야 할 것을 했다고 생각하는, 그런 눈빛이었다.

"나쁜 놈들이었어. 우리 반에 남자애 한 명이 있는데, 계
속 괴롭히더라구. 화장실에 쫓아가서 물도 뿌리고, 수업 시
간에도 괴롭히고. 그래서 하지 말라고 말했는데…… 듣지를
않더라구."

"저, 저."

"우리 애가 그럴 애가 아니라니까요?"

"불리하니까 거짓말하는 거니? 얘, 너 진짜 못됐……."

어머니들이 발끈하며 시연이에게 손가락질을 하기 시작한다.

내가 미간을 찌푸리며 그녀들에게 뭐라고 하려던 찰나, 내 옆에 있던 리멘이 그녀들에게 말했다.

"저희가 아이한테 먼저 묻고 있잖아요?"

리멘은 뭔가 알고 있다는 듯이 그녀들을 노려보았다.

역시, 시연이가 아무 이유 없이 애들을 때린 건 아닌 것 같다.

나는 일단 시연이에게 이것저것 더 물어보기로 했다.

"말을 안 들어서 때린 거야?"

"그건 아니야."

"그러면?"

"하지 말라고 말했는데 오히려 내 앞에 데려와서 더 괴롭히더라? 그러면서 하는 말이, '말리고 싶으면 때려 보든가. 어차피 너 유명인이잖아? 유명인이 사람 때려도 돼?', '녹화하고 있으니까 바로 때려 봐. 틱톡에 올릴 거야.', '합의금 개꿀이겠네.', 이런 식으로 말해서 그만……."

"……와."

솔직히 좀 감탄했다.

요새 애들이 영악하다, 영악하다 하더니만.

오히려 시연이가 유명하다는 걸 약점 삼고 도발까지?

이건 보통 꼬맹이들이 아니다.

나는 나도 모르게 본심을 내뱉고야 말았다.

"싹수부터 보이네 그냥. 가정교육을 가족한테 가족같이 받은 친구들인데?"

그러자 우리를 여태까지 몰아붙였던 어머니들이 다시 한번 목소리를 높인다.

"허! 이제는 우리 애들을 학교 폭력 가해자로 몰아?"

"진짜 뻔뻔하기 이를 데 없네요. 교장 선생님? 저희는 드릴 말씀 다 드린 것 같구요, 선처는 없을 테니까 그렇게 알고 계세요."

"어머님들, 이렇게 그냥 가시면……."

"가시라고 해요, 교장 선생님. 저분들 보내고 따로 말씀 나눠야 할 것 같은데요."

나는 슬쩍 교장 선생님의 옆에 앉았다. 그리고 은근한 목소리로 말했다.

"학폭위, 여셔야겠죠?"

"그것이…… 시연 학생의 말을 못 믿는다는 게 아니라, 시연 학생의 말이 진실인 걸 증언해 줄 학생들이 없습니다. 하필이면 사람이 없는 체육관 뒤에서 벌어진 일이라……."

그 말에 대신 대답한 건 리멘이었다.

리멘은 웃으면서 교장 선생님에게 말했다.

"시연이는 거짓말을 하지 않았어요."

"예예, 저희도 시연 학생이 거짓말을 했다는 게 아니라……."

"백설아."

리멘이 백설이를 부르자 곧 창문 바깥에서 백설이가 뛰어 들어 왔다.

미야아아아.

평범한 고양이처럼 귀엽게 울음소리를 내는 백설이.

백설이는 곧 리멘의 무릎 위에 앉았고, 리멘은 그런 백설이의 목에 걸려 있던 〈백설〉이라 적힌 펜던트를 분리했다.

"이 아이는 리멘 교단의 신수인 백설이라고 해요. 시연이를 보호하는 임무를 맡고 있기도 해요. 시연이는 저희 리멘 교단에서 아주 중요한 역할을 부여받을 선지자니까요."

"음, 그렇군요. 고양이가 참 귀엽습니다."

"백설이가 시연이를 지키는 방법은 단순히 물리적 위협에서 지키는 것뿐만은 아니죠."

리멘은 펜던트에서 작은 칩 하나를 꺼냈다.

"혹시 모를 위험에 대비하여 언제든지 추가 인력을 파견할 수 있도록 카메라를 장착시켜 두었거든요. 아마 이 칩에 담긴 영상이 상황을 설명해 줄 것 같네요."

……저 카메라는 나조차도 모르고 있던 건데.

도대체 리멘은 몇 수 앞까지 내다보고 있던 거지?

교장 선생님은 리멘이 건넨 칩을 받아 곧바로 컴퓨터에 연결시켰다.

그리고 잠시 후.

"흡."

"어머, 어머."

이 자리에 있던 어머니들의 안색이 흙빛으로 바뀌었고, 교장실 내부의 분위기가 뒤바뀌었다.

나는 웃으면서 리멘을 바라보았다. 그러자 리멘은 나를 향해 윙크하면서 고개를 끄덕였다.

정말…… 사랑하지 않을 수 없는 존재라니까?

⚜

리멘이 제공한 영상에는 음성부터 시작해서 모든 상황이 담겨 있었다.

시연이의 말은 틀리지 않았다.

시연이를 도발하는 장면 등등.

시연이가 우리에게 말해 줬던 것들 모두가 그 안에 담겨 있었다.

방금 전까지만 하더라도 우리를 잡아먹을 듯이 달려들었던 어머니들의 기세가 확 꺾였다.

당연하지.

자기네들 자식들이 어떤 짓을 벌였는지 이제야 슬슬 느낌이 왔을 테니까.

게다가 사건은 거기서 끝난 게 아니다.

똑똑똑.

누군가 교장실의 문을 두드렸고, 잠시 후 익숙한 남자 한 명이 교장실 내부로 들어왔다.

말끔하게 정장을 입고 서류 가방을 들고 있는 남자.

대한민국의 행동파 관료 김동식 실장, 아니 김동식 장관님 되시겠다.

……김 장관까지 올 정도로 이게 큰일인가?

나는 솔직히 모르겠는데.

"안녕하십니까, 이능관리부의 장관 김동식이라고 합니다. 갑작스럽게 찾아뵙게 되어 놀라셨을 거라 생각합니다."

"장, 장관님께서 여기에는 어쩐 일로."

교장 선생님의 얼굴이 새하얗게 질린다.

그럴 수밖에 없는 게 무려 장관이 직접 나선 일이다. 학교폭력에서 그칠 일인데, 정권의 실세라고 할 수 있는 이능관리부의 장관까지 등장해 버렸다.

게다가 김 장관은 현재 대한민국에서 가장 인기 많은 공직자다.

여야에서 침을 질질 흘리면서 탐을 내고 있는 인물이기도 하고.

아무튼 거물이라는 뜻이다.

그런 거물께서 갑자기 교장실에 찾아왔는데 당황하지 않을 사람이 어디에 있을까?

솔직히 나조차도 당황했는데 말이지.

김 장관은 나를 향해 가볍게 고개를 숙인 다음, 학부모들을 둘러보면서 말했다.

"일단 각성자와 일반인 사이에 불미스러운 일이 발생하게 된 것에 대하여 심히 애석하게 생각하고 있습니다. 저희 이능관리부에서 각성자 관리를 더 철저히 했어야 했는데, 죄송하다는 말씀을 먼저 드리겠습니다."

사과로 간단히 시작하는 김 장관.

그러나 눈치 없는 사람은 어디에나 있는 법이다.

갑작스럽게 등장한 김 장관이 사과를 하자 한 아이의 어머니가 기다렸다는 듯이 목소리를 높였다.

"그래! 이능관리부에서 해결해야 할 일이겠네요? 이거, 어떻게 처리하실 거예요? 저희 민원부터 시작해서 법적 절차도 전부……."

"관리 소홀에 대한 책임을 물으시겠다면 기꺼이 책임을 지겠습니다만…… 저희 이능관리부는 미성년 각성자들을 전학 보내면서 그 학교에 대한 조사를 합니다. 이건 민간인 불법 사찰이 아닌, 미성년 각성자에 관한 법령을 통해 진행되는 적법한 절차임을 미리 알려 드립니다."

김 장관이 이곳에 온 이유는 시연이가 엮인 사건을 처리하기 위함인 듯한데.

확실한 건 이 사람은 아군이다.

그것도 아주 든든한 아군.

김 장관은 서류 가방에서 서류를 꺼내더니 곧 학부모들에게 건넸다. 그리고 교장 선생님에게도 자료를 제공한 다음, 딱딱한 목소리로 말했다.

"이 자료에 의거하여 학교폭력대책심의위원회를 소집해 주십시오. 해당 학생들은 집단 따돌림을 비롯하여 온갖 학교폭력을 행사하였습니다. 피해 학생의 증언과 피해 학생 어머니의 증언 및 평소 학우들의 증언도 첨부되어 있습니다."

"아니…… 이걸 도대체 언제……."

"또한 확인된 바로는 김시연 양의 폭행 혐의는 입증할 수 없습니다."

"그, 그게 지금 무슨 개소리야!"

"당신 장관이면 다야? 우리 아들이 저 여자애에게 맞았다니까? 각성자가 일반인을……."

……사실, 내가 나설 필요도 없을 것 같다.

나와 리멘이 가만히 있는 사이 김 장관이 알아서 일을 해결해 버린다.

"통상적으로 각성자가 일반인을 폭행할 경우, 피해자는

중상을 입습니다. 김시연 양은 이능관리부에서 관리하는 각 성자 중 가장 뛰어난 잠재력을 지니고 있습니다."

"그게 지금 이 상황이랑 무슨 상관이야!"

"어머님들께서 말씀하시는 대로 시연 양이 다른 학생을 폭행했다면, 과연 그 학생들이 멀쩡할 것이라 생각하십니까? 학생들이 입원한 병원에 문의한 결과, 신체 그 어디에서도 폭행의 흔적을 발견할 수 없다고 합니다."

백설이가 찍은 영상은 도발하는 장면만 담겨 있었을 뿐 시연이가 학생들을 때리는 장면은 담겨 있지 않았다.

김 장관은 그 지점을 집요하게 파고들었다.

"상황을 정리하겠습니다. 김시연 양의 폭행 혐의에 관한 증거는 존재하지 않으며, 도리어 피해를 호소하는 학생들이 학교 폭력의 주동자라는 증거가 명백합니다. 따라서 이능관리부는 김시연 양의 보호 기관으로 모든 법적 조치를 행사하겠습니다."

평소 나와 가볍게 장난을 주고받던 모습은 온데간데없었다.

딱딱하고 무미건조한 공무원.

김 장관의 지금 모습은 딱 그거였다.

그 모습이 굉장히 고압적으로 다가왔을지도 모르겠다.

법에 관한 이야기가 흘러나오기 시작한 순간부터 학부모들의 표정이 새하얗게 질려 가는 중이었다.

"각오하시는 게 좋을 겁니다. 이능관리부는 각성자의 범죄를 단속하는 기관이기도 하지만, 동시에 각성자의 이익을 대변하는 집단입니다. 억울한 상황에서 각성자라는 이유로 피해를 입는 건 가만히 좌시하지 않을 겁니다."

딱 그 말이 끝이었다.

모든 이야기를 끝낸 김 장관은 시연이에게로 다가가서 등을 두드려 주었다.

"시연 양, 마음고생 많았어요."

"감사합니다, 장관 아저씨."

"김시우 교황님?"

"예."

"시연 양과 함께 귀가하셔도 좋습니다. 나머지는 저희 직원들이 처리할 예정이고……. 아, 오랜만에 직접 집으로 모셔다드리겠습니다."

"장관님이 직접 에스코트해 주는 것도 진귀한 경험이네요."

"그런가요?"

이래서 주위 사람들이 출세하면 편한 게 참 많다.

나는 시연이의 손을 잡고 씨익 미소를 지었다.

"집으로 갈까?"

그러자 시연이가 고개를 슬쩍 숙이면서 말했다.

"오빠, 미안해. 요새 엄청 바쁠 텐데, 나 때문에 학교에 불려 오구…….”

“시연아.”

“응.”

“오빠가 에덴에서 가장 아쉬웠던 게 뭔지 알아?”

내 질문에 시연이가 슬쩍 고개를 들어 나를 바라보았다. 나는 그런 시연이의 머리를 쓰다듬어 주면서 말했다.

“시연이 오빠 노릇 못 해 줄까 봐, 그게 제일 걱정이었어. 지금처럼 사고 쳐서 학교에 불려 오는 것부터 시작해서, 준비물 놓고 갔을 때 챙겨 주러 가는 것. 학창 시절에만 해 줄 수 있는 그런 것들.”

누군가에게는 아무것도 아닌 추억이겠지만, 적어도 나에게는 그랬다.

이 작은, 사소한 것 하나가 소중했으니까.

그토록 절박했었고, 그토록 가지고 싶었던 추억들이다.

그렇기 때문에 이렇게 불려 오는 것도 기분이 나쁘지가 않다.

내가 시연이의 보호자 역할을 할 수 있는 것만으로도 기뻤다.

“집에 가서 떡볶이나 먹을까?”

“응!”

“그래.”

그렇게 시연이의 손을 잡고 자리에서 일어났다. 그리고 교

우리 교황님 좀
말려 주세요

장실에서 나가기 전, 얼어붙은 학부모들을 향해서 한마디 던졌다.

"조만간 또 뵙겠습니다. 아, 회개가 필요하시다면 언제든지 신전으로 찾아와 주십시오. 아무래도 아들분들은 회개가 필요할 듯하니."

나가기 전에 놀려 주는 건 필수지.

쌤통이다.

그러게 자식 교육 좀 제대로 하지 그랬어?

⚜

김 장관의 차를 타고 신전으로 돌아왔다.

집으로 바로 돌아가려고 했는데, 시연이가 내 집무실에서 놀고 싶다더라.

미야아아아.

시연이가 백설이를 껴안으면서 놀고 있는 사이, 김 장관은 라파르트 대주교가 직접 내려 주는 차를 조용히 마셨다.

"장관 일 힘들죠?"

"말도 마십시오. 정말 죽겠습니다. 이제 정시 퇴근이란 게 없습니다."

"제 담당이실 때가 편했는데."

"……죽겠습니다. 정권만 바뀌면 바로 사표를……."

"다음 정권, 유선호 전 장관님이 잡으실 것 같던데."

"저 좀 살려 주십시오."

나는 김 장관의 하소연에 피식 웃으면서 어깨를 으쓱였다.

"그러게 제가 스카우트하려고 할 때 교단으로 오셨어야지."

"지금이라도 가능합니까?"

"에헤이, 그랬다가는 서 대통령이랑 유 장관님이 얼마나 속상하시겠어요? 제가 봤을 때 김 장관님은 그 자리가 천직이에요, 천직."

기분 좋게 국화차를 한 모금 목으로 넘겼다.

그리고 슬쩍 시연이를 쳐다보면서 말했다.

"그런데 정말 시연이가 때렸다는 증거가 없었어요?"

혹시나 이능관리부가 우리 편의를 봐준 게 아닐까, 그런 생각을 했다.

이능관리부의 능력이라면 증거를 조작하는 것도 문제없었을 테니까.

하지만 김 장관은 단호하게 고개를 끄덕였다.

"없었습니다. 요새 시대가 어느 땐데 증거를 조작합니까?"

"독심술이라도 각성하셨나?"

"아, 저희 요원들이 느낀 게 한 가지 있긴 합니다."

"뭔데요."

"시연 양이 교황님의 동생이긴 동생이구나 하는……."

그 말에 담긴 뜻을 곰곰이 생각해 보다가 한 가지 결론에

이르렀다.

"……시연이가 때리긴 때렸겠네요."

시연이는 아까 분명 자기가 몇 대 쥐어박았다고 했다. 그러면 멍 같은 흔적이 남아 있어야 했는데…… 그 흔적조차 안 남아 있다는 거다.

그렇다면 답은 하나다.

"시연이가 때리고 치료했다?"

"아무래도 그런 것 같습니다. 교황님께서 가장 선호하시는 방법 아닙니까? 때려도 증거만 안 남으면 된다."

"아니, 시연이가 언제 그렇게 기특한…… 크흠."

나쁜 놈들이라면 자고로 그렇게 막 대해 주는 게 맞지.

때리고 치료해 주는 기술은 도대체 누구한테 배운 거야? 시연이한테 따로 가르쳐 준 적은 없는 것 같은데…… 의문이 든다.

레오와 루나한테 배웠나?

"아이들은 가족을 바라보면서 자라기 마련입니다."

김 장관은 웃으면서 말을 이어 갔다.

"불의를 보고 나설 수 있는 용기는 쉽게 가질 수 없습니다. 시연 양은 큰 각오를 하고 나선 겁니다."

"……그런가요."

"시연 양은 아주 영리하고 똑똑합니다. 자신의 행동이 어떤 결과를 낳을지 이미 알고 있었을 것이 분명합니다. 그럼

에도 기꺼이 나선 거지요. 참 기특하지 않습니까?"

"그래, 시우."

리멘도 김 장관의 말을 거들었다.

"시연이 아까 표정 봤잖아. 전혀 후회하는 표정이 아니었어. 해야 할 것을 했다, 그런 표정이었지."

나는 그 말을 들으며 다시 시연이를 살폈다.

해맑게 웃고 있는 우리 시연이.

아이들은 빨리 큰다는 말이 틀린 말은 아닌 것 같다. 언제나 내 품속에서 지켜 줘야 할 것 같던 우리 시연이가 어느새 스스로 결정을 내릴 수 있는 사람이 되어 가고 있었다.

앞으로 시연이에게 어떤 말을 해 줘야 할까?

솔직히 자신은 없다.

이럴 때 우리 부모님이라도 살아 계셨다면, 시연이에게 나보다 더 많은 조언을 해 주셨을 텐데.

문득 부모님이 그리웠다.

"시우."

그때, 리멘이 내 손을 부드럽게 잡으면서 미소를 짓는다.

"시우는 잘하고 있어."

"정말 그럴까?"

"김 장관님 말씀처럼 불의를 보고 나설 수 있는 용기는 아무나 가지는 게 아니야. 시연이는 시우의 등을 보면서 자랐기 때문에 그렇게 나선 거지."

우리 교황님 좀
말려 주세요

"힘이 있으면 누구나 다 나처럼⋯⋯."

"힘이 있다고 해서 누구나 다 시우처럼 나서지 않아. 힘 있는 사람들이 다 정의로웠으면 세상에 전쟁 같은 것들은 없었겠지. 그렇기 때문에 시우가 특별한 존재인 거야."

리멘은 그 누구보다 날 잘 이해하는 존재다.

나는 리멘의 말에 슬며시 웃으면서 고개를 끄덕였다.

"나를 너무 고평가해 주는 거 아니야?"

그러자 리멘이 단호한 말투로 대답했다.

"시우가 스스로를 너무 저평가하는 거지."

"맞습니다. 교황님께서는 겸손하신 경향이 있지요."

"오늘 무슨 날이에요? 다들 내 얼굴에 금칠을 해 주네."

나도 사람은 사람인지라 이렇게 금칠을 해 주면 기분이 좋다.

나는 멋쩍게 볼을 긁은 다음, 시연이를 넌지시 불렀다.

"시연아."

그러자 시연이는 백설이를 껴안은 채로 대답했다.

"응, 오빠."

"이리 와 볼래?"

시연이는 가벼운 발걸음으로 나에게 다가왔다. 나는 그런 시연이를 무릎에 앉힌 다음, 조심스레 물었다.

"만약에 다음번에도 오늘 같은 일이 생기면 어떻게 할 거야?"

그러자 시연이가 잠시 고민했다.

"솔직하게 대답해야 돼?"

"당연하지."

"오늘처럼 똑같이 할 거야. 오빠가 항상 그랬잖아!"

"응?"

"악의 길을 방관하는 것도 악이라고. 헤헤, 나는 나쁜 사람 되기 싫어. 어려움에 처한 사람은 구해 주고, 나쁜 짓을 하는 사람들은 혼내 줄 거야."

단순하고 명쾌한 대답.

시연이는 해맑게 웃으면서 나를 바라보았다. 그리고 내 가슴에 머리를 비비면서 말했다.

"나는 오빠가 사람들을 도와주는 모습이 정말 멋있어. 나도 오빠처럼 되고 싶어."

그 말에 행복하지 않을 사람이 몇이나 있을까?

나는 나를 닮겠다 당당히 선언하는 사랑스러운 시연이를 살포시 껴안았다.

그리고 웃으면서 고개를 끄덕였다.

"그래, 우리 시연이를 누가 말리겠어? 우리 시연이 하고 싶은 거 다 해."

"갖고 싶은 거 그때 말했는데 왜 안 들어줘!"

"응?"

"조카! 조카 만들어 줘!"

그러자 리멘이 웃으면서 답했다.

"안 그래도 요새 노력 중이야, 시연아. 조금만 기다려."

"아니, 리멘. 그건…….''

"헤헤, 나도 이제 조카 생긴다!"

정말 시연이는 못 말린다니까?

……그리고 리멘도.

조카라…….

그 전에 결혼을 먼저 하는 게…….

## 외전 3. 교황청의 광견

에덴의 북부는 거친 자연환경으로 유명한 장소다. 대륙의 다른 장소와는 달리, 북부의 모든 생명체들은 악착같으며 집요하다.

그리고 그것은 북부에 사는 인간도 마찬가지였다.

언젠가 우리 부족의 마을에 찾아왔던 사제가 그런 말을 했다.

매화란 꽃은 겨울을 이겨 내고 아주 아름답게 피어난다고. 북부의 인간들이 바로 매화와 같다고.

본인을 베네키라고 소개했던 그 사제는 유독 나에게 잘해줬었다.

마을의 주술사들이 악마와 다름없는 놈이라고 그를 배척

했음에도, 그는 웃으면서 마을 사람들에게 호의를 베풀었다.

베네키는 내가 '리멘'이라는 신의 사랑을 받고 태어난 존재라고 말해 주었다.


−레오, 너는 장차 우리 교단에서 아주 중요한 일을 맡게 될 거야. 리멘님께서 너를 정말 많이 사랑하신단다.


나는 그 말을 믿지 못한다.

내가 사랑한 모든 것들은 흔적조차 남기지 않고 사라졌다.

부모님, 가족, 친구들.

나와 맞닿아 있던 모든 것들이 내 곁을 떠나갔다.

마을의 주술사들을 비롯한 다른 사람들은 나를 '정령의 저주를 받은 놈'이라고 불렀다.

나 역시 내 스스로를 그렇게 생각했다.

그리고 그 '저주'는 이제는 나를 싫어하는 사람들마저도 나에게서 뺏어 낼 요량인 듯 보였다.

"까아아아아아악!"

"살아남은 전사들은 아이들만이라도 데리고 동쪽의 마을로 도망쳐라!"

"부족의 미래를…….."

콰지지직.

사방에서 무언가 부서지는 소리와 함께 끔찍한 피비린내

가 엄습해 왔다.

나는 눈앞에서 벌어지는 지옥을 바라보며 혼잣말을 중얼거렸다.

"……내가 신의 사랑을 받고 태어난 존재라고?"

그 어떤 신이 사랑을 주는 존재에게 이런 지옥을 선물하는가.

마을을 습격한 괴물은 다름 아닌 트롤들이었다.

혹한이 시작되기 전, 트롤들은 겨울을 나기 위한 식량으로 우리 마을의 인간들을 선택한 모양이다.

하필이면 전사들이 전쟁으로 인해 마을에서 빠져나간 이 시점에…….

어쩌면 저 트롤들은 이미 우리 마을이 무주공산이라는 걸 알고 있었을지도 모른다.

북부의 트롤들은 다른 지역에 비해 극히 영악하여, 전략 전술까지 사용할 줄 아는 놈들이니까.

"크으으으윽."

"살려……."

마을 곳곳에서 일방적인 살육극이 벌어진다.

트롤들은 남녀노소 가릴 것 없이 도끼를 휘두르며 살육을 이어 나간다.

우리 부족은 여자까지 무기술을 교육받는다. 그렇기에 어떻게든 트롤을 무찌르고자 모두가 트롤들에게 달려들었지만, 이 트롤들은 우리가 알던 놈들과는 전혀 달랐다.

검은색의 기운에 사로잡혀 광분하는 트롤들.

저 녀석들은 사악한 흑마술이라도 몸에 받아들인 걸까?

……아무럼 상관없다.

트롤들의 상태가 어떻든, 이곳이 나의 무덤이라는 것은 변하지 않는 사실이다.

콰우우우우우우-!

저 멀리 나와 눈이 마주친 트롤 한 마리가 나를 향해 쇄도했다.

트롤은 미소를 짓고 있었다.

마치 재밌는 장난감이라도 발견했다는 듯, 침을 질질 흘리며 나를 향해 달려들었다.

나에게는 저항할 의지도, 살고자 하는 의지도 없었다.

그렇기에 그저 덤덤히 눈을 감으면서 숨을 내쉬었다.

저 괴물이 나의 끔찍한 인생을 끝내 주기를 기도하면서 말이다.

하지만 아무리 기다려도 나는 삶의 끝을 마주할 수 없었다.

콰아아아앙-!

굉음이 눈앞에서 울려 퍼졌고, 나는 감았던 눈을 슬며시 떴다.

내 앞에는 검은색 사제복을 입은 한 남자가 트롤의 목을 움켜쥔 채로 서 있었다.

우리 마을에 찾아왔던 사제, 베네키였다.

베네키는 트롤의 목을 쥔 채로 나를 돌아보았다. 그리고 활짝 웃으면서 말했다.

"어린놈이 벌써부터 삶을 포기해서 되겠어? 레오, 너는 그게 문제야. 어린놈이 인생 다 산 노인처럼 행동한다니까. 그걸 보고 우리는 애늙은이라고 부른단다."

"……베네키."

"시간이 그리 많지는 않아. 자, 이 목걸이를 목에 걸래?"

베네키는 나에게 목걸이를 던졌다.

나는 그 목걸이를 손으로 받은 후, 조용히 목걸이를 들여다보았다.

목걸이의 중앙에 박힌 자그마한 돌.

그 돌에서는 새하얀 빛이 조금씩 흘러나오는 중이었다.

"그나저나 레오, 네 성이 뭐라고 했지?"

"몇 번이나 말해. 우리 부족은 성인식을 치러야 성을 받는다고."

"아아, 그랬지? 미안하다."

베네키는 손에 쥐고 있던 트롤의 목을 힘을 주어 부러뜨렸다. 그리고 웃으면서 말했다.

"루멘. 네 성은 루멘으로 하자. 리멘님께서 너에게 내려주신 성이야. 성이 있으면 어떻게 설득해야 하나 고민했는데, 다행이네."

"……루멘?"

"여러가지 뜻이 있지. 빛, 광휘 등등……. 아, 횃불이라는 뜻도 있던가? 하지만 리멘님께서는 이렇게 말씀하시더라고."

수우우욱.

저 멀리서 사람의 몸만 한 창이 날아든다.

하지만 베네키는 빛을 흩뿌리면서 그 창을 튕겨 낸다.

그리고 내 머리를 쓰다듬으면서 활짝 미소를 지었다.

"찬란한 빛. 레오, 너는 우리 교단의 찬란한 빛이 되어 줄 거란다."

"나 따위가……."

"우리 교단의 사제들은 거짓말 같은 거 안 해. 레오 루멘. 내가 마지막으로 너한테 한 가지만 부탁해도 되겠니?"

그제야 베네키의 상태가 한눈에 들어왔다.

베네키의 검은색 사제복 곳곳은 이미 붉은 피로 물들어 있었다.

그의 몸에서 흘러나온 피가 쉴 새 없이 바닥을 적신다.

그럼에도 베네키는 아픈 내색 하나 하지 않고 나에게 말했다.

"조금만 더 있으면 우리 교단의 성기사들이 이곳에 도착한단다. 그러니까 동쪽으로 뛰렴. 그 목걸이를 걸고 있으면, 성기사들이 너를 찾아갈 거야. 알겠지?"

"당신은 같이 안 가?"

"나는 이곳에 남아서 한 명이라도 더 지켜야 해. 그것이 리멘을 모시는 이들에게 주어진 사명이야."

이 남자가 거짓말 따위를 내뱉는 시시한 남자가 아니란 건 잘 안다.

하지만 왜일까?

발이 안 떨어진다.

본능적으로 느껴진다. 지금 이것이 내가 이 남자와 나누는 마지막 대화다.

슬프다.

내가 사랑한 자리마다 폐허인 듯하여, 지독히도 아프다.

베네키는 내 마음을 들여다보기라도 한 듯, 조심스레 나를 껴안아 주었다.

"레오야, 딱 한 가지만 기억해 줄래?"

"……뭘."

"내가 이곳에서 너를 만난 건 리멘께서 나에게 주신 최고의 선물이었어. 너는 나의 자랑이야. 그것 하나만 기억해 주면 돼. 어렵지 않지?"

볼을 타고 뜨거운 액체가 흐른다.

나는 손을 들어 그 눈물을 닦았다.

"애늙은이가 눈물도 다 흘리고……. 자, 레오, 너 뛰는 건 잘하잖아? 동쪽으로, 무조건 동쪽으로 뛰는 거야."

베네키는 그렇게 말하며 내 등을 떠밀었다.

그가 목숨을 걸고 나에게 하는 마지막 부탁이었다. 그렇기에 나는 목걸이를 목에 건 채로 뒤도 돌아보지 않고 뛰었다.

리멘이라는, 믿지도 않는 신에게 제발 그를 구해 달라는 기도를 하며.

신앙심이 부족해서였을까?

리멘은 그 기도를 들어주지 않았다.

나를 구하기 위해 파견된 성기사들과 교황청이란 곳에 도착했을 때, 나는 마침내 베네키의 소식을 들을 수 있었다.

베네키가 마지막 순간까지 마을 주민들을 구하다가 순교했다는, 그런 소식이었다.

⁂

교황청에서의 시간은 아주 빠르게 흘러갔다.

사람들은 나를 선지자라고 불렀다.

리멘의 뜻을 이 땅 위에 널리 펼칠 존재라고.

나는 베네키의 마지막 부탁을 되새기며 무엇이든지 열심히 했다.

나를 저주했던 이로 가득했던 마을과는 달리, 이곳에서는 모두가 나를 축복해 주며 사랑해 주었다.

그렇기에 나 역시 그들을 소중히 여겼다.

다시는 내가 머문 자리가 폐허가 되지 않도록 하기 위해 그 누구보다 열심히 했다.

교리 공부도, 전투 교육도. 그 어떤 것이든 정말 필사적으로 해냈다.

그러던 와중에 대륙에 마왕들이 모습을 드러냈다.

대륙은 금세 혼란에 빠졌다.

북부에서부터 시작된 비극은 빠른 속도로 대륙 곳곳으로 퍼져 나갔으며, 온 대륙이 고통으로 신음하기 시작했다.

그리고 마침내 나에게도 이단심문관으로서의 첫 임무가 주어졌다.

동부로 가서 악마 숭배자들을 처리하는 임무.

첫 임무는 무려 1년이나 걸리긴 했지만, 아주 성공적이었다.

내가 첫 임무를 완벽하게 끝내자 라파르트 대주교는 나에게 새로운 임무를 내렸다.


─가서 사도님을 도와 마족들을 몰아내거라. 그분은 리멘님이 우리를 위하여 이 세상에 보내 주신 분이시다. 네 모든 걸 그분에게 보여 드려라.

라파르트 대주교의 명령을 받고 현장에 도착했을 때, 이미 그곳에는 마수들의 사체가 가득했다.

나는 마수들의 사체를 밟으며 천천히 앞으로 걸었다.

1년 전에 사도님께서 나타나셨다는 이야기는 들었다. 내가 대륙의 동부에서 이단심문관으로 활동하고 있을 때.

아쉽게도 시기가 맞지 않아 1년 동안 한 번도 사도님을 뵙지 못했었다.

어떤 분이실지 궁금하기는 했다.

사도님의 존재는 아직까지 교황청의 일급 기밀이었으니까.

"사도님께서는 저곳에 계십니다."

현장을 정리하고 있던 성기사들이 조심스레 언덕 한 곳을 가리켰다.

마수의 사체로 온통 뒤덮인 언덕.

나는 고개를 끄덕인 후, 천천히 마수들의 사체를 밟으면서 언덕을 올랐다.

그리고 마침내 언덕 위에서 케르베로스의 사체를 의자 삼아 앉아 있는 한 젊은 남자를 발견할 수 있었다.

검은색 머리의 검은색 눈동자.

에덴에서는 단 한 번도 본 적 없는, 그야말로 새로운 인종.

우리와 전혀 다르게 생긴 그 남자는 나를 보자마자 씨익 웃으면서 자리에서 일어섰다.

"상황이 상황인지라 손님을 맞이하기에는 좀 그러네. 미안, 방금 전에 전투가 끝나서 좀 더럽지?"

그는 나와 같은 검은색 사제복을 입은 채로 손을 털털 털었다.

내가 기대했던 신성함과는 거리가 먼 남자.

손에 묻은 피를 대충 털어 낸 그는 나에게 악수를 청했다.

"김시우라고 한다. 너는 레오 루멘, 맞지?"

"처음 뵙겠습니다, 사도님. 리멘님의 충실한 종, 레오 루멘이라고 합니다."

"루멘? 성이 아주 예쁘네."

"리멘님께서 직접 내려 주셨습니다."

왜일까?

내가 기대했던 분위기는 아니지만, 이 남자로부터 익숙한 분위기가 느껴졌다.

나는 그 분위기가 옛날 베네키가 보여 주었던 분위기와 비슷하다는 것을 곧 깨달았다.

극한의 상황에서도 유머러스하며, 자유분방한 분위기.

흑요석을 닮은 눈동자를 지닌 이 이국적인 남자에게서 어째서 베네키의 느낌이 나는 걸까?

"팔 떨어지겠다."

"……아, 죄송합니다."

그가 건넨 손을 맞잡았다.

손을 통해서 그의 몸속에 자리 잡은 거대한 신성력이 느껴진다.

"좋네."

그는 싱긋 웃으면서 나를 바라보았다.

나 역시 그와 시선을 마주했다.

"라파르트 할배가 앞으로 너랑 같이 싸우라더라고?"

"사도님을 도와 성전에서 승리할 수 있도록 항상 최선을 다하겠습니다."

"흠, 최선으로는 부족한데."

그는 가볍게 숨을 뱉어 내더니 곧 나를 향해 나지막하게 말했다.

"한 가지만 미리 부탁해도 될까, 레오 주교."

"편하게 말씀하십시오."

"끝까지 내 옆에서 버텨라. 이제 뭔갈 잃는 거에 익숙해진 것 같긴 한데…… 외롭다. 그러니까 네가 나를 생각한다면, 살아남아."

잘 부탁한다는 말도, 열심히 해 달라는 말도 아니었다.

그는 그저 덤덤한 목소리로 나에게 살아 달라는 부탁을 하고 있었다.

그 말에 나는 순간적으로 목구멍이 턱 막히는 느낌이 들었다.

그의 외로움이 나에게 너무 적나라하게 와닿았기 때문이다.

그렇기에 내가 그에게 해 줄 수 있는 건 한 가지뿐이었다.

"사도님의 옆을 끝까지 지키겠습니다."

살아남아 그와 함께하겠다는 불확실한 약속.

그러나 그 약속만으로도 그에게 충분했던 걸까?

그는 희미하게 웃으면서 고개를 끄덕였다.

"말 상대 좀 자주 해 주고. 아, 밥은 먹었어?"

"아직입니다."

"밥은 꼭 챙겨 먹고 다녀야지. 빨리 가서 밥이나 먹자. 안 그래도 아침에 멧돼지 사냥했거든? 레오 너, 먹을 복이 있나 보다."

그는 천천히 자리에서 일어나 언덕을 내려갔다.

나는 한참 동안 그의 뒷모습을 바라보다가 조심스럽게 따라 내려갔다.

그것이 우리의 첫 만남이었다.

⚜

전쟁은 우리의 승리로 끝났다.

그리고 우리를 구원한 영웅 역시 맡은 바 소임을 다했다.

"가시는 겁니까."

교황청에 위치한 교황 성하의 집무실.

나는 성하의 앞에 선 채로 나지막하게 물었다.

그러자 타르트를 목으로 넘긴 성하가 웃으면서 고개를 끄덕였다.

"할 일 다 했잖아? 나도 이제 가족들 보러 가야지. 그동안 고생 많았다."

성하의 표정은 그 어느 때보다 밝았다.

돌아갈 날이 다가와서일까?

그동안 술을 마실 때면 지구에 있는 가족들이 보고 싶다고, 수도 없이 말했던 성하였다.

그의 그리움이 얼마나 쌓여 있는지 알기 때문에 차마 가지 말라는 소리는 할 수 없었다.

길었던 그의 외로움이 드디어 끝나는 순간.

수도 없이 많은 지옥을 함께 걸어온 친구이자 전우였기에, 그의 행복을 함께 축하해 줄 수밖에.

"그동안 정말 감사했습니다."

"나야말로. 야, 이렇게 보니까 처음 만났을 때 생각난다. 그때 뭐라고 했더라?"

"살아남아라, 그리 말씀하셨습니다."

"지켰네?"

"성하의 명령은 무슨 일이 있어도 지킵니다."

주위의 사람들이 나를 두고 뭐라고 부르는지 잘 알고 있다.

교황청의 광견.

성하에게 대드는 모든 것들을 물어뜯어 죽이는, 사나운 맹견.

저잣거리에서는 충견이라고도 부른다는 것도 알고 있지만, 그들이 나를 어떻게 불러도 상관없다.

성하를 처음 만난 순간부터 지금까지 내 유일한 목표는 성하와 함께 살아남는 것이었으니까.

성하가 사라진 세상은 어떨까?

분명 평화로운 세상이 찾아오겠지만, 어쩌면 나는 새로운 목표를 찾아다녀야 할지도 모르겠다.

"레오야."

성하는 나를 바라보면서 슬쩍 미소를 지었다.

부드럽고 장난기가 섞인 미소.

언제나 그가 잃지 않았던, 그 여유로운 미소.

"예, 성하."

"내가 없어도 리멘 교단 잘 지켜 줘야 한다. 무슨 말인지 알지?"

"염려하지 마십시오."

리멘 교단 최대의 전력이라고 할 수 있는 성하께서 이탈하신다면 아마 대륙은 혼란해질지도 모른다.

원래 전쟁이 끝난 후야말로 가장 어지러운 시기니까.

하지만 성하는 이때를 대비해서 리멘 교단의 전력을 끝없이 강화시켰다.

리멘 교단은 전쟁을 통해 얻은 경험을 토대로 성전사들을 끊임없이 키워 내고 있으며, 성하께서 당장 사라지신다 하더라도 최소 10년은 대륙의 판도를 결정지을 것이다.

패권이라고 하셨던가?

전쟁 전에는 왕국들이 패권을 가져갔지만, 지금은 리멘 교단이 패권을 쥐고 있다.

"지구에서도 있던 말인데, 내가 참 좋아하는 말이 있어. 절대적인 권력은 절대적으로 부패한다. 이단심문관들의 역할이 엄청 중요할 거야. 말 안 해도 알지? 교단을 지키는 것에는 교단의 명성을 지키는 것도 포함되어 있다."

"리멘님과 성하의 이름에 먹칠하지 않도록, 모든 힘을 다하여 지켜 내겠습니다."

"역시, 루나보다는 레오 네가 더 든든하다니까?"

성하는 자리에서 일어나 내 등을 두드렸다. 그리고 주머니에서 가죽 장갑을 꺼내서 손에 착용했다.

"마지막 타르트도 해치웠으니까 작별 인사를 해야겠네."

"대주교들이 이미 밖에서 대기 중입니다."

"아, 그래? 날씨도 추운데 다들 마중 나오지 말지. 나이 들면 춥다던데. 레오야, 먼저 나가 있어. 아직 이야기가 안 끝나서."

나는 그 '이야기'가 리멘님과 성하의 대화라는 걸 눈치챘다.

그렇기에 고개를 숙인 다음, 집무실에서 나와 신전 앞의 신상으로 나갔다.

신상 앞에는 다른 대주교들과 성기사단장들이 자리 잡고 있었다.

나는 그들과 가볍게 묵례를 한 다음, 루나 레벤톤 경 옆에 섰다.

그러자 루나 레벤톤 경이 넌지시 물었다.

"성하랑 작별 인사는 했고?"

"그렇습니다, 레벤톤 경."

"나는 아까 미리 했는데. 나부터 부르신 거 보니까 나를 더 아끼시는 게 아닐까?"

"상관없습니다."

"좀 재미라도 있어라, 쯧. 이래서 장가는 가겠냐?"

장가라는 말에 기분이 좀 안 좋다.

성하가 돌아가는 날이라서 그런가? 평소 같으면 그냥 넘겼을 말이었지만 한마디 꼭 돌려주고 싶어졌다.

잠시 고민하다가 그냥 지르기로 했다.

"그러는 레벤톤 경이야말로."

그러자 그녀는 눈을 둥그렇게 떴다.

"와, 내일 세상이 멸망하나? 그 말을 받아? 그런데 한 가지만 알아 둬라."

"무엇을 말입니까?"

"나 좋다는 사람들은 많지만, 내가 선택을 안 하는 거야. 기준에 한참 못 미치잖아."

"그 기준이 성하라서 그런 거 아닙니까."

"그런 것도 있지만……. 하, 진작에 성하를 꼬셨어야 했는데. 경쟁자가 워낙 아득히 높은 곳에 계시는 분이니 이것 참……."

"그러니 눈을 낮추셔야 합니다."

"됐어. 눈을 낮출 바에는 차라리 혀를 깨물고 죽어 버리지 뭐."

우리 둘은 늘 그렇듯 실없는 말을 주고받으며 성하와의 이별을 준비했다.

무려 10년에 가까웠던 세월.

지옥 위에서 함께 적을 무찔렀으며, 함께 동료의 시체를 묻었다.

마지막 남은 인간성조차 무너져 내려가던 그 전장에서 우리가 인간으로서 살아남을 수 있던 건 아마 서로가 서로를 지켜 주었기 때문이리라.

"어, 저기 나오신다. 신탁이 끝났나 봐."

레벤톤 경의 말대로 성하는 신전의 계단을 디디며 천천히 우리에게로 다가왔다.

"다들 왜들 이러십니까? 언젠가 다시 들르겠습니다. 작별
이 아니라, 잠시 안녕입니다. 그러니까 많이 속상해하지들
마시고……. 제가 다시 돌아왔을 때 개판 나 있잖아요? 그때
는 각오들 하세요. 무덤 속에 숨어 있어도 찾아갑니다."

늘 그렇듯 장난스럽게 인사를 건네는 성하.

워낙 성하다운 작별 인사라서 놀랍지도 않았다.

성하는 이 자리에 모였던 이들과 한 번씩 악수를 했다.

누군가는 작게 흐느꼈으며, 또 누군가는 대놓고 눈물을 흘
렸다.

하지만 나와 레벤톤 경은 담담히 성하와 악수를 나눴다.

"성하, 돌아가시더라도 자주 들르셔야 해요. 안 오시면 제
가 갈 거예요. 아시겠죠?"

"제발 지구로는 따라오지 말아 줘라. 너는 지구가 감당하
기에는 너무 큰 인재야."

"오, 극찬."

"네가 알고 있는 그 뜻 아닌데? 아무튼, 레오랑 둘이서 교
단 좀 잘 지켜 줘. 레오야, 알겠지?"

그 말에 나는 고개를 끄덕이며 덤덤히 말했다.

"조심히 가십시오, 성하."

"그래."

그걸로 우리의 인사는 끝.

마침내 모든 이와 인사를 끝낸 성하는 신상 앞에 생겨난 빛의 문을 향해 걸어갔다.

그 문에 발을 들여놓기 전, 우리를 향해 가볍게 손을 흔들며 말했다.

"다음에들 봅시다."

너무나도 성하다웠던 담백한 인사.

우리는 성하가 시야에서 사라지는 순간까지 한쪽 무릎을 꿇은 채로 예를 올렸다.

그렇게 마침내 성하의 환송식이 끝났고, 그 자리에 모여 있던 이들은 하나둘씩 흩어졌다.

"언젠가 또 뵙겠지, 뭐."

레벤톤 경은 내 등을 시원하게 때리면서 말했다.

"혹시 알아? 성하에게 우리의 도움이 필요할 일이 생길지."

"지구는 이 세계에 비하면 평화로운 곳이라고 하셨습니다."

"그래서, 성하가 도와달라고 하면 안 갈 거야?"

고민할 필요도 없는 질문이었다.

나는 고개를 가로저으면서 답했다.

"목숨을 걸어야 하더라도 가겠습니다. 우리 모두 성하께 빛을 지지 않았습니까?"

"나도 마찬가지야."

내 대답이 만족스러웠던 건지 레벤톤 경은 뒷짐을 지면서 자리에서 떠났다.

그때까지만 해도 우리는 몰랐다.

우리가 정말 성하를 돕기 위해 성하의 세계로 갈 줄은.

그로부터 몇 달이 지났을까?

어느 날 갑자기 리멘님의 신탁이 내려졌다.


-레오, 내가 가장 사랑하는 아이야. 교황에게 힘을 보태 줄 사람이 필요해. 그 누구보다 충직하며, 어떤 상황에서도 그를 도와줄 수 있는 사람. 돌아올 수 없다 하더라도 그를 도우러 가겠니?


리멘님의 신탁에 나는 기꺼이 그리하겠다 말했다.

그리고 잠시 눈을 감았다 떴을 때.

"X됐다…….."

격한 표현으로 나를 반겨 주는 성하를 다시 마주할 수 있었다.


❧


"제 이야기는 여기까지입니다."

"흠. 시우 그놈이 보기보다 너희에게 잘해 줬었나 보군.

따지고 보면 너랑 루나에게는 이곳이 이세계인데 말이야, 망설이지도 않고 넘어왔군."

나는 눈앞에서 고개를 끄덕이는 에이든을 따라 고개를 끄덕였다.

에이든.

이곳에서 처음 만났으나 꽤 마음이 잘 통하는 상대였다.

나와 비슷한 결을 지닌 부족들의 지도자였다던가?

그는 위스키병째로 벌컥벌컥 들이켠 다음, 슬쩍 웃으면서 말했다.

"교황청의 광견이라……. 그것참 마음에 드는 별명이야. 이참에 광견 크루를 만들어 볼 생각 없나?"

"그건 또 뭐 하는 크루입니까, 에이든."

"방금 내가 떠올린 크루. 미친개들만 잔뜩 모아 두는 거지."

지금 우리가 있는 이곳은 완공된 지 얼마 되지 않은 리멘 교단의 LA 성지. 그중에서 이단들을 추적하는 기관이라고 할 수 있는 이단심문국의 LA 지부였다.

에이든은 미국 정부의 협조를 끌어낼 겸, 본인의 휴가를 즐길 겸 해서 지금 이곳에 있었다.

"이단심문국이라는 조직, 내가 생각하는 그런 조직 맞나?"

"생각하시는 게 어떤 겁니까?"

"이단심문관들의 이미지가 그렇잖아. 잡아다가 고문하고,

인두로 지지고. 뭐, 그런?"

"에덴에서면 몰라도 지구에서는 다릅니다. 로마에 가면 로마의 법을 따르란 말이 있습니다. 심문은 꽤 인도적인 절차로 진행됩니다."

"재미없⋯⋯."

"일단, 표면적으로는 말이지요."

내 말에 에이든은 큰 소리로 웃음을 터뜨렸다. 그러고는 위스키병을 가볍게 흔들면서 고개를 끄덕였다.

"그렇지. 표면적으로는 그래야지. 아, 네 이야기를 듣고 궁금해진 건데, 루나도 너와 비슷한 스토리인가?"

"비슷하다면⋯⋯."

"시우를 따르게 된 계기 말이야."

나는 그 말에 고개를 가로저었다.

"레벤톤 경은 좀 특별한 편입니다. 저는 꽤 어렸을 때부터 교황청에서 지냈지만, 레벤톤 경은 아니었습니다."

"그럼?"

"원래는 혼자서 동생들을 먹여 살리기 위해 발버둥 쳤었지요. 그 와중에 선지자로서의 운명을 각성하게 되었다고 합니다. 자세한 이야기는 직접 들어 보시는 게 나을 것 같습니다. 꽤 복잡한 이야기거든요."

어쩌면 레벤톤 경 쪽이 조금은 더 드라마틱한 이야기일지도 모르겠다.

내 대답에 에이든은 아쉽다는 듯이 입맛을 다셨다.

"시간 나면 한번 들어 보러 가야겠군."

"값이 꽤 비쌀 겁니다. 레벤톤 경은 보기보다 자기 이야기를 많이 안 하는 편입니다."

"괜찮아. 나는 남는 게 돈이니까. 비싼 술 바리바리 사 들고 가면 좋다구나 이야기해 주겠지."

"……생각보다 레벤톤 경에 대해 빠삭하시군요."

"술친구란 게 원래 그런 거야."

그는 병에 남은 술을 남김없이 들이켰다. 그리고 자신이 책상 위에 올려 둔 청접장을 살짝 흔들면서 말했다.

"너도 받았지?"

"예, 성하께서 주고 가셨습니다."

아침에 성하께서 이곳에 들러서 청첩장을 건네주고 갔었다.

당연히 성하 본인의 결혼식이었다.

성하와 리멘님의 결혼식.

솔직히 말하자면 청첩장을 받았을 때, 머릿속이 살짝 어지러웠다.

성하가 리멘님과 결혼하게 되면, 우리는 성하를 어떻게 대해야 하는가?

하지만 아무리 고민해도 답은 없었다.

그 고민 끝에 얻은 결론은 그저 지금처럼 두 분을 대한다,

그것이었다.

"안 그래도 그 결혼식 때문에 지금 이렇게 열심히 일하고 있지 않습니까?"

"응? 결혼식이랑 이단심문이 무슨 상관이야?"

"성하께서 신경 쓸 것이 하나도 없도록, 결혼식 전까지 모든 이단들을 끌어다가 처리할 생각입니다."

내 말에 에이든은 기가 차다는 듯이 혀를 내둘렀다. 그리고 박수를 쳤다.

"이거야 원, 교황청의 광견이 아니라 교황의 광견이구먼."

"성하가 곧 교황청입니다."

"결혼식을 핑계로 이단을 심문하는 미친놈은 세상에 너뿐일 거다. 네가 광견 크루 대장 해라."

나는 끼고 있던 외눈 안경을 벗어서 잠시 책상 위에 올려두었다.

누가 뭐라고 하든, 나는 지금처럼 묵묵히 성하와 리멘님의 적을 세상에서 지워 버릴 것이다.

"에이든."

"왜 불러, 대장."

"저는 개를 참 좋아합니다. 주인에게 맹목적인 충성을 바치고, 주인을 위해 언제든지 뛰어듭니다. 그만큼 충직한 동물이 또 어디에 있겠습니까?"

아무에게나 말하지 못한 비밀이 하나 있었다.

교황청의 광견이라는 별명, 그 별명은 사실 내가 스스로 퍼뜨린 별명이다.

누구든지 교황 성하를 건드리면 나에게 물리게 될 것이다, 그런 의지를 담아 퍼뜨렸던 별명.

이 비밀은 죽는 날까지 가져갈 생각이다.

왜냐고?

"저는 그 별명이 참 좋습니다."

내가 그것을 원하니까.


나는 교황청의 광견이다.

그것이 나에게 주어진 사명이며.

내 스스로가 선택한 운명이다.

우리 교황님 좀
말려 주세요

## 외전 4. 핏빛 성녀

기구하고도 불우한 인생.

그건 내 20년 인생을 그 무엇보다 잘 표현한 단어라고 생각한다.

빌어먹게도 힘든 인생이었다.

부모님은 내가 9살 때 돌아가셨다.

사인은 흑사병.

나까지 포함해서 5남매가 있었는데, 막내도 흑사병에 걸려서 죽었고 나머지 넷은 리멘 교단에서 파견한 사제들 덕분에 겨우 목숨을 건졌다.

나도 마찬가지고.

언제나 고통은 살아남은 자들의 몫이다.

나는 동생들을 위해 정말 악착같이 버텼다.

처음에는 빵 가게에서 빵을 훔치다가 주인에게 걸려 죽기 직전까지 두들겨 맞았다.

하지만 마지막 순간까지 바지에 숨긴 빵은 들키지 않았다.

절뚝거리는 다리로 집으로 돌아와, 그 빵을 동생들과 나눠 먹었더랬지.

그래도 돌이켜 생각해 보면 내 인생 내내 마냥 불행만 가득했던 건 아니다.

어린 나이에 부모님을 잃고 가장 노릇을 하는 건 분명 힘든 일이었지만, 정말 다행스럽게도 우리에게 손을 내밀어 준 분들이 계셨다.

"루나야, 저기 방금 들어오신 용병분들 주문 좀 받아 주련?"

"네, 사모님."

"아, 루나야, 오늘 음식 하다가 남은 고기가 좀 있으니 집 갈 때 치즈랑 같이 가져가려무나. 애들이 이제 많이 먹을 때 아니냐?"

그것은 바로 우리 마을에서 여관을 하는 한스 아저씨네 부부였다.

우리 마을은 모험가들이 자주 왕래하는 편이라 여관에 항상 손님이 많았다.

항상 일을 도와주던 딸이 시집을 가 버리는 바람에 여관에 일손이 부족해졌고, 그때 마침 한스 아저씨의 눈에 내가 들어온 것이다.

그렇게 이 '바람의 안식처'라는 여관에서 일하기 시작한 지 어언 3년째.

그래도 두 분께서 잘 챙겨 주신 덕분에 우리 4남매는 굶지는 않고 지낼 수 있었다.

하지만 불행이라는 놈은 늘 그렇듯, 언제나 안심한 순간에 찾아오기 마련이다.

바로 지금처럼.

"히야, 외진 촌구석인 줄로만 알았는데, 제법 봐 줄 만한 얼굴인데?"

"……이러지 마세요."

나는 방금 전에 들어온 용병들로부터 주문을 받으려고 했을 뿐이다.

하지만 이 네 명의 험상궂은 용병들은 낄낄거리면서 음흉한 눈빛으로 내 위아래를 살폈다.

그중 대장 격으로 보이는 놈 하나가 손을 들어 내 턱을 움켜쥐었다.

그러더니 내 엉덩이를 주물럭거렸다.

"촉감도 괜찮네. 어때, 아저씨랑 오늘 같이 하루 보내면 이딴 여관에서 받는 돈과는 비교도 안 될 돈을 주마."

"저 몸 파는 사람 아니에요. 이러지 마세요, 제발."

손으로 그의 팔을 밀어 내려고 용을 썼다.

그러나 그의 악력은 내가 생각했던 것 이상으로 억셌다.

지금까지 이런 일이 전혀 없었던 건 아니었다.

대신 이런 일이 있을 때마다 여관의 단골손님들이 말려 주고는 했었다.

"……바키우다."

"후우…… 나서면 죽겠어."

손님들이 웅성거렸다.

바키우.

이곳은 각지의 소문을 들을 수 있는 장소였기 때문에 이런저런 정보를 얻을 수 있었다.

그 소문들 중에는 '바키우'에 관한 소문도 있었다.

악마들의 침공이 시작된 이후 곳곳에서 용병단들이 활약하는 중이었는데, 바키우 역시 유명한 용병 중 하나였다.

실력은 좋지만 인성이 쓰레기라는 소문은 언제나 바키우를 따라다닌다.

기분이 안 좋다는 이유로 노예 한 명을 죽여 버렸다든가, 그런 험악한 소문들.

어쩌면 그 소문이 사실일지도 모르겠다.

눈앞에서 본인의 추잡함을 마음껏 드러내는 이 짐승 새끼라면 충분히 그러고도 남을 거란 생각이 들었다.

우리 교황님좀
말려주세요

"우리 대장이 이래 보여도 꽤 로맨틱해. 한번 꽂힌 여자에게는 간이고 쓸개고 다 준다니까? 흐흐."

"너 땡잡은 거다."

그의 패거리가 실실 웃으면서 한마디씩 보탰다.

바키우는 잔뜩 거들먹거리면서 나에게 말했다.

"일단 오늘 하루 같이 지내 보고, 내 마음에 쏙 들면 평생 먹고살 만한 돈을 주마. 어떠냐?"

"제발……."

내가 안절부절못하면서 주위를 돌아보고 있을 때, 주방 쪽에서 한스 아저씨가 걸어 나왔다.

"아이고, 손님들, 제 딸이 혹시 무슨 무례라도 저지른 겁니까? 제 딸이 혹여 실수라도? 애야, 얼른 주방으로 들어가 있어라."

한스 아저씨는 손으로 나를 주방 쪽으로 슬쩍 밀었다.

그러나 바키우는 인상을 잔뜩 찡그리면서 한스 아저씨를 노려보았다.

"지금 뭐 하는 거지?"

"하하…… 제 딸이 약혼을 해서……."

"내가 그것까지 알아야 해?"

바키우란 새끼는 내가 듣던 것만큼 개새끼인 게 틀림없었다.

"편히 쉬려고 왔는데 기분 잡치는군."

"죄송합니다, 손님. 저희 여관은……."

"내 소문을 못 들었나 본데, 그 소문이 사실이라는 걸 보여 주지."

츠르르릉.

바키우는 탁자에 반쯤 걸쳐 두었던 대검집에서 대검을 뽑아냈다.

검에 밴 피 냄새가 물씬 풍겨 오는 것만 같았다.

"버러지 같은 놈이 내 말에 토를 달면 어떻게 되는지 똑똑히 지켜들 봐라."

녀석은 징그럽게 웃으면서 나를 향해 무지막지한 대검을 휘둘렀다.

"루나야!"

본인의 목숨도 위험한 순간에 한스 아저씨는 나를 뒤로 밀쳤다.

잠시 후.

부우우우욱.

한스 아저씨의 등을 검이 베어 낸다.

그 모습을 본 순간 눈앞이 새하얘졌다.

"아저씨!"

"여, 여보!"

평화롭던 여관 내부가 삽시간에 난장판이 되어 버린다.

식사를 하고 있던 사람들도, 술잔을 기울이던 사람들도.

모두가 깜짝 놀라 비명을 내지르며 여관 밖으로 뛰쳐나갔다.

주방에서 이쪽의 상황을 지켜보고 있던 사모님도 눈물을 흘리면서 달려왔다.

"괜, 괜찮아."

한스 아저씨는 쓰러진 채로 애써 미소를 짓는다. 그리고 나를 향해 손을 내저었다.

"살짝 베이기만…… 한 것 같은데?"

"그럴 리가 없어요. 분명 검이……."

그런데 놀랍게도 한스 아저씨의 등에선 피가 흘러나오지 않고 있었다.

그저 입고 있던 옷이 조금 찢겨 나갔을 뿐.

……설마 저 쓰레기 같은 새끼가 자비를 베푼 걸까?

아니, 그렇지 않다.

"……분명히 제대로 베었는데."

바키우는 영문을 모르겠다는 표정으로 한스 아저씨의 등과 자신의 검을 번갈아 보고 있었다.

그러나 그것도 잠시.

"운이 좋은 건 한 번뿐이지."

다시 대검을 내리치고자 검을 높이 들었다.

나는 한스 아저씨를 껴안으면서 소리쳤다.

"하지 마, 제발! 시키는 대로 하면…… 시키는 대로 하면 되잖아!"

"늦었다. 흐흐, 난 예쁜 년이 내지르는 비명도 좋아하거
든."

바키우는 대검을 내리쳤고, 나는 눈을 질끈 감으면서 한스
아저씨를 끌어당겼다.

그러나 아무리 시간이 지나도 고통은 느껴지지 않았다.

왜냐하면.

"거, 씨발, 하지 말라고 하면 하지 좀 마라. 쓸데없이 집요
한 새낄세."

한 손에 고기를 들고 있던 남자가 바키우의 대검을 손으로
잡았기 때문이다.

그는 남은 고기를 남김없이 해치운 다음, 한스 아저씨를
향해 엄지를 치켜올리며 말했다.

"여기 맛집이네요, 주인 아저씨. 추천받아서 왔는데 만족
스럽게 먹고 갑니다."

"감, 감사합……."

"하아, 이런 이세계물 클리셰는 진짜 질리지도 않나 봐."

남자는 알 수 없는 말을 중얼거리면서 검을 잡고 있던 손
을 꽉 움켜쥐었다.

그러자 놀라운 일이 벌어졌다.

꾸드드드득.

사람의 몸만 한 검이 공처럼 구겨지기 시작한 것이다.

"바키우, 네 이야기 많이 들었다. 개백정 새끼처럼 미친 짓을 하며 돌아다닌다면서? 안 그래도 찾아다니고 있었는데, 마침 잘됐네."

남자의 몸에서 새하얀 빛이 피어오른다.

아주 어릴 적, 내 동생들을 치유해 주었던 그 따뜻한 빛.

그러나 지금 이 순간, 그 빛은 눈앞의 모든 것을 태워 버릴 정도로 사납게 불타올랐다.

그 불길을 본 바키우와 그의 패거리가 몸을 벌벌 떨면서 중얼거렸다.

"리, 리멘의 사도."

"거물이 왜…… 거물이 왜 이곳에?"

리멘의 사도?

그럼 후드를 쓴 저 남자가 마왕들과 최전선에서 맞서 싸운다는 그 영웅이란 소리일까?

남자는 천천히 쓰고 있던 후드를 벗었다.

그러자 짧게 자른 검은색의 머리카락이 보였다.

흔히 볼 수 없는 색깔.

극히 이국적인 외모였지만, 그렇다고 이상하지는 않았다.

인상적인 검은색 눈동자가 분노로 타오르고 있었다.

"당신이 도대체 무슨 상관이지? 나는 지금 악마와의 전선에 참전하기 위해 올라가는 중이다. 지금 전선에는 병력이 부족한 상황인데, 내 몸에 손을 댔다가는―."

콰지지직.

그건 정말 찰나의 순간이었다.

내 눈으로 감히 좇을 수 없는 속도.

바키우가 말을 끝내기도 전에 그에게 다가간 사도가 가차 없이 그를 무릎 꿇렸다.

"살인, 강간, 방화 등등. 네 머리 위에 너무도 많은 죄악이 보인다. 한 가지만 묻지. 이 질문에 대답을 잘해야 될 거다."

"끄아아아아아악!"

"너 같은 버러지 새끼가 악마 놈들이랑 도대체 다를 게 뭐지?"

그 자리에 있던 바키우의 다른 패거리도 감히 사도에게 대항할 생각을 하지 못했다.

존재 자체가 압도적이라는 표현은 이럴 때 쓰는 걸까?

보는 것만으로도 내 숨이 막힐 지경이었다.

"너도 대답하기 힘들지?"

"제발…… 제발 목숨만은……."

"그래, 너에게 죽은 사람들도 그런 말을 하면서 죽어 갔을 거야. 그런 사람들에게 너는 어떻게 했지?"

사도의 질문에 바키우는 몸을 벌벌 떨면서 바닥에 쓰러졌다.

아까까지만 해도 난폭하게 대검을 휘두르던 사내는 그곳

에 없었다.

그 자리를 대체하는 건 죽음 앞에서 두려워하는 일개 인간일 뿐.

사도는 고개를 슬쩍 돌려 나와 시선을 마주했다.

"어린애한테는 너무 잔인한 장면이니까 잠시 실례 좀 할게."

그에게 '나는 20살이에요.'라고 말하고 싶었지만, 그는 그런 틈을 내주지 않았다.

파아아앗.

화르르륵.

그의 손에서 흘러나온 빛이 잠시 내 시야를 가렸다.


그렇게 얼마나 시간이 흘렀을까?

내가 다시 눈을 떴을 때, 목숨을 구걸하던 바키우와 그의 패거리는 사라진 후였다.

대신 반딧불이같이 반짝거리는 불빛만이 흩날리고 있었을 뿐.

나는 그제야 아까 한스 아저씨가 왜 대검에 베이지 않았는지를 깨달을 수 있었다.

저 남자가 한스 아저씨를 구했다.

아니, 우리 모두를 구했다.

그는 가볍게 손을 털더니 곧 탁자 위에 올려져 있던 맥주를 한 모금 들이켰다.

그리고 만족스럽게 고개를 끄덕였다.

"맥주는 역시 에덴이 맛있다니까. 자, 여러분들, 악당들은 사라졌습니다. 눈 뜨셔도 좋…… 어?"

사도는 나를 바라보면서 당황스러운 표정을 지었다.

"너, 어떻게 눈을 뜬 거야?"

"네?"

"이상하네. 제대로 시야를 가렸는데."

그는 나에게 성큼성큼 다가와서 나를 이리저리 살폈다.

그러더니 손으로 자신의 턱을 쓸며 말했다.

"잠깐만 머리에 손 좀 올려도 될까?"

"네, 네."

"그럼 잠시 실례."

그가 내 붉은색 머리 위에 손을 올렸다.

그리고 잠시 후, 그의 입가에 부드러운 미소가 퍼져 나갔다.

"음, 그러네. 이해했어."

"뭐를……."

"그런 게 있단다. 이거 라파르트 할아범에게 이야기를 따로 해 뒤야겠다."

무언가에 홀린 것만 같다.

이 분위기에 홀린 걸까, 아니면 이 남자에 홀린 걸까?

나는 손으로 내 뺨을 가볍게 두드렸다. 그리고 그를 향해 허리를 숙여 인사했다.

"구해 주셔서 감사합니다! 사도님이 아니었다면…….."

"아, 크게 신경 쓰지 마. 어쩐지 리멘이 나한테 이곳으로 가라고 하더라. 어쩌면 너 때문이었는지도 모르겠어."

그는 웃으면서 고개를 끄덕였다. 그러고는 가볍게 손을 털면서 미소를 지었다.

"하지만 너를 데려가는 건 내 몫은 아닐 것 같네."

그때, 정신을 차린 한스 아저씨가 벌떡 일어나더니 내 몸 곳곳을 살폈다.

"루나야, 괜찮니? 어디 다친 데는……?"

"저는 괜찮아요."

한스 아저씨는 크게 안도의 한숨을 내쉬었다.

그리고 사모님과 함께 사도에게 허리를 연신 숙이며 감사를 전했다.

"정말 감사합니다. 사도님이 아니었다면 저희 가족은 아마 오늘 죽었을 겁니다."

"따님 덕분입니다. 감사 인사는 제가 아니라 따님께."

"사실 루나는 저희 딸은 아닙니다. 딸처럼 귀히 여기기는 하지만요."

그 말에 사도는 이해했다는 듯이 고개를 끄덕였다.

"선행은 언젠가 보답받습니다. 아마 앞으로 여관이 더 번

창할 것 같군요. 음식이랑 술이 아주 맛이 좋습니다. 리멘님께서 여러분들을 아주 예뻐하실 것 같네요. 아, 그리고 이건 오늘 제가 먹은 음식값입니다."

그는 품에서 돈주머니를 꺼냈다.

그러자 한스 아저씨가 손을 내저으면서 고개를 가로저었다.

"아닙니다. 생명의 은인께 저희가 어떻게 돈을……."

"어허, 리멘 교단의 성직자들이 가장 중요시 여기는 원칙이 있지요. 어떠한 경우에도 정당한 대가를 지불할 것. 이 돈 안 받으시면 저는 리멘님께 죄를 저지르게 되는 겁니다."

그는 한사코 거절하려는 한스 아저씨의 손에 돈주머니를 쥐여 준 다음, 다시 나를 바라보았다.

가까이서 보니 그의 검은색 눈동자가 더 반짝거리는 것 같았다.

"이름이 루나라고 했지?"

"……네."

"나는 김시우라고 해."

"김……시우?"

어쩐지 발음하기 힘든 이름.

그러나 나는 그 이름을 머릿속에 한 글자 한 글자씩 집어넣었다.

"다음에 다시 볼 수 있으면 또 보자."

"저, 다시 볼 수 있을까요?"

"리멘님께서 인도하신다면."

가볍게 내 어깨를 두드린 사도, 아니 시우 님은 천천히 여관에서 걸어 나갔다.

……정말 저 사람을 다시 만나는 날이 올까?

아니지.

이렇게 걱정하는 것보다 훨씬 빠른 방법이 하나 있다.

나는 몸을 돌려서 한스 아저씨를 바라보았다. 그리고 그 어느 때보다 큰 목소리로 말했다.

"저, 목표가 생겼어요."

"응? 갑자기?"

"리멘 교단의 성직자가 되려면 어떻게 해야 해요?"

목표가 없던 인생에 처음으로 목표가 생긴 순간이었다.


그리고 그 목표는 얼마 뒤에 마법, 아니 기적처럼 이루어졌다.

어느날 갑자기 리멘 교단에서 나를 찾아왔고, 내 동생들과 함께 교황청에 오지 않겠냐는 제안을 했다.

나는 기꺼이 그들의 제안을 수용했다.

내 인생에서 처음으로, 내 스스로가 내린 결정이었다.

내 두 번째 이야기는 그때부터 시작되었다.

리멘 교단에 들어온 이후, 내 인생은 정말 180도 바뀌었다.

일단 가장 크게 달라진 점은 '내일 뭐 먹지?'를 고민 안 해도 된다는 점.

내 동생들은 교단이 운영하는 학교에 다니면서 교육을 받을 수 있었으며, 예전과는 비교도 할 수 없을 만큼 풍족하게 지낼 수 있게 되었다.

아, 그리고 나에게도 아주 큰 변화가 있었다.

시우 님이 나를 보고 어린 소녀라고 오해했을 정도로 작았던 키가 부쩍 커졌다.

어렸을 때 많이 못 먹어서 키가 작았던 건지는 모르겠다만, 아무튼 나조차도 내 스스로를 몰라볼 정도로 키가 커졌다.

그래서일까?

시우 님을 다시 만났을 때, 시우 님이 나에게 이런 말을 했었다.

—나는 김시우라고 해. 잘 부탁한다.

처음에는 일부러 나를 모르는 척하는 거라 생각했었다.

원체 장난기가 많은 사람으로 보였으니까.

그러나 곧 나는 정말로 그가 나를 못 알아본다는 것을 깨달을 수 있었다.

고개를 갸웃거리며 '우리 어디서 본 것 같은데?'라는 말을 하더라니까?

"내가 진짜 그랬어?"

"진짜 그랬다니까요. 얼마나 어이가 없던지."

"그러면 처음부터 말했어야지. 나는 그때 당신이 구해 줬던 그 애다, 선지자가 되어서 나타났다. 그렇게 말했으면 단번에 이해했잖아."

"그걸 꼭 말을 해야 알아듣는 것도 참 대단하시네."

나는 성하가 던진 술병을 잡으면서 한숨을 푹 내쉬었다.

우리를 지긋지긋하게 괴롭혔던 전쟁이 드디어 끝났다.

성하가 루시퍼의 목을 뜯어 버렸고, 정말 오래간만에 성하와 레오, 이렇게 셋이서 술을 마시고 있었다.

우리 뒤로 셀 수 없이 많은 마수와 마족 들의 사체가 쌓여 있었지만, 우리 모두 딱히 개의치 않았다.

우리는 살아남았고, 결국에는 이겼다.

이거면 안주 없이도 하루 종일 술을 마실 수 있는 자랑거리지.

"그나저나 이 술은 어디서 나셨어요?"

"아, 그거? 지난번에 왕국 친구들 보급으로 왔던 거 슬쩍했지. 왕가에서 즐겨 마시는 술이라던데?"

"이제는 남의 것 훔쳐 왔다는 것도 당당하게 말씀하시네."

"훔쳤다니, 대놓고 가져간다고 했어."

"자랑이다, 자랑이야."

그나저나 비싼 술이라서 그런가?

입에 아주 쫙쫙 달라붙는다.

나는 한 모금 마신 후 다시 성하에게 던졌다.

성하는 씨익 웃으면서 술병을 잡았다. 그러고는 그 독한 술을 벌컥벌컥 들이켰다.

빈속에 저렇게 먹으면 속 망가지는데.

……뭐, 우리야 저렇게 하루 종일 마셔도 상하지는 않겠지.

성하는 우리 중에서도 특히 괴물이니까.

"그런데 루나야."

"네."

"너, 옛날에 성격이 좀 다르지 않았냐? 처음 여관에서 봤을 때만 하더라도 좀 수줍어했던 것 같은데."

"그건 성하 앞이니까 그랬던 거구요."

"아, 그래? 그럼 이게 원래 성격?"

"그렇다고 보면 되죠."

"내가 괴물을 깨웠구나, 괴물을 깨웠어, 쯧."

정확히는 성하 때문에 성격을 다 버렸다.

아니, 늦깎이로 교단에 들어와서 맨날 성하와 함께 전장에서 싸웠는데 성격이 안 망가지고 배겨?

그리고 솔직히 나 정도면 성격 나쁜 게 아니다.

성하에 비하면 말이다.

"이제 다 끝났으니까 뭐 하실 거예요?"

"끝나긴 뭐가 끝나? 교통정리 한번 싸악 해 주고, 돌아갈 준비 완벽하게 해 둬야지."

책임감.

항상 장난기가 가득하긴 해도 이 남자에게선 강한 책임감이 느껴진다.

아마 사람들이 모두 성하를 따르는 이유가 거기에 있을 것이다.

아무리 강하더라도 강함만으로 사람을 끌어당길 수는 없다.

힘으로 누를 수야 있겠지만, 그건 충성이 아니라 복종이다.

그러나 이 남자는 함께 있는 것만으로도 모두를 끌어당긴다.

사람들은 그의 힘에 매료된 것이 아니라 그저 그에게 매료되었을 뿐이다.

그것은 나 역시 마찬가지였다.

사랑이라고 하기에는 애매한 이 감정을 나는 그저 '흠모한다'라고 하기로 했다.

"지구로 돌아가면 저나 불러 주세요."

"그건 이제 내 능력 밖의 일인데. 네 동생들은 어떻게 하고?"

"애들이야 뭐 이제 각자 먹고살 수 있을 만큼은 컸잖아요? 교단에서 일자리를 구하든지…… 다들 교육도 잘 받고 해서 대륙 어딜 가도 사람 구실은 할 거예요. 언제까지 제가 애들을 챙겨 줄 수도 없잖아요."

"그렇지. 아, 내 동생들도 제구실하면서 살고 있겠지?"

그의 목소리에서 그리움이 진하게 묻어 나왔다.

나는 주머니에서 육포를 꺼내서 질겅질겅 씹었다. 그리고 넌지시 그에게 말했다.

"성하를 닮았다면 잘하고 있겠죠, 뭐."

"시연이는 나 안 닮았거든. 나 안 닮아서 아주 귀엽고 예뻐."

"뭐, 성하도 비주얼은 나쁘지 않아요."

"……네 입에서 그런 말도 다 나오고. 내일 세상이 멸망하려나?"

"내일 멸망하려는 걸 성하가 막으셨거든요."

"아, 그러네."

우리는 그렇게 실없는 농담을 주고받으면서 승리를 자축했다.

이곳에는 성대한 개선식도, 막대한 전리품도 없었지만 우리는 이걸로 충분했다.

살아남아서 서로 농담을 주고받는 것.

지옥과도 같았던 지난 세월 동안 우리를 버티게 해 줬던 마지막의 여유.

나는 마지막일지도 모르는 이 여유를 있는 힘껏 만끽했다.

이 세계에 계속 남아 주면 안 되냐는 말은 끝까지 목구멍 너머로 삼켰다.

성하의 그리움과 외로움이 얼마나 깊은지 누구보다 잘 안다 자부했기에, 차마 성하에게 그 말을 할 수가 없었다.

내가 지금 할 수 있는 것은 그저 이 승리를 함께 즐기는 것뿐.

"루나야."

"왜요?"

"나중에 너 결혼할 때 연락해라. 리멘에게 간절히 기도를 올리면 나에게 전해 줄 거야. 너랑 레오, 둘이 결혼한다고 하면 꼭 올게. 어떻게든 되지 않겠냐?"

"약속 꼭 지키세요?"

"그럼, 내가 언제 거짓말하는 거 본 적 있냐?"

활짝 웃으면서 말을 건네는 그를 빤히 바라보았다.

성하를 향한 나의 감정이 무엇이었는지 여태까지 참 고민 많이 했는데, 이제야 그 감정이 무엇인지 깨닫는다.

사랑?

아니.

사랑 같은, 그런 이성으로서의 감정이 아니었다.

이 사람은 나에게 새로운 인생을 선물했으며, 새로운 목표를 선물해 준 사람.

그리고 무엇보다.

"……내가 가장 닮고 싶었던 사람."

어떻게든 닮아 가고 싶었던 사람.

지난 긴 고민 끝에 겨우 내 감정을 확신한다.

"성하."

"왜?"

"아니다, 그냥 불러 봤어요."

나는 지금까지 그를 동경해 왔던 것이다.

나의 구원자.

나의 영웅.

나라는 사람의 운명을 통째로 바꿔 준 그를, 어떻게 동경하지 않을 수가 있을까?

언젠가 그에게 이 은혜를 보답할 수 있는 기회가 주어졌으면 좋겠다.

그가 나를 필요로 한다면, 언제든지 달려가 목숨까지 바칠 것이다.

나는 성하의 얼굴을 바라보면서 슬며시 미소를 지었다.

❧

"오빠는 에덴에서도 멋있었네."

"성하가 무심한 편이라서 그렇지, 성하한테 하루에 편지가 몇 통이나 왔었는지 알아? 각 왕국 귀족들부터 시작해서…… 어우, 편지에 묻은 향수 냄새 때문에 집무실이 아주 그냥 어지러웠다니까?"

"원래부터 그렇게 무심했었어요?"

"어."

나는 눈앞에서 한숨을 푹푹 내쉬는 귀여운 상큼이를 바라보면서 고개를 끄덕였다.

설화.

첫 만남은 별로였지만 그래도 이제는 꽤 친한 친구가 된 설화.

이 귀여운 녀석은 아까 전에 죽상이 된 얼굴로 내 집에 찾아왔다.

한 손에는 술 한 짝, 한 손에는 성하의 청첩장을 든 채로 말이다.

집에 막무가내로 쳐들어와서는 아무 말 없이 소주로 병나발을 불더라.

이 녀석이 왜 이러는지는 잘 안다.

"나한테 기회는 줄 만했잖아. 내 딴에는 호감 있는 티를 냈던 것 같은데……."

"그럼 지금이라도 한번 들이대 보는 건?"

"언니, 미쳤어요? 유부남한테까지 들이댈 정도로 막 나가 진 않거든요! 그리고 경쟁자가 인간이 아닌데 내가 어떻게 이겨? 출발선부터 달랐다구요, 출발선부터."

설화가 성하에게 이성적인 호감이 있었다는 건 진즉에 알 고 있었다.

성하와 함께 있을 때면 유독 애가 민감해지더라.

아마 성하는 그런 거에 둔감한 편이라 눈치를 못 챘을지도 모른다.

"아쉽다는 거죠, 뭐. 호감이 있었던 거지, 오빠가 아니면 안 된다, 그런 건 아니었으니까."

"정신 승리 좀 추하다?"

"에휴, 그래도 청첩장 받았으니 참석하긴 해야겠죠?"

"부담스러우면 안 와도 돼."

나는 내 앞에 있던 소주잔에 소주를 채워 넣은 후, 가볍게 목으로 넘겼다.

성하와 리멘님의 결혼식이 어느덧 일주일 앞으로 다가왔 다.

지난번에는 성하가 비하인드 스토리를 말해 줬었는데 말

이지.

"언니."

"왜?"

"결혼식이 좀 급한 감이 있는데, 혹시 그 이유 알아요?"

"아, 그거?"

당연히 알지.

"사고지 뭐."

"사고?"

"네가 생각하는 그 사고 맞아."

솔직히 처음에는 나도 믿기 힘들었다.

성하와 리멘님이 사고를 쳤을 줄이야.

아니, 지난번에 집무실에 용무가 있어서 들렀는데 항상 열려 있던 문이 잠겨 있을 때부터 알아봤어야 했다.

아니, 세상에 그 누가 성하랑 리멘님이 사고를 칠 줄 알았겠어?

솔직히 말하자면 리멘님이 임신을 한 것부터가…… 그게 되나?

……생각해 보니까 말이 되긴 한다.

리멘님은 전지전능하신 분이니까.

하여튼 그래서 이리 급하게 결혼식을 준비하셨다.

결혼식은 지난번 채아 씨의 결혼식처럼 성대하게 치러지진 않을 예정이라고 한다.

가까운 지인들만 초대해서 결혼식을 올릴 예정이라고.

리멘님에게 쏟아질 관심을 배려한 성하의 선택이기도 했다.

"나는 솔직히 성하가 나보다 먼저 결혼할 줄은 몰랐다?"

"왜요?"

"여자에게 관심이라곤 1도 없는 사람이잖아. 얌전한 고양이가 부뚜막에 먼저 올라간다더니만, 이게 딱 그 꼴 아니야?"

내 말에 설화는 퉁한 표정으로 나를 쳐다보았다.

그러더니 한숨을 푹 내쉬면서 말했다.

"당연히 여자에 관심 없을 만하죠."

"왜?"

"언니라면…… 리멘님 얼굴 본 이후로 다른 여자들이 눈에 들어왔겠어요? 나라도 안 그랬겠다."

……얘는 마법사라서 그런가?

정말 논리적이다.

하긴.

나 같아도 리멘님이 있는데 다른 여자들은 눈에도 안 들어오겠다.

나도 처음 리멘님의 실물을 영접했을 때는 너무 아름다우셔서 기절할 뻔했다니까?

"제가 원래 지는 싸움은 시작도 안 하는 편이거든요."

"그래서?"

"오빠가 리멘님 소개해 준 날, 그때 이미 마음 깔끔하게 접었어요. 넘볼 걸 넘봐야지. 인간이 여신을 어떻게 이겨?"

"그래그래, 한잔해라."

그 이후 나는 한참 동안을 설화의 술주정을 받아 주면서 시간을 보냈다.


그렇게 얼마나 시간이 흘렀을까?

마침내 주량의 한계치까지 돌파한 설화는 바닥에 엎어져서 잠을 청했고, 나는 잠시 자리에서 일어나 창문으로 향했다.

창문 밖에는 아름다운 서울의 야경이 펼쳐져 있었다.

에덴에서는 즐길 수 없는 야경.

곳곳에 밝혀진 조명이 눈앞을 수놓는다.

그리고 그 조명의 끝에 은은한 빛을 머금은 신전이 자리 잡고 있었다.

나는 냉장고에서 차가운 맥주 한 캔을 꺼내 왔다.

그리고 그 야경을 안주 삼아 한 모금 들이켰다.

"……좋네."

리멘님의 배려 덕분에 얼마 전에 동생들의 얼굴을 보고 왔다.

다들 내가 예상했던 대로 사람 구실 하면서 잘살고 있더라.

배가 고프다고 징징거리던 것들이 언제 그렇게 컸는지.

성하는 내가 언제든지 돌아가도 좋다고 말했지만, 사실 나는 이 세계가 좋다.

내가 동경하는 사람의 고향.

언제나 나를 반갑게 맞이해 주는 시연이가 있어서 좋고, 놀리는 맛이 쏠쏠한 인욱이도 있어서 좋다.

볼 때마다 뭐 좀 사 먹으라고 용돈을 주는 성하네 할머니도 좋고…… 아니, 그냥 이곳에 있는 사람들 모두가 좋다.

나를 기꺼이 가족으로 받아들여 주는 그 사람들이 너무나도 좋다.

"후우."

그리고 이 세계에는 내가 동경하는 영웅이 있다.

그것만으로 내가 이 세계를 사랑할 이유는 충분하지 않을까?

예전에는 하루하루가 지옥 같고 힘들었지만, 이제는 당당하게 말할 수 있다.

"……나도 남자 친구나 한번 찾아볼까."

어쩌면 내 인생 세 번째 이야기의 실마리도 함께 찾을 수 있을지도?

나는 피식 웃으면서 맥주 캔을 구긴 다음, 옆에 있던 분리수거 통에 던져 넣었다.


누가 나에게 지금 행복하냐고 묻는다면, 나는 아주 당당하게 답할 것이다.

나는 지금 너무나도 행복하다고.

내 인생은 축복받은 인생이라고.

세상에서 가장 크게 웃으며, 그렇게 답할 것이다.

## 외전 5. 어쨌거나 해피 엔딩!

나와 리멘은 할머니 앞에서 고개를 푹 숙이고 있었다.

그럴 수밖에 없었다.

이건 마치 드라마에 등장하는, 속도위반을 하고 부모님께 이실직고하는 그런 자리…….

"그러게 내가 진작에 결혼식부터 하랬잖니. 하여간에 우리 집안 어? 우리 집안 전통을 깨뜨리지 않아요. 어휴, 속 터져 정말. 효자 나셨네, 효자 나셨어! 나는 이 결혼 태어날 때부터 찬성했으니까 당장 결혼해라."

……가 아니라, 할머니로부터 빠른 결혼을 명령받는 자리가 되었다.

이 일의 시작이 어떻게 되었냐면 말이다.

-리멘 : 시우.

　-나 : 응?

　-리멘 : 나 임신했어.

　-나 : ……응?

　-리멘 : 아무래도 인간의 몸으로 현신한 것 때문에 그런
가 봐. 다행이지? 헤헤.

　-나 : 다…… 다행이네.


　이렇게 되었다.

　나와 함께하고 싶은 것도 모자라, 스스로 인간의 몸으로
현신하신 리멘님께서 만들어 낸 탄생의 기적에 나는 정말 감
탄을 금치 못했다.

　어제 산부인과에 다녀왔는데 벌써 7주라고 하더라.

　우리 리멘님 참 대단하지 않은가?

　보통 신이라면 그 정도는 알고 있어야 하는 거 아닌가?

　이로써 그리스 로마 신화의 이야기가 마냥 허구가 아니었
다는 것이 증명된 셈…… 아니, 지금 중요한 건 이게 아니지.

　하여튼 임신 사실을 확인한 우리는 부랴부랴 결혼 준비를
시작했다.

　아무리 우리 집안 전통이 결혼 전에 사고 치는 거지만,
결혼식은 해야 하지 않겠어?

　결혼 준비의 첫 단계가 바로 이거다.

가족들의 허락을 받는 거.

할머니는 그럴 줄 알았다는 듯이 고개를 절레절레 내젓고 있었고, 인욱이랑 시연이는 눈이 초롱초롱했다.

"와…… 우리 조카 생기는 거야? 이렇게나 빠를 줄은 몰랐네."

"내 소원 들어줬다!"

보통 사고를 치면 잔소리 한 번씩은 해 줘야 하는데, 이건 뭐 축제 분위기다.

특히 시연이는 얼마나 방방 뛰는지 머리가 천장에 닿을 지경이다.

요새 운동 많이 했나?

신체 능력이 부쩍이나 큰 것 같다.

나는 멋쩍게 웃으면서 말했다.

"어쨌든…… 결혼을 허락받으려고…….'

"허락이고 자시고, 당장 해라."

"아, 결혼식에 관해서도 드릴 말씀이 있습니다. 아무래도 저도 그렇고, 리멘도 그렇고. 두 사람 다 신분이 있는지라…… 지인만 초청해서 간소하게 결혼식을 올릴까 합니다."

첫 번째 고비.

스몰 웨딩.

우리에게 있어서 스몰 웨딩은 선택이 아니라 필수다.

우리가 대놓고 결혼식을 해 봐라. 서울의 기능이 마비될지도 모른다.

게다가 리멘의 정체에 관한 온갖 찌라시들이 퍼져 나갈
터.

그 꼴을 볼 수는 없다.

아무래도 어른들에게는 스몰 웨딩이라는 게 거부감이 느
껴질 수밖에 없다.

일생에 한 번뿐인 행사.

당연히 더 좋은 곳에서 시키고 싶은 것이 가족 마음 아니
겠…….

"당연히 그렇게 해야지. 시우 너, 손주며느리를 얼마나 고
생시킬 작정이었던 게야? 지인들이랑 친구들만 불러 모아
라. 소란스럽게 치를 필요 하나도 없다."

"이렇게 쉽게? 할머니, 왜 그래?"

"시우 네 생각은 사실 안 중요하고……. 그래, 우리 손주
며느리, 며느리 생각은 어때?"

그러자 가만히 있던 리멘이 웃으면서 고개를 끄덕였다.

"저도 시우랑 같은 생각이에요, 할머니."

"그래, 그러면 됐다. 두 사람이 합의가 된 사항이니까 내
가 딱히 말할 건 없어."

언제나 느끼는 거지만 우리 할머니 성격 참 쿨하다.

그래서 좋다.

담백하고 간결한 화법.

우리 교황님좀
말려 주세요

할머니가 동의했으니 나머지 가족 역시 마찬가지였다.

"헤헤, 오빠 결혼식 날 이쁜 옷 입어야겠다."

시연이는 기분이 좋아 보였고, 인욱이는 음흉한 미소를 지으면서 말했다.

"형, 나 좋은 아이디어 하나 있어."

"녹화해서 미튜브에 올리겠다는 아이디어라면 지금 당장 폐기하는 게 좋을 거야. 이단심문관들이 널 찾아가겠지. 형이 아무리 교황이라도 이단심문관들을 막을 수는 없을걸."

"……주워 담겠습니다. 죄송합니다."

"그래."

요새 점점 더 미튜브의 악귀가 되어 가는 인욱이.

프로페셔널하다고 할 수도 있겠다.

그리하여 '시우와 리멘의 결혼식'이라는 가족 회의 안건은 찬성 세 표로 만장일치로 통과되는 듯 보였다…….

**"나한테는 왜 안 물어봐. 주인? 나는 가족 아니야?"**

갑자기 나타나서 하악질을 해 대는 우리의 백설이.

나는 한숨을 푹 내쉰 다음, 백설이를 향해서 말했다.

"그래, 백설아. 너는 찬성이니?"

**"결혼 기념 특제 츄르만 만들어 준다면."**

"내 결혼식이지 네 결혼식이냐?"

**"리멘니이이임."**

내가 안 넘어오자 곧바로 타깃을 전환하는 백설이.

리멘은 자신의 품으로 뛰어드는 백설이를 껴안아 준 후, 백설이의 등을 쓰다듬어 주었다.

"특제 츄르 만들어 줄게. 그러니까 찬성하는 거다?"

"찬성! 대찬성!"

리멘은 참 착해서 탈이라니까?

백설이 저놈 살찐 거 봐라.

좀 굶겨야 정신을 차릴 것 같은데 말이지.

"그럼 이 할미도 한복을 새로 맞추러 다녀와야겠구나. 라파르트 대주교 좀 빌리마. 아, 그리고 가는 길에 식 날짜부터 최대한 빠르게 잡아 오마."

"연애 전선 이상 없으세요?"

"갈 날 얼마 안 남은 사람끼리 뭔 일이야 있겠니?"

사랑으로 넘쳐 나는 리멘 교단이다.

나는 리멘의 손을 슬며시 잡으면서 미소를 지었다.

"가족들은 해결했고…… 근데 아직 큰 산이 몇 개 남긴 했어."

"그러게. 애들한테는 뭐라고 말하지?"

참고로 리멘의 저 '애들'이라는 단어는 라파르트 대주교부터 시작해서 루나, 레오 등등을 모두 포함한 것이다.

루나나 레오는 그렇다고 쳐도 라파르트 대주교까지는……. 흠, 참 적응이 안 되는군.

나랑 리멘이랑 결혼하면 족보가 어떻게 되는 거지?

라파르트 대주교도 내 애가 되는 건가?

"어우."

상상만 해도 소름 끼친다.

"나랑 결혼할 사람이 자식이 너무 많은 것 같은데?"

"걱정하지 마. 결혼은 나도 처음이니까."

우리는 서로 농담을 주고받으면서 고개를 끄덕였다.

자, 이제 가족 설득은 끝났으니 다음 단계로 넘어가자.

나는 전화기를 꺼내면서 할머니에게 말했다.

"할머니."

"오냐."

"회의 좀 하고 나서 라파르트 대주교 보내 줄게."

"그러렴. 당장 급한 건 아니니까."

다음 단계는 동료들에게 결혼식을 하게 되었다고 전달하는 거다.

교단의 간부들뿐만 아니라, 리덴 교단의 동맹으로서 함께해 온 동료들.

오래간만에 집무실에서 회의를 제대로 열겠구만.

뚜우우.

전화기 너머로 잠시 연결음이 들린 후, 라파르트 대주교의 목소리가 들려왔다.

─전화받았습니다.

"2시간 뒤, 신전의 집무실에서 토의할 긴급 안건이 있습니다."

　–소집 대상은…….

"리멘 교단의 간부, 그리고 리멘 교단의 동맹. 전원 소집입니다."

　–알겠습니다.

다들 놀라지 않겠지?

⁂

2시간 뒤, 신전의 집무실.

레오와 루나를 비롯한 리멘 교단의 인원들부터 시작해서 민수 씨랑 설화, 최 대표까지.

리멘 교단과 우호적인 관계를 맺고 있는 인원들까지 모두 모였다.

아, 그리고…….

"장관님을 부른 건 아닌……."

"대한민국 정부는 리멘 교단의 동맹으로서 항상 노력하고 있습니다. 섭섭합니다. 그리고 긴급 안건이라면 안보 위협이겠지요? 마왕의 잔존 세력이 나타난 겁니까? 아니면 고대 신이?"

"……아니, 그런 게 아니라."

우리의 혈기 왕성한 이능관리부 장관, 김동식 장관님께서도 집무실에 참석하셨다.

나는 슬쩍 라파르트 대주교를 째려보았고, 라파르트 대주교는 고개를 숙이면서 말했다.

"긴급한 안건이라 하셔서."

"따지고 보면 안보와도 관련이 없지는 않으니까…… 좋습니다. 정부에서도 알고 있어야 하니까요. 일단 다들 앉으시죠."

그러자 서 있던 이들 모두가 착석했다.

어떻게 이야기를 해야 할까?

입이 잘 안 떨어지니까 그냥 직설적으로 말해 버리자.

"여러분들께 전달할 이야기가 하나 있습니다. 놀라지들 마시고…… 저 결혼합니다. 날짜는 아직 정해지지 않았구요."

결혼.

그 단어는 그 어느 때보다 강력한 파급력을 가져오…….

"그게 긴급 안건입니까?"

"에라이."

"에휴."

……지는 않았고, 오히려 강한 반발만 낳았다.

설화가 가장 먼저 한숨을 내쉬었고, 최 대표랑 에이든은 탁자를 쾅 두드렸다.

특히, 에이든이 짜증을 냈다.

"그거 자랑하려고 우리 불러 모은 거야? 내가 인생의 선배로서 말해 주지. 당장 그 생각 버려라. 결혼은 인생의 완성이 아니야! 결혼은……."

그때였다.

"에이든."

리멘이 부드럽게 웃으면서 에이든의 이름을 불렀다. 그러자 에이든이 몸을 가볍게 떨었다.

수천 수만의 적들 앞에서도 떤 적 없던 에이든이 두려움을 느낄 줄이야.

리멘의 눈빛을 마주한 에이든은 재빠르게 태세를 전환했다.

"……결혼은 인생의 완성이 아니라 인생, 그 자체다. 축하한다, 시우."

"고맙다."

"예전부터 둘이 너무 잘 어울린다는 생각을 했다. 부부일심동체라는 말이 있다지? 그 말이 딱 맞아. 둘은 최고의 커플이다."

미친개가 저렇게 숙이는 것도 신기할 노릇이다.

본인 스스로를 '갓 슬레이어'라는 웃기지도 않는 별명으로 불렀던 놈이 리멘 앞에서는 정말 얌전해진다.

역시 리멘이야.

"저, 성하, 한 가지 여쭤볼 것이 있습니다."

레오가 손을 들면서 질문을 시작했다.

"교단의 교리에 따르면 교황은 결혼할 수 없는……."

그 질문에 대한 답은 역시나 리멘의 몫이었다.

"그 교리는 얼마 전에 삭제되었답니다, 레오 대주교. 혹시 불만이 있나요?"

"알……겠습니다."

신이 직접 교리를 삭제했는데 불만을 가질 사람이 어디에 있겠어?

그다음 질문은 루나의 차례였다.

루나는 음흉한 표정으로 나에게 물었다.

"결혼을 서두르는 것 같은데, 두 분 혹시?"

"……그렇게 되었습니다."

그러자 순식간에 소란스러워지는 집무실 내부.

집무실 내부에서도 가장 신이 난 건 다름 아닌 김동식 장관이었다.

"오오오! 축하합니다! 이건 정말 대한민국의 경사로군요."

"아니, 왜 김 장관님이 제일 기뻐합니까?"

"두 분 모두 한국인이시고, 자제분 역시 한국 국적을 취득하지 않겠습니까? 이보다 기쁜 일이 있을 리가요, 하하!"

장관이 되더니 진짜 정치인이 되어 버린 것 같은 김동식 장관.

그 짧은 시간에 계산을 거기까지 했다는 것도 참 대단하다.

"결혼식은 어떻게 하시겠습니까? 원하신다면 청와대까지 대관해 드릴 수 있습니다. 결혼식 비용 역시 정부에서 모두 부담하는 형식으로……."

"결혼식은 딱 이곳에 모인 분들만 초대해서 간소하게 치를 예정입니다. 부담스러워요."

지금 내 결혼식을 국제적 외교의 장으로 사용할 생각이었지?

어림도 없다, 이 양반아.

자리가 사람을 만든다더니, 어째 날이 가면 갈수록 유선호 전 장관을 닮아 간다니까?

나는 다른 사람들을 둘러보며 말을 이어 갔다.

"이 자리에서 모이신 분들을 비롯하여 각 성기사단의 단장급과 총주교회 산하의 대주교급까지만 참석하게 될 것 같습니다. 에덴에도 청첩장을 보낼 겁니다. 바예르 총대주교와 아무르 교황 내정자가 초대 대상입니다."

결혼식 장소는 당연히 이곳, 서울 성지다.

바티칸 쪽에도 청첩장을 하나 보낼 거고, 미국 정부와 일본 정부 측에도 한 장씩 보낼 거다.

"오늘부터 당분간 결혼식 준비에 치중하도록 하겠습니다."

내 말에 다들 고개를 끄덕였다.

"결혼식 전에 청소를 열심히 해 둬야겠군요."

레오는 외눈 안경을 주머니에 집어넣으면서 고개를 끄덕였다.

레오가 저렇게 말하고 나면 항상 피바람이 불었던 것 같은데…….

뭐, 알아서 잘하겠지?

그렇게 해서 리멘 교단은 모두가 힘을 모아서 디멘션 클로징 이후 최대의 작전에 돌입했다.

작전명 '우리 결혼했어요'.

나는 리멘의 손을 꼭 잡으면서 활짝 미소를 지었다.

내 일생일대의 이벤트가 시작되고 있었다.

❖

결혼을 선언하고 난 뒤부터 리멘 교단은 전력을 다해 결혼식 준비를 시작했다.

할머니가 받아 온 날짜는 불과 석 달 뒤.

원래라면 신부도 드레스를 맞추고 식장을 예약하고, 족히 1년은 소요되는 일이었겠으나…… 리멘 교단에는 그런 건 없었다.

"페어리들이 모두 힘을 합쳐서 만들어 낸 웨딩드레스 준비 완료!"

"최신 트렌드인 주례 없는 결혼식 준비 완료!"

"사회자로 행사의 프로페셔널, 민수 씨 준비 완료!"

모든 절차가 완료되기까지 소요된 시간은 불과 한 달.

나는 딱 꼬집어 바티칸, 미국, 일본, 중국 이 네 곳의 사절만 초청했다.

다른 나라에 청첩장을 보냈다가는 진짜 UN을 방불케 하는 정상급 회담이 펼쳐질 수 있기 때문이다.

참석 조건도 나름 깐깐하게 제한했다.

무조건 장관급으로.

아마 각국의 외교부 장관급만 초청되어 우리를 축하해 줄 것이다.

그렇게 해서 대충 하객진은 완성되었고…… 시간은 빠르게 흘러, 대망의 결혼식 날이 찾아왔다.

너무 빨리 시간이 흐르는 것 아니냐고 묻는다면 딱히 할 말이 없다.

아무것도 안 한 것처럼 보여도 신혼집 마련하랴, 부랴부랴 신혼여행 갈 곳도 찾아보랴.

진짜 정신이 1도 없었다.

"후우."

나는 턱시도의 매무새를 정리하면서 크게 숨을 내쉬었다.

그러자 옆에서 나를 지켜보고 있던 레오가 조심스레 말했다.

"성하, 턱시도가 제법 잘 어울리시는 것 같습니다."

"그래?"

"예. 매일 검은색 사제복을 입은 것만 보다가 턱시도를 보고 있으니 기분이 새롭습니다. 아, 리멘님의 드레스는 보셨습니까?"

"드레스 이야기 하지 마."

"어찌하여……."

"리멘이 드레스 입은 모습 보고 나서부터는 심장이 아파. 떠올릴 때마다 죽을 것 같아. 아름다움에 숨 막혀 죽는 기분이 뭔지 알아?"

내 주접에 레오는 한숨을 푹 내쉬었다.

그러더니 곧 나에게 허리를 숙이면서 말했다.

"저는 가서 축의금이나 기록하고 있겠습니다."

"엥? 그건 인욱이랑 루나가 맡는다면서?"

신랑 측은 인욱이가.

신부 측은 루나가.

이렇게 축의금을 받기로 했다.

아, 참고로 리멘 교단에 속한 모든 인원들의 축의금은 신부 측으로 기록하기로 했다.

따지고 보면 리멘 신도의 축의금은 리멘의 것이 맞잖아?

"성하께서는 레벤톤 경을 믿으십니까?"

"에이, 설마. 루나가 추잡하게 그런 짓까지 하겠어?"

"농담입니다. 성하께서는 이제 손님들을 맞이하셔야지요.

그럼 저는 이만. 이따 식 때 뵙겠습니다."

레오의 말대로 슬슬 손님들을 맞이할 시간이다.

나는 고개를 끄덕인 후, '신랑 대기실'로 꾸며져 있던 집무실에서 나와 신전의 입구로 향했다.

찬란한 신성석과 조명으로 아름답게 수놓인 신전 내부.

곳곳에 예쁜 꽃잎들이 뿌려져 있었으며 그 사이사이에서 페어리들의 웃음소리가 들려왔다.

그 통로를 걸어서 밖으로 향했다.

때마침 첫 번째 하객님께서 막 현장에 도착하셨다.

"유부남이 되는 기분은 어때? 시우, 내가 이제 네 선배다. 앞으로 결혼 생활에 있어서 궁금한 점이 있으면 나에게 물어보도록."

"와 줘서 고맙다."

대망의 첫 하객은 에이든.

꼴에 어울리지 않게 첫 하객이 되겠다고 아침 일찍부터 나와서 기다리고 있었다.

에이든은 호탕하게 웃으면서 말했다.

"축의금은 따로 가져오지 않았고, 대충 휴양지에 있는 별장 몇 개 정도 챙겨 줄까 하는데. 어떻게 생각하냐?"

"오, 어딘데?"

"하와이, 괌, 발리 등등 네가 원하는 곳 있으면 말해 봐라."

이 야만인 자식.

부동산의 부 자도 모를 것 같은 놈이 이런 재주가 있었다고?

나는 이런 걸 사양하지 않는다.

"다 줘."

"오, 그런 방법이 있었군. 알았다. 먼저 들어가서 가장 앞에 앉아 있어야겠어."

그래도 눈치는 있는 놈이라 말은 길게 하지 않고 조용히 안으로 들어갔다.

그리고 곧장 나타나는 다음 손님.

"하하! 교황님, 결혼 진심으로 축하드립니다. 우리 대한민국 정부의 화환이 '첫. 번. 째'로 도착했다는 점, 잊지 말아 주십시오."

바로 이능관리부의 김동식 장관이었다.

두 번째라.

참 부지런한 사람이라니까?

듣자 하니 성지 앞에서 텐트를 치고 잤다는데…… 장관이 된 데에는 이유가 있는 법.

나는 그와 가볍게 악수하면서 미소를 지었다.

"와 주셔서 감사합니다."

"대통령님께서 축의금 대신 다른 선물을 준비했다고 하셨습니다. 아무래도 축의금은 이래저래 뇌물처럼 보일 수 있는

지라…… 대신 다른 선물을 약속하셨습니다.”

“아, 그런 건 안 주셔도 되는데.”

“후후, 기대하셔도 좋을 겁니다. 그럼 저는 먼저 들어가 있겠습니다.”

서 대통령의 선물이라.

그것참 기대가 된다.

그렇게 김동식 장관도 안으로 들어갔고, 그다음은 민수 씨, 설화, 자현이 트리오였다.

요새 저렇게 셋이서 자주 모이는 것 같더라.

“축하드립니다, 교황님.”

“오빠, 결혼 축하해요.”

“형님, 진심으로 결혼을 축하드립니다.”

웃으면서 나에게 감사 인사를 건네는 셋.

보통 신랑은 결혼식 때 기억이 하나도 안 난다는데, 이쯤 되니 이유를 알 수 있을 것 같다.

하객을 많이 초청한 것도 아닌데 벌써부터 정신이 없다니까.

이러다가 인사하느라고 기운 다 빨리겠어.

“다들 고마워.”

그들에게 인사를 한 다음, 뭔가 이상한 기운들이 느껴져서 성지의 입구 쪽을 바라보았다.

그곳에서는.

"우리가 먼저다!"

"중국한테 질 수 없지."

"우리야말로 리멘 교단의 혈맹입니다! 동북아 전쟁에서 함께 피 흘리며 싸운-."

미, 중, 일의 외교 특사들이 이를 악문 채로 달려오는 중이었다.

저 사람들은 왜 내 결혼식에서도 저렇게 경주를 하는 걸까?

"스승님."

하지만 저 세 사람을 가볍게 이겨 버린 이가 있었으니.

바로 나의 제자, 그레이스였다.

그레이스는 나를 향해 고개를 숙이면서 말했다.

"결혼 축하드려요. 저희 교황님께서도 진심으로 축하하고 축복한다고 전해 달라 하셨습니다."

"진심으로 감사한다고 전해 드리렴."

"넵."

"오늘 끝나고 인욱이랑 놀다 갈 거지?"

여전히 인욱이랑 잘 사귀고 있는 그레이스.

내 질문에 그레이스는 활짝 웃으면서 고개를 끄덕였다.

"한 2주일쯤 있다가 가려구요."

"돌아갈 때 인욱이도 좀 데려가라. 유럽 여행도 시킬 겸 휴가나 주게."

"오, 좋은 생각. 그럼 저도 들어가 있을게요."

"그래."

그 뒤로 계속해서 하객들이 신전 내부로 들어왔다.

에덴에서 넘어온 바예르 총대주교와 아무르도 그중 일부였고, 그 밖에도 인연을 맺은 지인들이 속속 도착했다.

나름 스몰 웨딩이긴 한데, 몇몇 손님을 추가로 초청해서 그런가? 내가 예상했던 것보다 인원이 많았다.

그렇게 얼마쯤 시간이 흘렀을까?

라파르트 대주교가 나에게 슬쩍 다가와서 말했다.

"성하, 이제 곧 식을 시작할 시간입니다. 슬슬 들어가시지요."

"안 그래도 그럴…… 아, 잠깐만요. 초대받지 못한 손님이 한 분 오시는데요?"

나는 웃으면서 가만히 신전의 계단을 바라보았다.

계단을 타고 한 가족이 천천히 올라오고 있었다.

남자와 여자, 그리고 예쁜 여자아이 하나.

그 가족 중 남자의 얼굴이 특히 익숙했다.

"……라파엘."

꼭 초대하고 싶었던 친구.

리멘에게 라파엘도 초대하고 싶다고 말했었는데, 아무래도 리멘이 라파엘에게 방법을 알려 준 게 아닐까?

라파엘은 환하게 웃으며 나에게 다가왔다.

"오랜만에 뵙습니다, 교황님. 그간 잘 지내셨습니까?"

"어서 와요, 라파엘."

"결혼이라는 용감한 결정을 내리실 줄이야! 아! 이쪽은 제 아내와 딸입니다."

드디어 행복해진 것 같은 라파엘.

역시, 사람은 돌아갈 곳으로 돌아가야 행복해진다.

라파엘은 내 손을 꼭 잡으면서 말했다.

"다시 만나 뵙게 되어 정말로 기쁩니다."

"저두요."

"하지만 오늘의 주인공을 저 혼자 잡아 둘 순 없으니……
못다 한 이야기는 나중에 다시 하시지요."

그는 넉살 좋게 말하며 가족들과 함께 신전 안으로 들어섰다.

나는 멀어지는 라파엘의 뒷모습을 바라보며 슬며시 미소를 지었다.

나와 리멘의 결혼식.

말이 결혼식이지, 내가 여태까지 쌓았던 인연들이 얼마나 많은지 확인하는 장소인 듯하다.

내가 어떤 길을 걸어왔는지, 내가 어떻게 살아왔는지.

이 한 자리에서 모두 보인다고 해야 할까.

그래서 더할 나위 없이 기뻤다.

나를 축하해 주기 위해 기꺼이 이곳에 와 준 이들에게 감사했다.

"성하."

"아, 미안합니다, 라파르트 대주교."

"아닙니다. 이제 가시지요. 신부님께서 기다리고 계십니다."

자, 이제 오늘의 여주인공을 모시러 갈 차례다.

리멘이 나를 기다리고 있다.

세상에서 제일 아름다운 리멘이.

내가 봤던 중 제일 아름다운 모습으로.

그러니까 서두르자.

그녀의 숨 막힐 정도로 아름다운 모습을 조금이라도 더 눈에 담아 두고 싶으니까.

❧

"왜 나만 긴장한 것 같지?"

"시우가 긴장하는 건 또 처음 보네."

"아니, 리멘은 긴장 안 돼?"

"흐음, 난 별로?"

나는 리멘의 손을 잡은 채로 심호흡을 크게 내쉬었다.

아니, 아까 손님들 받을 때까지만 하더라도 이렇게 떨리진 않았는데…….

막상 결혼식이 시작된다고 하니까 손발이 떨리고 막……
어지럽다.

내 옆에는 순백의 웨딩드레스를 입은 리멘이 웃으면서 서
있었다.

웨딩드레스 위로 드러난 새하얀 어깨에 자꾸 눈길이 간다.

숨 막힐 정도로 아름답다는 표현은 정말 이럴 때 사용해야
한다.

신부 메이크업까지 완벽하게 끝내서 그런가?

정말 너무나도 아름다웠다.

"확실히 화장법은 지구가 훨씬 발전되어 있는 것 같아. 어
때, 오늘 나 좀 예뻐?"

"그런 것 좀 물어보지 마."

"왜?"

"지금 볼 때마다 심장마비 올 것 같거든. 이러다가 심장
멎어서 사망하겠어."

"역시, 우리 교황님은 귀엽다니까?"

리멘은 조심스럽게 내 손을 잡았다.

그리고 내 눈을 바라보면서 말했다.

"그거 알아, 시우?"

"뭔데?"

"사실, 시우한테 숨겼던 게 있어. 내가 플루토와 함께 소
멸했던 그날 있잖아. 내가 소멸하기 전에 미래를 하나 봤었

다? 지금처럼 시우와 손을 잡고 있는 미래였어."

그렇기에 그토록 단호하게 소멸을 택했던 걸까.

하지만 리멘의 말은 거기에서 끝난 게 아니었다.

"근데 시우, 만약 다른 미래가 우리를 기다리고 있었다고 해도, 내 선택은 다르지 않았을 거야."

내가 생각해도 그렇다.

우리를 기다리고 있던 것이 새드 엔딩이었다고 하더라도, 리멘은 기꺼이 그 미래를 선택했을 것이다.

그녀는 그런 존재니까.

나를 위해서 기꺼이 희생을 감수할 나의 여신님.

"처음부터 우리가 이런 사이가 될 줄 알고 있었어?"

그러자 리멘이 살짝 시선을 돌리면서 고개를 끄덕였다.

"······응."

"와, 리멘 보기보다 음흉하네?"

"내가 연상이잖아? 그냥 누나만 믿고 따라오랬지."

······앞으로 좀 잡혀 살 것 같다는 예감이 드는 것 같기도?

하지만 아무래도 상관없다.

리멘과 함께할 수 있다면, 그 어떠한 미래라도 행복할 거다.

"신랑, 신부 입장."

사회를 맡고 있는 민수 씨의 목소리가 울려 퍼졌고, 우리는 서로를 바라보면서 고개를 끄덕였다.

우리 교황님 좀
말려 주세요

그리고 열린 본당의 문을 향해서 천천히 걸어 들어갔다.

본당에 들어서자마자 환한 빛이 우리를 반겨 준다.

"갈까?"

"응."

나는 그 빛의 길을 리멘의 손을 잡은 채로 천천히 걸어갔다.

우리가 안으로 들어서자마자 사방에서 박수와 환호 소리가 쏟아져 내렸다.

짝짝짝짝.

"와아아아아!"

"휘이이이이!"

항상 누군가를 축복해 주던 우리가, 이번에는 축복을 받으면서 걷는다.

기분이 좋다.

우리가 지켜 낸 모든 순간들이 한곳으로 모여서 찬란하게 빛나고 있었다.

리멘은 그 어느 때보다 환하고 아름답게 웃으면서 나에게 말했다.

"시우."

"응?"

"나 지금 너무 행복해."

그녀의 말에 나 역시 고개를 끄덕이면서 말했다.

"나도."

"그런데 시우, 우리 아까 따로 이야기했던 건 안 해? 신전에서 결혼하는 건 좀 진부해서, 따로 논의했었잖아."

"……그거, 지금 진짜 해?"

"당연하지. 지금 아니면 언제 해?"

종교 시설에서 치르는 결혼식이 지루하고 진부하다는 편견을 깨부수기 위해 준비한 우리의 퍼포먼스.

리멘의 허락이 떨어지자마자 나는 곧바로 리멘의 몸을 번쩍 들어 올렸다.

소위 말하는 '공주님 안기' 자세.

리멘을 품속에 꼭 껴안은 채로 앞으로 걸어 나갔다.

"멋있다아!"

"와아아아아!"

깜짝 이벤트에 더욱 신나 하는 우리의 하객분들.

모두의 환호와 축복 속을 걸어간다.

리멘은 내 품속에서 가볍게 내게 머리를 기댄 채로 말했다.

"반대로도 해 볼까?"

"응?"

"내가 시우를 안고 걸어가는 거야."

"그건 미리 상의되지 않…… 헉."

순식간에 나를 '왕자님 안기' 해 버리는 리멘.

그 모습에.

"꺄아아아!"

"신부님! 너무 멋있어요!"

다시 한번 식장 내부가 뜨겁게 달아오른다.

리멘은 나를 든 채로 내려다보았다. 우쭐한 표정이 정말 귀여워서 나도 모르게 웃음이 터져 나왔다.

"풉."

"왜 웃어?"

"아니, 그냥. 귀엽잖아?"

"누나한테 자꾸 그렇게 귀엽다고 할래? 너 오늘 밤 각오해. 잠 못 자. 알겠어?"

"이러니까 우리가 사고를 쳤지."

"그래서, 싫어?"

"그럴 리가."

마침내 우리는 단상 위에 도착했다.

리멘이 나를 내려 주었고, 결국 우리는 서로를 마주 본다.

하나의 이야기가 완성되는 순간이자, 새로운 이야기가 시작되는 순간.

그간 정말 많은 일이 있었지만, 결국 우리는 이 자리에 함께하고 있다.

지금까지의 내 이야기의 장르가 판타지였다고 한다면, 지금부터 펼쳐질 이야기의 장르는 무엇일까?

로맨틱 코미디?

일상물?

"스릴러."

"……그건 좀."

"앞으로 다른 여자한테 눈 돌아가기만 해 봐. 확 그냥. 차원 밖으로 유배해 버릴라니까."

"오우, 잘못하다가는 돌아오지도 못하겠는걸."

"그러니까 처신 잘해."

우리의 대화를 옆에서 들은 걸까?

가만히 있던 사회자, 민수 씨가 떨리는 목소리로 말했다.

"이……제 하객 여러분과 가족 앞에서 성인의 예를 드리는 맞절의 순서가 있겠습니다. 신랑, 신부, 맞절!"

나와 리멘은 서로를 향해 절을 한 다음, 다시 일어나서 마주 보았다.

지금까지의 우리 이야기는 여기에서 완성이다.

어쨌거나 해피 엔딩.

이제부터는 새로운 이야기가 펼쳐지겠지만, 그 이야기 역시 더없이 행복할 것이라는 걸 확신한다.

"그럼 이제 혼인 서약이 있겠습니다. 신랑 김시우 군은……."


이 자리를 빛내 주는 모두에게 감사를 전한다.

우리를 축복해 주기 위해 이 자리에 와 준 하객들에게도.

이 순간을 만들어 준 수많은 인연들에게도.

그리고 무엇보다 지금껏 이 긴 이야기를 끝까지 읽어
준……

바로 당신들에게도.


우리 교황님 좀 말려주세요 마칩니다

# 꿈의 도약, 로크에서 하십시오
# (주)로크미디어에서 신인 작가를 모십니다

즐거운 세상, 로크미디어는 꿈을 사랑하고 도전을 두려워하지 않는 작가 분들의 참신한 작품을 기다리고 있습니다. 21세기 장르 문학계를 이끌어 갈 차세대 선두 주자 (주)로크미디어에서 여러분의 나래를 활짝 펴 보시길 바랍니다.

**모집 분야** 판타지와 무협을 포함한 장르 문학
**모집 대상** 아마추어 작가, 인터넷 작가
**모집 기한** 수시 모집
  **작품 접수 시 유의 사항**
  1. 파일명은 작가명_작품명.hwp형식을 갖춰 주십시오.
  1. 파일에 들어갈 내용은 다음과 같습니다.
    − 성명(필명인 경우 실명을 밝혀 주세요), 연락처, 이메일 주소
    − 제목, 기획 의도
    − A4용지 1장 분량의 등장인물 소개
    − A4용지 2장 분량의 전체 줄거리
    − 본문
  1. 작품이 인터넷에 연재되고 있다면, 게시판명과 사이트의 구체적이고
    정확한 주소를 기재해 주십시오.

선택된 작품은 정식 계약 후 출판물로 간행되어 전국 서점에 유통됩니다.
작가 분은 (주)로크미디어의 전폭적인 지원하에 전속 작가로 활동하시게 됩니다.
※ 자세한 내용은 로크미디어 홈페이지(rokmedia.com)를 참조하세요.

(04167)서울시 마포구 마포대로 45 일진빌딩 6층
(주)로크미디어 편집부 신간 기획 담당자 앞
전화 : 02) 3273-5135
www.rokmedia.com    이메일 : rokmedia@empas.com